# PARA GANHAR DE UM DUQUE

## RECEBA ESTA ALIANÇA

LIVRO 3

## OBRAS DA AUTORA JÁ PUBLICADAS PELA HARLEQUIN

TRILOGIA DOS CANALHAS
*Como se vingar de um cretino*
*Como encantar um canalha*
*Como salvar um herói*

RECEBA ESTA ALIANÇA
*Para conquistar um libertino*
*Para casar com o pecado*
*Para ganhar de um duque*

# SUZANNE ENOCH

# PARA GANHAR DE UM DUQUE

**RECEBA ESTA ALIANÇA**
LIVRO 3

TRADUÇÃO
DANIELA RIGON

Rio de Janeiro, 2022

Contatos: Rua da Quitanda, 86, sala 218 — Centro — 20091-005
Rio de Janeiro — RJ
Tel.: (21) 3175-1030

Diretora editorial: *Raquel Cozer*

Editor: *Julia Barreto*

Copidesque: *Thaís Lima*

Revisão: *Thaís Carvas e Isis Pinto*

Imagem de capa: © *Ilina Simeonova / Trevillion Images*

Capa: *Renata Vidal*

Diagramação: *Abreu's System*

CIP-Brasil. Catalogação na Publicação
Sindicato Nacional dos Editores de Livros, RJ

E51p

Enoch, Suzanne
    Para ganhar de um duque / Suzanne Enoch ; tradução Daniela Rigon. – 1. ed. – Rio de Janeiro : Harlequin, 2022.
    304 p.    (Receba esta aliança ; 3)

    Tradução de: A matter of scandal
    ISBN 978-65-5970-142-1

    1. Romance inglês. I. Rigon, Daniela. II. Título. III. Série.

22-75882

    CDD: 823
    CDU: 82-31(410.1)

Meri Gleice Rodrigues de Souza – Bibliotecária – CRB-7/6439

*Para minha prima, Lennie Scott, que também gosta de citar falas de*
A princesa prometida.

*Tenho muito orgulho de você.*

# Capítulo 1

Visitantes nunca viajavam para o oeste de Hampshire durante a alta temporada. Pelo menos não por vontade própria.

Logo, as três carruagens enormes que sacolejavam pela via esburacada que começava em Westminster e ia até a estrada principal deveriam estar perdidas. Muito perdidas.

Levantando um pouco a saia de musselina marrom para evitar a lama, Emma Grenville correu para o campo à beira da estrada. Veículos caros como aqueles jamais desviariam do caminho por uma diretora de uma escola para meninas. E eles eram *mesmo* magníficos. Elizabeth e Jane ficariam arrependidas de não terem ouvido o conselho dela e a acompanhado na caminhada. Três carruagens enormes agraciando o oeste de Hampshire com sua presença durante o verão... quem imaginaria?

O primeiro veículo estava com as cortinas fechadas e passou por ela sem parar, ostentando um brasão com um dragão vermelho e uma espada. *Nobres*, pensou Emma, ainda mais curiosa. Enquanto a segunda carruagem se aproximava, o pequeno e calvo cocheiro a cumprimentou com um movimento do chapéu e um sorriso.

Por Deus, ela estava encarando como uma jovem leiteira descobrindo o mercado. Uma das primeiras lições que ensinava a suas alunas era não encarar. Pelo visto, Emma precisava colocar os próprios ensinamentos em prática. Ela corou e retomou sua jornada até a Academia com passos rápidos.

Um estrondo retumbante a assustou, fazendo-a se virar. A segunda carruagem deu uma guinada ao acertar uma das inúmeras pedras que haviam aparecido após as chuvas da primavera, empinando e batendo com força no chão com um baque ainda mais alto. Com o impacto, uma das rodas saiu do eixo e voou, acertando o espaço a trinta centímetros de Emma e rolando na grama alta. O veículo se inclinou para a frente e parou de supetão na lama.

— Minha nossa! — exclamou Emma, colocando a mão no peito.

Os cavalos estavam pisoteando e bufando, e o cocheiro praguejava enquanto ela corria até o veículo. A porta se abriu assim que ela o alcançou.

— Maldição, Wycliffe! Você e suas viagens imbecis!

Um jovem bem-vestido saiu da carruagem, mas escorregou e caiu de cara no chão lamacento, praticamente aos pés de Emma. Assustada, ela recuou e deu com as costas no que parecia ser uma parede de tijolos.

Mas não, não era uma parede de tijolos, pois uma mão segurou-a pelo cotovelo quando ela perdeu o equilíbrio.

— Calma — disse uma voz grave que percorreu toda a sua coluna e a fez se endireitar imediatamente.

O grito de surpresa de Emma ficou entalado em sua garganta enquanto ela se virava. A parede de tijolos era um homem gigante, de ombros largos e braços musculosos. Ele tinha olhos verde-claros que a encaravam por baixo de sobrancelhas aristocráticas. Uma delas estava arqueada em uma expressão de diversão.

— Poderia me dar licença?

— Ah. — Ela cambaleou para o lado, os pés escorregando na lama enquanto tentava encontrar palavras. — Desculpe-me.

Emma não se lembrava de já ter visto alguém, muito menos um nobre, tão… magnífico.

O gigante incrivelmente bonito passou ao seu lado e, com apenas um braço, ajudou o jovem caído a ficar de pé.

— Machucou, Blumton? — perguntou ele.

— Não, não me machuquei, mas olhe só para mim! Estou nojento!

— Está mesmo. Afaste-se para não respingar lama em mim.

O gigante gesticulou para a beira da estrada.

— Mas…

— Ah, Grey!

Uma mulher saiu de dentro da carruagem e jogou-se artisticamente nos braços de seu salvador. Madeixas loiras, bem mais claras que as do gigante, que tinha cabelo cor de mel e bagunçado pelo vento, haviam se soltado do penteado da mulher. Os cachos caíram sobre o enorme braço do homem como uma onda enquanto ele a segurava.

— Boa mira, Alice.

Aparentemente indiferente ao estado de inconsciência dela, ele fez menção de largar seu fardo na estrada lamacenta.

Emma deu um passo para a frente.

— Senhor, você não pretende...

Alice recuperou-se imediatamente e agarrou o homem pelo pescoço.

— Não se atreva, Wycliffe! Este lugar está imundo!

— Isso não vai me convencer a continuar a carregá-la. Eu estou pisando no chão sem problema nenhum, assim como esta jovem tagarela.

— Tagarela? — repetiu Emma, fechando a cara.

Bonito ou não, o homem claramente não tinha modos. E, como ela ensinava em suas aulas, modos eram muito importantes para distinguir um cavalheiro.

Uma segunda mulher saiu da carruagem.

— Ora, Alice, desista dele e dê uma chance para outra pessoa.

— Eu ajudo você, Sylvia — falou o jovem sujo de lama, mancando até a carruagem e levantando os braços.

— Depois de mergulhar na lama? Nem pensar, Charles. Grey, por favor?

Emma pensou em dizer que se todos andassem até a beira da estrada, o chão estaria menos lamacento, mas como eles eram nobres, e nobres eram tolos, ela apenas cruzou os braços e observou. *Jovem tagarela, rá.*

*Grey, cinza*, como as damas o chamavam, parecia ser um apelido estranho para um homem tão poderoso de cabelo dourado. "Leão", ou algo igualmente perigoso, talvez fosse um nome melhor.

Ele fechou a cara para a outra jovem.

— Não posso carregar todo mundo.

— Bom, eu me recuso a ser carregada pelo primo Charles.

Emma ouviu um suspiro rouco atrás dela. Na beira da estrada, na única parte seca de terra, outro nobre assistia à cena. Ele estava com as mãos nos bolsos e havia um brilho nos olhos azul-claros, apesar da expressão horrorizada em seu rosto magro e bonito.

— Ora, parece que sobrou para mim… — disse ele de forma arrastada, olhando para a lama com desgosto.

Sylvia apertou os lábios.

— Eu preferiria…

— Sim, sobrou, Tristan — interrompeu o gigante. — Pare de enrolar e venha logo.

— Não espero menos que um novo par de botas, Wycliffe.

Conforme Tristan andava em direção a eles, Emma olhou para o gigante mais uma vez. O nome Wycliffe parecia familiar, mas ela não conseguia se lembrar onde o ouvira antes.

Ela tinha amigas que saíram da Academia e arranjaram bons casamentos nos últimos anos, então talvez uma delas tivesse mencionado tal nome. Emma certamente nunca havia visto aquele homem na vida. E, embora ela fosse uma solteirona convicta, ele era bonito demais para não ser notado. Cavalheiros magníficos como ele raramente apareciam por aquelas bandas.

Como se acabasse de se lembrar de sua presença, o homem a encarou, e as bochechas traiçoeiras de Emma coraram por seus pensamentos impróprios.

— Se quer mesmo ficar assistindo a essa bagunça, garota, pelo menos seja útil — disse ele. — Vá olhar os cavalos enquanto Simmons traz as outras carruagens.

Homem *nenhum* falava naquele tom com a diretora de uma respeitável escola para meninas.

— Não sou nenhuma garota, senhor — retrucou ela. — E já que ninguém parece estar machucado, que foi o motivo da minha aproximação, tenho coisas melhores a fazer do que andar pela lama da qual vocês são tolos demais para sair. Tenham um bom dia.

Ela se virou e voltou a andar até a beira da estrada.

— Que ousadia! — reclamou Charles, o homem enlameado.

— Bem feito, Wycliffe — afirmou Tristan. — Você não pode sair ameaçando as pessoas para que elas façam o que você deseja.

— Não podemos esperar que o campesinato reconheça seus superiores — acrescentou Sylvia de seu lugar à porta da carruagem.

Emma sentiu vontade de responder que "campesinato" era um termo arcaico devido ao atual estado da economia e dos avanços industriais, mas decidiu continuar andando. Eles podiam afundar em sua própria ignorância e na densa lama de Hampshire. Não era problema dela.

—◦◦◦—

Quando enfim decidiram em qual carruagem cada um seguiria a viagem até a Mansão Haverly, Greydon Brakenridge, o duque de Wycliffe, desejou ter simplesmente andado o resto do trajeto ao lado daquela jovem estranha. A pé, ele decerto já teria chegado à propriedade do tio e estaria tomando um abençoado copo de uísque.

— As garotas são bonitas em Hampshire — comentou Tristan Carroway, o visconde de Dare, enquanto se sentava na carruagem principal.

Greydon o encarou.

— Ela tinha problemas.

— Você acha que todo mundo tem problemas. Mas ela lhe deu um bom chega pra lá.

— Ela foi rude. — Alice sentou-se o mais perto possível de Wycliffe, provavelmente para que ele a segurasse se ela desmaiasse novamente. A carruagem apertada e fechada era quase sufocante. Ainda bem que Sylvia decidira viajar em outro veículo com sua criada. — Creio que todos neste local selvagem serão tão bárbaros quanto ela.

Tristan bufou.

— Estamos em Hampshire, não na selva.

— Como se fosse possível diferenciar depois desse encontro.

Grey ignorou a discussão e abriu a cortina da janela ao seu lado, esperando sentir a brisa enquanto observava a estrada pela pequena abertura. Aquela garota era estranha, com uma pronúncia mais clara do que ele esperava, olhos grandes cor de mel em um rosto oval e atrevido, além de um chapéu extremamente certinho. Ele precisaria perguntar ao tio Dennis ou à tia Regina sobre ela.

Greydon suspirou. Havia visto Dennis e Regina Hawthorne, o conde e a condessa de Haverly, com menos frequência do que deveria, e menos ainda depois que herdara o ducado. O convite inesperado para ir até Hampshire veio no momento certo para muitas coisas, mas ainda era preocupante. Ele não conseguia pensar em motivos para Dennis tê-lo convidado no meio da temporada, mas o mais provável era dinheiro.

— Qual é mesmo o nome da cidade mais próxima, Grey? — perguntou Tristan, abanando-se com seu chapéu enquanto observava o campo verdejante pela janela.

— Basingstoke.

— Basingstoke… Preciso visitá-la.

Grey o encarou.

— Por quê?

O visconde abriu um sorriso.

— Se você não percebeu, não espere que eu conte.

Ele *havia* percebido, o que o irritava. Mais complicações com mulheres era algo de que definitivamente não precisava.

— Faça o que quiser, Tris, se isso o impedir de me irritar.

— Que ótima coisa a se falar para um convidado.

— Você não é meu convidado. Aliás, não me lembro de ter convidado nenhum de vocês.

Alice riu.

— Londres ficaria muito chata sem você, Sua Graça. — Ela se aproximou ainda mais. Se ele fosse um objeto inanimado, a mulher certamente o teria empurrado da carruagem. — E prometo mantê-lo entretido aqui.

Tristan inclinou-se para a frente e colocou uma mão no joelho de Greydon.

— Eu também, Sua Graça.

— Ah, sai para lá.

— É, saia, Dare — reclamou Alice. — Você vai estragar tudo.

— Não se esqueça de que *eu* estava com Grey na carruagem. Você estava na outra, com Sylvia e Blum…

— Tentem discutir em pantomima, por favor.

Grey cruzou os braços e fechou os olhos. Ele não se importava com a companhia de Tristan. Além de estar em dívida com o visconde por ele tê-lo livrado das garras de uma mulher vigarista, Grey o conhecia desde antes da faculdade — e Hampshire não tinha muito a oferecer em questão de entretenimento durante a temporada.

Alice também seria tolerável se parasse de enxergá-lo como seu futuro marido — como se ele tivesse intenção de se casar depois de escapar por um triz de lady Caroline Sheffield. Mas Alice não parecia acreditar em sua convicção, pois todas as vezes que acabou deitada em sua cama nas últimas semanas, ela falou sobre joias — especialmente anéis. E Alice não era a única mulher atrás dele, então escapar para Hampshire por uma semana ou duas parecia uma oportunidade irresistível.

— Aquela é Haverly? — indagou Tristan.

Grey abriu os olhos.

— Isso mesmo.

Ele sempre gostara da antiga propriedade do tio. Diversas videiras verdes escalavam os muros em direção às janelas, que se refletiam na superfície vítrea do lago ao sopé de uma longa e tortuosa colina. Cisnes e patos nadavam na beira da água, enquanto ovelhas percorriam o campo em ambos os lados da estrada larga e curva, dando à cena um ar de paraíso pastoral, praticamente um modelo para uma pintura de Gainsborough.

— Tudo parece estar em ordem… — comentou ele.

Tristan ficou na ponta do assento para enxergar melhor.

— Você estava esperando algum problema?

Praguejando internamente por ter atiçado a infinita curiosidade de Dare, Grey relaxou.

— Eu não estava esperando nada. É só que o convite foi inesperado, então estou aliviado por estar tudo bem.

— Parece pitoresco. — Alice inclinou-se sobre o braço de Grey, apertando seu amplo decote contra ele. — Qual é a distância até Basingstoke mesmo?

— Cerca de três quilômetros.

— E até os vizinhos mais próximos?

— Você está planejando ser social? — Tristan deu um sorrisinho. — Ou está procurando a competição feminina mais próxima?

— Estou sendo social, algo que você obviamente precisa praticar — retrucou ela.

— É o que estou tentando neste momento, querida.

Grey fechou os olhos novamente, sentindo a cabeça latejar, enquanto os dois voltaram a discutir. A viagem para Haverly deveria ser prazerosa e pacífica, mas ele não tinha contado que seus problemas o acompanhariam até Hampshire.

Assim que Alice descobriu seus planos, contou a todos os presentes no camarote dele nos jardins de Vauxhall. Matar todos eles era uma opção, mas a única outra solução viável foi fazê-los jurar segredo e chamá-los para a viagem.

— Grey, você não vai me defender? — reclamou Alice.

Ele abriu um olho.

— A ideia de vir até Hampshire foi sua. Defenda-se sozinha.

Ele normalmente gostava de boas discussões como qualquer outra pessoa, e gostava ainda mais de bons desafios. Mas as boas discussões haviam começado a parecer sem sentido e os bons desafios eram inexistentes. Grey era o maldito duque de Wycliffe: tudo o que queria estava a seu alcance, e *mais* do que queria lhe era forçado incessantemente. Nos últimos tempos, ele mais fugia dos problemas do que os perseguia. A empolgação da juventude imprudente parecia algo do passado.

A carruagem parou. Resistindo à vontade de pular do veículo e correr para a floresta, Greydon esperou até que Hobbes, o mordomo de Haverly, abrisse a porta.

— Sua Graça — disse o homem em sua voz rouca. — Bem-vindo de volta a Haverly.

— Obrigado, Hobbes. — Ele saiu da carruagem e ofereceu a mão para ajudar Alice. — Perdemos uma carruagem a cerca de dois quilômetros. Será necessário enviar um ferreiro e provavelmente uma nova roda. Deixei Simmons e metade dos criados lá com os cavalos.

— Cuidarei disso de imediato, Sua Graça. Espero que ninguém tenha se machucado.

— Minhas roupas precisam ser queimadas — afirmou Blumton enquanto descia do assento ao lado do cocheiro. — Obrigado por ter me feito assar sob o sol. Me sinto um tijolo.

— Está parecendo um — comentou Tristan. — E sempre tem o lago…

O homem fez uma expressão de horror e foi em direção à mansão.

— Fique longe de mim, Dare.

— Ora, cale a matraca, Charles. — Lady Sylvia desceu da segunda carruagem. — Você fala mais que todos que conheço juntos, primo. Deveriam ter ouvido ele esta manhã. Não parava de falar.

— Hum. — Grey virou-se para liderar o caminho do grupo até as enormes portas de carvalho de Haverly. — Você não estava discursando de novo sobre como o Parlamento deveria ser desfeito, não é, Blumton?

— É claro que não. Apenas apontei que limitar o poder do rei é o mesmo que limitar o poder do país.

Tristan abriu a boca, mas Sylvia logo a tapou com a mão enluvada.

— Não. É melhor não o encorajar. Estou ouvindo isso desde que saímos de Londres. Da próxima vez, viajarei com Gr...

— Greydon!

Dennis Hawthorne, o conde de Haverly, apareceu batendo palmas pela lateral da casa com seu rosto rechonchudo e sorridente. Entretanto, nem mesmo o sorriso era capaz de esconder as rugas de preocupação em sua testa, e seus olhos pareciam estranhamente sombrios. Grey adiantou-se para cumprimentá-lo, revisitando sua análise anterior. Algo definitivamente estava errado.

— Tio Dennis — saudou ele, permitindo que o homem mais baixo lhe puxasse para um abraço caloroso. — Você parece bem.

— Você também, meu garoto. Apresente-me a seus amigos. Dare eu já conheço, é claro.

Tristan estendeu a mão.

— Obrigado pelo convite, Haverly. Sua Graça estava ao deus-dará em Londres.

— É mesmo? — Dennis olhou para o sobrinho com uma expressão confusa. — Você está doente, menino?

Apenas tio Dennis ainda o chamava de "menino".

— De jeito nenhum — respondeu ele secamente, encarando Tristan com um olhar afiado. — Apenas ficando velho. Tio, permita-me apresentá-lo a lady Sylvia Kincaid e a srta. Boswell. O jovem enlameado é o primo de Sylvia, lorde Charles Blumton.

— Sejam bem-vindos — disse o conde, fazendo reverências e apertando mãos. — Espero que não achem Hampshire um lugar muito rústico. Não estamos em Londres, mas temos alguma diversão por aqui.

— Como o quê? — perguntou Alice, olhando Greydon por baixo dos longos cílios.

— Bom, Haverly tem um piquenique, quase uma feira, na verdade, no mês de agosto. E na quinta-feira, a Academia fará uma apresentação de *Romeu e Julieta*.

O rosto de Charles se iluminou.

— Academia? Que Academia?

Greydon fechou a cara ao perceber que acabara de adentrar em um território inimigo.

— Minha nossa, a maldita Academia! Havia me esquecido daquela desgraça.

— Isso não é justo — respondeu o tio, gesticulando para que entrassem na casa. — A Academia da Srta. Grenville é uma escola de boas maneiras para jovens damas de famílias nobres, lorde Charles. Fica localizada no terreno de Haverly.

— Uma escola para garotas? — Charles fez uma cara azeda. — Então você também não aprova que mulheres recebam educação, Wycliffe?

Grey contornou o colega enlameado e partiu em direção à mansão.

— Não tenho problema algum com mulheres recebendo educação, apenas nunca vi isso acontecendo direito.

— Não seja um grosseirão, Wycliffe — retrucou lady Sylvia. — Eu estudei em uma escola de boas maneiras.

— E o que você aprendeu? — indagou ele, fazendo uma carranca enquanto Dare praguejava baixinho. Eles deviam imaginar a briga que estavam comprando. — Ah, sim. Você aprendeu a dizer o que quero ouvir e a seguir a tradição de ser tornar uma mulher pegajosa, dependente…

— Então não vamos à peça? — interrompeu Tristan, seguindo-o para dentro da casa.

— Só se me matar primeiro e arrastar minha carcaça com você.

# Capítulo 2

Tia Regina ficou encarregada de delegar quartos a todos os convidados e solicitar um banho para Blumton. Se achou suspeita a presença de Alice ou Sylvia, decidiu não mencionar. Sua família estava acostumada à tendência do falecido pai de Greydon de viajar com amantes, então ela provavelmente já esperava isso do filho.

Mas ele tinha coisas mais importantes com que se preocupar do que a reação da tia a seus convidados. Sentou-se na poltrona do escritório de Dennis e notou que o tecido estava descosturado de um lado.

— Está bem. O que foi, tio?

Dennis Hawthorne circulou pelo pequeno cômodo por um momento antes de enfim apoiar-se na cadeira à frente.

— Você poderia ao menos ser cortês o suficiente para achar que nós o convidamos para vir a Haverly porque não o vemos há quatro anos.

— Já faz tanto tempo?

— Sim. E realmente sinto sua falta, menino. Fico feliz que tenha trazido seus amigos. Suponho que vá querer estender sua estadia desta vez.

— Acho que depende de você. — E de quanto tempo ele conseguiria se esconder das predadoras de Londres. — Por que estou aqui?

O conde deu um suspiro e finalmente se sentou.

— Dinheiro.

*Às vezes, seria bom estar errado*, pensou Grey.

— Quanto?

Dennis gesticulou para o livro-caixa desgastado ao lado esquerdo de Grey.

— A situação não é nada boa... Eu deveria ter pedido ajuda mais cedo, mas até a chegada da colheita da primavera, achei que... Bom, é melhor você ver com os próprios olhos.

Contas não pagas marcavam a maior parte das entradas recentes. Grey era proprietário e gerenciava diversos locais de diferentes tamanhos, além de duas casas em Londres, e bastou uma rápida olhada para perceber que o tio Dennis estava correto.

— Minha nossa — resmungou ele. — É um milagre você não ter sido arrastado para o tribunal por débitos não quitados.

— Eu sei, eu sei. Eu não...

— Como isso aconteceu?

Dennis corou ainda mais.

— Não aconteceu de um dia para outro, sabe? Foi aos poucos. Prentiss, você o conhece, ficou doente no ano passado. Em vez de substituí-lo, comecei a cuidar da contabilidade. Foi então que reparei que meu gerente talvez não tenha sido muito... diligente em me informar da situação como um todo.

— Prentiss deveria levar um tiro por negligência — desdenhou Grey enquanto folheava o livro. — E você também, por confiar naquele velho cad...

— Já basta, rapazinho.

Grey o encarou.

— Já tenho 34 anos, tio. Por favor, não me chame de "rapazinho".

— Com essa idade, você já deveria ter aprendido a ter piedade.

Grey suspirou e fechou o livro.

— Eu não tenho muita paciência para tolices, você sabe.

— Só mostra que é mesmo o filho do seu pai.

Grey sentiu a raiva subir pela espinha.

— Ando ouvindo muito isso nos últimos tempos. Vou considerar como um elogio, já que tenho certeza de que era isso que queria dizer. Agora, pergunto mais uma vez: por que estou aqui?

Dennis pigarreou.

— Bem, é melhor não irritar o leão quando se está prestes a enfiar a mão em sua boca.

Grey continuou a encará-lo.

— Ora, está bem. Sei que você poderia comprar Haverly ou pagar todas as minhas dívidas.

— Sim, eu poderi...

— Mas não quero que faça isso. Sou dono desta propriedade há trinta anos e ela está na família Hawthorne há pelo menos trezentos. Só passei a ter problemas na última ou penúltima temporada.

— Pelo menos... — resmungou Grey.

— Ajude-me a colocar Haverly de volta nos eixos. Preciso de um plano.

— Você precisa de um milagre.

— Greydon!

Grey respirou fundo e tentou controlar a raiva pela péssima contabilidade e falta de cuidado que levaram àquele desastre. Parecia que sua fuga das responsabilidades em Londres se transformaria em muito tempo atrás de uma escrivaninha analisando dívidas e contas.

— Vou precisar olhar tudo.

O tio relaxou um pouco.

— Mas é claro. A palavra final é minha, mas deixarei Haverly em suas mãos. — Ele ficou de pé e voltou a andar pela sala. — Peço desculpas por tê-lo trazido de Londres, mas eu realmente não sabia mais o que fazer.

— Não tem problema. — Grey ajeitou-se na cadeira, que rangeu em protesto. — Londres estava ficando cheia demais para o meu gosto.

Dennis sorriu pela primeira vez desde o início da reunião.

— Sua mãe, não é?

— Entre outras coisas. — *A maior parte delas, mulheres.* — Como você conseguiu crescer ao lado dela sem que ela arranjasse um casamento para você?

— Ah, ela tentou, pode acreditar. Praticamente me noivou com a filha do pároco local quando eu tinha 8 anos. Arrisco dizer que ela teria me jogado às predadoras de Londres se eu não tivesse pedido Regina em casamento.

— Não aguentava mais fugir delas durante esta temporada. — O tio fez uma expressão de curiosidade, mas Grey não tinha intenção alguma de dar mais detalhes, então abriu o livro novamente. — Esses são seus atuais inquilinos?

— Sim.

— E onde está o valor do aluguel?

Dennis apontou para as anotações.

— Bem aqui.

Grey piscou para ver se estava enxergando direito.

— É isso que você está cobrando de aluguel? — Quando o tio assentiu, ele verificou os números mais uma vez. — Quando foi a última vez que você corrigiu o aluguel? Na virada do século?

— Eu pensei que Haverly estava em boas condições, lembra? — respondeu o conde de forma defensiva.

— A primeira coisa que você fará é demitir Prentiss.

— Mas...

— Dê uma pensão para ele se quiser, mas ele *não* vai mais pisar em Haverly. A segunda coisa é aumentar os malditos aluguéis.

— Os inquilinos não vão gostar disso.

— E você não vai gostar da prisão, tio Dennis. Aumente os aluguéis.

—⟋ℳ⟍—

— Mas é tradição!

— Jane, se fôssemos seguir a tradição à risca, *todos* os papéis seriam interpretados por homens. — Emma Grenville pousou as mãos no colo, dividida entre arrancar os cabelos ou rir. — Já que esta é uma escola para garotas, o palco ficaria um tanto quanto vazio.

— Mas não quero beijar Mary Mawgry! Ela não para de rir!

Emma olhou de soslaio para as jovens que estavam do outro lado do palco, treinando a luta de espadas e sabiamente mantendo distância do raro mau humor de lady Jane Wydon.

— Então talvez devêssemos encontrar um papel para você que não envolva beijos — disse ela com um tom frio e racional, aquele que todas as alunas aprendiam rapidamente a temer.

— Jane pode ser a ama velha e decrépita — sugeriu Elizabeth Newcombe, a mais nova das pupilas. — A ama não precisa beijar ninguém.

— Fique quieta, Lizzy Newcombe! Eu *não*...

— *Eu* sou a ama velha e decrépita — interrompeu Emma, segurando o riso. — Assim nenhuma de vocês precisará interpretá-la.

— Mas eu sei que Freddie Mayburne seria um arraso como Romeu — insistiu Jane.

Aquilo não parecia nada bom. Emma esperava que Jane não estivesse falando por experiência própria, ou ela teria que colocar um cadeado no portão da frente e posicionar guardas em cada entrada.

— Primeiro de tudo, lady Jane Wydon, não usamos gírias ou vulgarismos na Academia — reprimiu Emma em tom firme. — Você sabe disso. Por favor, reflita sobre como expressar sua afirmação.

Jane corou por inteiro.

— Freddie Mayburne seria esplêndido como Romeu — corrigiu ela.

— Sim, tenho certeza disso. No entanto, esta é uma escola para jovens damas, não para Freddie Mayburne. Meu intuito com a peça é ensinar postura, confiança e dicção a vocês, não a ele.

— Além disso, eu e Mary Mawgry estamos ensaiando há semanas — acrescentou Elizabeth mais uma vez. — E não quero ser o Mercúcio se Freddie Mayburne for o Romeu. Ele tem um cheiro esquisito.

— Não tem, não! Ele usa um perfume francês muito famoso!

Suas alunas pareciam muito próximas de Freddie Mayburne. Batendo palmas para chamar a atenção, Emma ficou de pé.

— Ninguém vai trocar de papel. Jane, se deseja atrair a admiração do sr. Mayburne, ou de qualquer outra pessoa, é melhor exceder as expectativas em seu papel.

Os ombros de Jane caíram.

— Está bem, srta. Emma.

— Ótimo. Por que não repassamos mais uma vez a festa dos Capuleto no ato um, cena cinco, antes de irmos almoçar?

— Pelo menos eu não preciso beijar Mary nessa cena… — resmungou Jane antes de voltar para o palco com um floreio de saias.

Emma sentou-se no segundo banco da velha igreja do monastério. Depois de removerem os apóstolos opressores que revestiam uma das paredes, a grande sala se tornara um ótimo local para palestras e peças de teatro.

As meninas que não participariam do baile dos Capuleto sentaram-se ao seu redor.

— Podem começar — chamou ela, gesticulando para a srta. Perchase, encarregada das cortinas do palco, assim como das aulas de latim e de crochê.

— Srta. Emma — sussurrou Elizabeth Newcombe, virando-se no banco da frente para encará-la —, nos conte sobre as carruagens.

— Não durante o ensaio. Vire-se para a frente e sente-se direito no banco, senhorita. Mostre cortesia e respeito por suas colegas, e elas farão o mesmo com você.

Elizabeth revirou os olhos, mas obedeceu.

— Você não vai nos contar nada mesmo… — resmungou ela.

— Damas não fofocam — respondeu Emma.

— Pelo menos nos diga se eles eram bonitos — suplicou Julia Potwin, do assento de trás.

Olhos verdes e cínicos brilharam na mente de Emma.

— Não prestei atenção — desconversou ela. — E o que é mais importante do que a beleza exterior?

— Dinheiro — afirmou Henrietta Brendale, acarretando uma onda de risadinhas.

— Henrietta!

A morena graciosa suspirou e voltou a mexer em uma mecha do longo cabelo.

— Integridade.

— Mas…

— Não, Mary — chamou Emma, ficando de pé. — É "Brinco de luz em pele ebânea", não "idônea".

— "Idônea" soa mais poético.

— Sim, minha querida, mas o sr. Shakespeare decidiu utilizar "ebânea".

— Está bem.

Mary disse a frase correta e Emma voltou a se sentar. Desde o dia anterior, aqueles olhos verdes haviam ocupado um espaço absurdo em seus pensamentos, um espaço que poderia ser mais bem utilizado em ensaios, orçamentos e organização de currículos de verão. Ninguém nas redondezas ouvira um pio sequer sobre os convidados de Haverly, ou sobre o leão dourado em particular, e ela não conseguira pensar em uma boa razão para visitar os Haverly e descobrir mais sobre eles. Era algo bobo, de qualquer forma. Emma nunca se entregara a deliciosos devaneios nem mesmo quando era apenas uma garota. Com sorte, não se tornaria uma tola antes dos 26 anos.

Uma batidinha em seu ombro a assustou.

— O que foi, Molly?

A criada lhe entregou um bilhete.

— Tobias disse que o lorde Haverly enviou isso.

Emma pegou o envelope e sentiu aquela ansiedade ridícula tomar conta de seu corpo mais uma vez. Tentando disfarçar a pressa para abrir a carta, ela desdobrou o papel e leu — e seu coração palpitou ainda mais.

— Hum. Parece que o lorde Haverly deseja me ver o mais rápido possível.

— Olha só! Talvez você vá conhecer seus convidados! — Elizabeth pulou de seu assento novamente.

— Lorde Haverly e eu conversamos sobre vários assuntos relacionados à Academia. Não vou especular sobre este convite. — Ela ficou de pé. — Srta. Perchase?

A professora de latim apareceu por trás do canto da cortina.

— Sim, srta. Emma.

— Por favor, leia as frases da ama por mim até o fim do ato.

— Eu?

Emma começou a andar até o fundo do pequeno auditório.

— Sim. Preciso ir até Haverly. Molly, peça para que Tobias coloque a sela na Pimpinela.

— Sim, srta. Emma.

Enquanto subia as escadas para colocar o traje de montaria, Emma sentiu sua empolgação continuar a crescer, e tentou combater a euforia com lógica. Ele, ou melhor, *eles* provavelmente nem estariam na mansão. Em um dia lindo como aquele, ela com certeza não ficaria trancada em casa se não fossem seus deveres como diretora.

No quintal, Tobias Foster, o cavalariço e faz-tudo da Academia, aju-dou-a a subir na sela. Emma deu uma batidinha na égua e partiu em direção a Haverly.

Mesmo antes de os visitantes do conde chegarem, ela já pretendia fazer uma visita a Haverly. O telhado do estábulo da Academia precisava de consertos, assim como a parede coberta de hera que ficava na extremidade norte da propriedade. A escola tinha condições de pagar pelos reparos, mas Emma preferia usar os fundos para outras coisas. Como senhorio, o lorde Haverly havia se oferecido para ajudá-la com os custos das reformas no passado, e ela queria perguntar se ele poderia pelo menos guardar os cinco cavalos da escola até que as obras do telhado terminassem.

Quando chegou na mansão, deixou Pimpinela com um cavalariço e contornou a casa até a porta da frente, pulando os degraus da entrada principal. O mordomo abriu a porta antes que ela pudesse bater, e Emma sorriu para ele.

— Como você consegue, Hobbes?

O homem abriu caminho para que ela pudesse entrar no saguão frio e de pé-direito alto.

— Tenho ouvidos muito bons, srta. Emma.

— Entendi.

O rosto sério do mordomo se abriu em um meio-sorriso.

— E estávamos esperando você.

Exceto por alguns criados que passavam pelo corredor, Haverly parecia quieta e deserta. Uma pontadinha culposa de decepção azedou o humor de Emma enquanto ela seguia Hobbes até o pequeno escritório do conde. Lembrou a si mesma que sempre gostara de conversar com os Haverly. Os convidados e seu paradeiro não importavam. Quando o mordomo saiu para buscar o conde, ela foi até a janela.

As peças brancas do jogo de xadrez na mesa haviam avançado uma unidade e, após um momento de estudo, ela moveu seu bispo preto. Ela e o conde estavam jogando a mesma partida havia quase dois meses — outra indicação de que ela precisava visitá-los com mais frequência.

— Emma!

Ela virou-se, e o conde correu para tomar-lhe a mão. Ele parecia vermelho demais, e Emma se perguntou pela primeira vez por que ele desejava vê-la.

— Milorde. Espero que esteja tudo bem com o senhor e lady Haverly.

— Ah, sim. Tudo ótimo. Não queria atrapalhar seu dia com as alunas.

— Estávamos ensaiando *Romeu e Julieta*. Acho que ninguém sentirá minha falta.

O sorriso do homem, antes sempre convidativo e caloroso, parecia estar com um tique nervoso.

— Duvido. Mas sente-se, por favor. Eu... preciso discutir algo com você.

Emma sentou-se na cadeira em frente à escrivaninha e cruzou as mãos no colo.

— Na verdade, fiquei feliz por ter me chamado. Faz muito tempo desde que conversamos, e queria sua opinião sobre algo.

O conde pigarreou.

— Bom, primeiro as damas.

Algo estava definitivamente errado. Mas, como ensinava a suas alunas, era errado xeretar.

— Está bem. Você sabe que minha tia começou a reformar e consertar várias partes da Academia que estavam desmoronando com o passar do tempo. No entanto, desde que a tia Patricia morreu há dois anos, temo que eu não tenha continuado este projeto como deveria.

— Não se culpe por isso. Sei como andou ocupada, querida. Assumir o comando da Academia com apenas 23 anos não foi fácil, e não tente me convencer do contrário.

Ela sorriu.

— Obrigada. Mesmo assim, seria imprudente esperar ainda mais. O telhado do estábulo parece mais uma peneira, e temo que a parede superior acabe ruindo com o próximo vento forte. Então, eu estava pensando se você ainda estaria dispos…

O conde levantou-se de supetão, assustando-a.

— Já que mencionou sua tia — disse Haverly rapidamente, dando a volta na mesa e sentando-se de novo —, eu… eu vou precisar aumentar o aluguel da Academia.

Ele empurrou um papel em sua direção.

— Aqui estão os cálculos e os termos. Se assinar, podemos terminar isso da forma mais indolor possível e comer uma deliciosa torta de maçã no jardim. Sei que você ama tortas de maçã. Regina pediu para a sra. Muldoon assá-la especialmente para você.

Emma encarou o homem. O conde parecia muito sério, mas, mesmo assim, ela forçou uma risada.

— Minha nossa. Se você insistir com esta brincadeira, serei obrigada a lhe cobrar um xelim de entrada para a peça.

— Bom… não é brincadeira, Emma. Odeio ter que fazer isso, mas é inevitável.

Emma olhou para o papel em sua frente. Seu coração deu um pulo enquanto ela lia os números e os termos legais e precisos.

— Isso é o *triplo* do que a Academia paga de aluguel hoje.

— Sim, eu sei, mas não aumento o aluguel há… muito tempo.

Ela ficou de pé.

— Isso certamente não é culpa minha!

O homem ficou ainda mais corado.

— Ora, ora — disse ele, dando um tapinha na mesa. — Eu sei disso. Acalme-se, Emma, por favor.

Emma forçou-se a sentar novamente, apesar de sentir uma vontade avassaladora e inapropriada de atirar alguma coisa.

— Você e minha tia, e você e eu, sempre tivemos uma relação cordial. Considero-o um amigo, lorde Haverly.

— O sentimento é recíproco — afirmou ele com um tom que visava acalmar. — Isso não é pessoal, eu garanto. Se a fará se sentir melhor, Wycliffe me fez aumentar o aluguel de todos os inquilinos. Todos entenderam a situação.

*Tudo isso foi ideia do tal do Wycliffe.* Bonito ou não, Emma decidiu que não gostava do leão dourado. Nem um pouquinho.

— Se os outros inquilinos vão pagar mais, então não há motivo para a Academia fazê-lo também — disse ela, tentando manter seu tom de voz calmo. Ela era muito racional, e todos diziam que esse era seu melhor atributo. — Somos uma instituição de ensino. Logicamente, esse motivo seria o suficiente para que a Academia fosse tratada como exceção.

Um músculo de uma das bochechas rechonchudas do conde se contraiu novamente.

— Bem…

— E a Academia da Srta. Grenville ganhou uma boa reputação em Londres — acrescentou ela rapidamente. Sobrecarregá-lo com fatos era sua melhor chance. — Apenas nos dois últimos anos, nossas alunas graduadas casaram-se com um marquês, dois condes e um barão. Isso deve refletir de forma positiva em sua imagem, como nosso senhorio. Nunca nos sairíamos tão bem sob os cuidados de um ditador severo.

— Eu não sou um ditador, Emma.

Ela sorriu e apertou-lhe a mão.

— Não é mesmo. Você é gentil, solícito e compreensivo. E é por isso que pedirei apenas que Haverly abrigue os cavalos da Academia durante o conserto do telhado. Espero que isso seja razoável, e não pedirei mais nada.

— Eu... não... não é um problema, é claro.

O conde parecia confuso, o que Emma entendeu como uma deixa para recuar o mais rápido possível. Ela precisava pensar em uma estratégia antes que o novo valor do aluguel de Haverly arruinasse seus planos para a Academia. Ela se levantou, assentindo com a cabeça.

— Obrigada, milorde. Verei você e lady Haverly na noite de quinta-feira, para a apresentação de *Romeu e Julieta?*

— Ah, sim, sim.

Mal ousando respirar, Emma escapou do escritório, disparando pelo corredor e pela porta da frente, temendo que alguém a chamasse para recolher todos os trocados de seus bolsos. Aquilo era um desastre. Pior que um desastre. O cavalariço não estava à vista para ajudá-la a subir na sela, então ela arrancou Pimpinela de um curral e conduziu a égua de volta para a Academia o mais rápido que pôde. Sua tática, embora não fosse a mais escrupulosa, lhe daria alguns dias para descobrir uma maneira de contra-atacar a idiotice do tal Wycliffe.

—⟶ᏉᏉ⟵—

Quando ouviu a porta da frente bater, Greydon deixou de lado o almanaque de agricultura de Hampshire que estava lendo e se levantou. Ele poderia simpatizar com a relutância do tio em aumentar o aluguel dos inquilinos de Haverly em todos os casos, exceto um. Uma escola de boas maneiras para mulheres — *essa, não.* Seria melhor chamar o lugar de *Academia de Como Fisgar um Marido.* Ele podia atestar o sucesso do maldito estabelecimento; Caroline fora aluna de tal instituição, e ela quase prendera o anzol do casamento na boca dele.

Ele havia deixado a porta da biblioteca aberta na expectativa de ouvir a conversa entre a srta. Grenville e seu tio Dennis, mas os dois foram civilizados, e ele apenas ouviu um murmúrio ocasional de vozes elevadas.

Dare e os outros não estavam em Haverly; tinham optado por um passeio em Basingstoke e pelas terras do tio. Mas ele sabia a verdade. Tristan havia ido procurar a jovem atrevida da estrada. Ele próprio não se importaria de encontrá-la novamente, e adicionou a chance perdida na lista de culpas da srta. Grenville. Greydon cruzou o corredor e bateu na porta do escritório antes de entrar.

— Presumo que a notícia não tenha agradado à velha solteirona? — indagou ele, incapaz de conter a satisfação no tom de voz.

O conde estava ao lado da janela, olhando para o jardim.

— Você não precisa demonstrar tanto gosto pela situação — resmungou o tio.

— Você é um homem melhor do que eu. — Grey juntou-se a ele, movendo um peão branco no tabuleiro de xadrez para contra-atacar o movimento do tio. — Além disso, ter compaixão não vai salvar Haverly. Você agendou os pagamentos?

Dennis franziu a testa.

— Não. Eu… — Ele parou e, para a surpresa de Greydon, começou a rir. — Fui manipulado por ela. Vencido pela sua inteligência, basicamente.

— Do que está falando? — Com a cara fechada, Grey foi até a mesa para analisar o acordo que fizera com muito custo na noite anterior. — Ela não assinou — disse, encarando o conde. — Por que ela não assinou?

— Creio que ela estava mais preocupada em conseguir que cuidemos dos cavalos da Academia durante a reforma do telhado do estábulo.

— Que inferno! Haverly não está vinculada à família, tio. E duvido que o comerciante rico para o qual você vai vendê-la será tão generoso com os inquilinos quanto você.

— Ela sabe argumentar.

— Não me importa. Vai permitir que uma *mulher* seja a ruína da sua propriedade?

— A situação não é tão desesperadora…

— Será, se você permitir que as coisas continuem assim! — Ele dobrou o acordo e o enfiou no bolso. — *Eu* não vou permitir que elas continuem assim!

Grey saiu disparado do escritório. Uma pergunta gritada a Hobbes informou-o de que a diretora havia vindo a cavalo, então ele pegou uma das montarias do tio e foi atrás dela.

A mulher aparentemente decidira tirar a manhã para saborear a vitória, pois ele a alcançou a menos de um quilômetro da mansão, a pé e levando a pequena égua castanho-avermelhada pelas rédeas.

— Srta. Grenville! — gritou ele, alcançando-a a galope em Cornualha, o grande cavalo baio e castrado do tio.

Ela deu um pulo e virou-se para encará-lo com a mão sobre o peito. E Greydon esqueceu o que ia dizer.

Grandes olhos cor de mel, arregalados e assustados, olhavam para ele, e lábios macios e carnudos expressavam seu espanto perfeitamente silencioso. A garota da estrada. Aquela que ele não fora capaz de tirar de seus pensamentos. Aquela que Tristan tinha ido procurar em Basingstoke naquela manhã.

— *Você* é a srta. Grenville?

O espanto transformou-se em uma linha de irritação.

— *Eu* sou a srta. Emma Grenville. A srta. Grenville era minha tia. *Era.*

— Você é a diretora da maldita Academia.

Não era uma pergunta, mas ela assentiu mesmo assim.

— Sim. E agradeço suas condolências à tia Patricia.

Grey estreitou os olhos. Ele não tinha intenção alguma de levar um sermão de uma garota que mal parecia ter saído da escola.

— Você é apenas… uma garota. Não pode ter idade suficiente para…

Uma sobrancelha delicada se arqueou em desafio.

— Tenho 25 anos, uma mulher adulta para todos os efeitos. Mas suponho que não tenha galopado até aqui para perguntar minha idade. Ou estou enganada, senhor?

— Sua Graça — corrigiu ele.

A surpresa tomou conta dos olhos dela novamente. *Ela nunca poderá jogar cartas*, pensou ele. Grey conseguiria ler o rosto dela a um quilômetro de distância.

— Você é um duque — disse ela em tom de dúvida.

Ele confirmou.

— Wycliffe.

A srta. Emma Grenville o encarou por mais um instante, enquanto um sentimento de triunfo absurdo dominava Grey. Ele a encontrara, não

Tristan. Ela era dele. Assim como da primeira vez que a vira, sabia exatamente o que desejava fazer com ela — algo que envolveria lençóis de seda e pele contra a pele.

— Wycliffe... — repetiu ela. — Greydon Brakenridge. Uma das minhas amigas falou de você.

— Que amiga?

Ele duvidava que uma governanta empolada como ela teria uma amiga que o conhecesse.

— Lady Victoria Fontaine. — Ela se corrigiu: — Digo, Victoria, lady Althorpe.

— A Vixen?

Ela decerto ouviu a descrença em sua voz, pois imediatamente colocou as mãos na cintura.

— Sim, a Vixen.

— E o que a Vixen disse sobre mim?

Os olhos cor de mel brilharam em diversão.

— Ela disse que você era arrogante. Bom, prazer em conhecê-lo, Sua Graça, mas tenho uma aula para dar. Tenha um bom dia.

A diretora retomou a caminhada.

— Você não assinou o acordo do aumento de aluguel do meu tio.

Ela parou e voltou a encará-lo por baixo da aba do chapéu verde conservador.

— Este assunto, Sua Graça, é entre o lorde Haverly e eu.

Sua posição em cima do cavalo não parecia intimidá-la nem um pouco, mas estava fazendo-o se sentir como um valentão. Grey saltou da sela.

— Se não quer pagar o aluguel — continuou ele, dividido entre a irritação por ter sido chamado de arrogante e o desejo de soltar o laço verde sob o queixo delicado e arrancar aquele chapéu ridículo —, pode encontrar um novo local para sua escola.

A pequena diretora ergueu o queixo.

— O lorde Haverly pediu para que viesse atrás de mim e me ameaçasse?

De alguma forma, as coisas não estavam acontecendo como ele havia imaginado.

— Estou apenas declarando fatos.

— Hum. O *fato*, Sua Graça, é que você claramente não aprova a educação de mulheres. O *fato* é que Haverly pertence a Dennis Hawthorne, e vou conduzir qualquer e toda negociação com ele. Agora, se me der licença...

Com um floreio da saia verde de seu vestido, ela voltou a andar pela estrada. Grey a observou por um momento, admirando o balanço irritado de seus quadris. Depois do chapéu, o vestido seria a segunda peça a ser removida. Uma diretora de uma escola para garotas. Ela provavelmente engomava a própria camisola. O pensamento o deixou inusitadamente mais excitado, e ele puxou as rédeas de Cornualha para acompanhá-la.

— Para a sua informação, eu sou, sim, a favor da educação de mulheres.

Ela continuou andando.

— Maravilhosamente condescendente da sua parte, Sua Graça.

Greydon praguejou baixinho.

— Sua Academia — prosseguiu ele, tentando controlar a raiva e o maldito desejo inesperado — não educa mulheres.

Agora ele tinha sua atenção. Ela o encarou com os braços cruzados sobre os seios arrebitados.

— O que disse?

Seus seios eram do tamanho certo para as mãos de um homem. Para as mãos dele.

— Corrija-me se eu estiver errado...

— Ah, pode apostar.

— Mas você ensina etiqueta a suas alunas, não é? — Ele não esperou por uma resposta. — E dança. E como conversar polidamente. E como se vestir.

— Sim.

— Ahá! Você sabe que toda essa baboseira tem como objetivo final permitir que suas alunas arranjem um casamento, e um casamento bom. Você, srta. Emma, é uma casamenteira bem paga, e seria chamada de coisa pior em círculos menos educados.

Ela empalideceu. Ele não pretendia ser tão cruel, mas ela continuava a fazê-lo perder a linha de pensamento — ele não fazia ideia de por que estava sentindo tanto desejo por uma diretora certinha. Agora, supôs Grey, ela iria desmaiar e esperar que ele a segurasse. O duque suspirou, dando um passo à frente para se antecipar.

Mas, em vez disso, ela riu. Não era uma risada alegre, longe disso, mas era a última coisa que ele esperava ouvir. Mulheres, via de regra, não riam dele.

— Então, Sua Graça, se permite minha repetição — disse ela secamente —, você não aprova mulheres que sentem que precisam de um marido para fazer seu lugar neste mundo, embora seja exatamente isso o que a sociedade dita desde a Conquista Normanda.

— Eu...

Ela apontou o dedo em sua direção.

— E, ao mesmo tempo, você me critica por ter uma carreira que me faz ser completamente independente de homens. — Ela aproximou-se, encarando-o com um olhar perfurante. — O que eu acho, Sua Graça, é que você gosta de ouvir a própria voz. Felizmente, isso não requer minha presença. Tenha um bom dia.

Só então Grey percebeu que eles haviam chegado ao terreno da Academia e rapidamente recuou quando o pesado portão de ferro se fechou com um estrondo que a srta. Emma Grenville devia ter achado satisfatório. Um momento depois, ela e sua égua desapareceram atrás das paredes altas cobertas de hera.

Grey observou a escola por um momento, então se virou e subiu na sela para voltar a Haverly. Ele não conseguia se lembrar de ter sido refutado com tanta eficiência, nem mesmo por sua mãe — que era famosa por sua língua afiada. E, surpreendentemente, estava tão extasiado quanto enfurecido e excitado.

Uma coisa era certa: nada o faria perder a apresentação de *Romeu e Julieta* na quinta-feira. A srta. Emma Grenville não escaparia tão fácil.

# Capítulo 3

— Os homens só têm uma função essencial no mundo — resmungou Emma. — Não faço ideia de como eles se convenceram de sua superioridade em todo outro aspecto da criação só por causa de um estúpido acidente de biologia.

— Devo presumir que sua conversa com o lorde Haverly não tenha sido boa, então?

Olhar com uma cara feia para a mansão Haverly não parecia o suficiente para fazê-la pegar fogo, então Emma se afastou da janela do escritório e desabou na cadeira da escrivaninha.

— Eles querem triplicar nosso aluguel, Isabelle.

A ponta do lápis da professora de francês quebrou.

— *Zut!*

O xingamento chamou a atenção de Emma.

— Isabelle!

— Peço desculpas. Mas triplicar? Como a Academia vai conseguir pagar isso?

— Não conseguiremos e não vamos.

Isabelle deixou as provas que estava corrigindo de lado.

— E o lorde Haverly deu uma *raison*? Ele e a condessa sempre apoiaram a escola.

— Não foi ideia dele, tenho certeza.

— Não entendo. Quem mais...

— Alguém que eu espero que você não tenha o desprazer de conhecer.

A srta. Santerre estava olhando-a como se Emma tivesse criado chifres de repente, mas sua carranca era inevitável. O maldito leão arrogante era impossível. Ela tentara ter uma discussão civilizada com ele, mas o homem apenas a olhara como se ela fosse uma sobremesa deliciosa que estava prestes a ser devorada. Por algum motivo, a lembrança a fez corar.

— O sobrinho do lorde Haverly. O glorioso duque de Wycliffe — desdenhou Emma.

— Um duque? Um duque vai aumentar o nosso aluguel?

Emma cerrou os punhos.

— Ele não vai conseguir!

Nos dois anos desde que se tornara diretora, Emma havia lidado e superado pais raivosos, jovens apaixonadas e seus pretendentes, tempestades, doenças e diversas outras calamidades, mas nunca ficara tão... irritada.

— Sabe do que ele me chamou? De casamenteira! De casamenteira *paga*! Praticamente me acusou de ser uma... uma... cafetina!

— *O quê?*

— Pois é! Ele claramente não faz ideia do nosso trabalho aqui. — Então, Emma teve uma ideia e abriu um sorriso sombrio. — Precisarei esclarecer.

Ela abriu a gaveta e puxou um maço de papel. Endireitando-o na mesa, ela molhou a caneta no tinteiro.

— "Sua Graça," — recitou em voz alta enquanto escrevia — "nossa recente conversa deixou claro que você tem diversos... equívocos sobre o currículo da Academia da srta. Grenville."

Isabelle ficou de pé e juntou seus papéis e livros.

— Vou deixá-la em paz com sua correspondência — explicou a professora em tom divertido.

— Pode rir à vontade, mas não vou tolerar abusos verbais ou de outro tipo direcionados à Academia.

— Não estou rindo de você, Emm. Estou apenas pensando se Sua Graça tem ideia da guerra que comprou.

Emma mergulhou a caneta na tinta mais uma vez e ignorou ao máximo a ansiedade que percorreu seu corpo com as palavras da professora.

— Ah, não vai demorar até ele perceber.

Grey olhou para a porta do escritório quando ela abriu, mas logo voltou sua atenção aos cálculos a sua frente.

— Como foi o passeio em Basingstoke?

Tristan sentou-se na cadeira à frente da escrivaninha.

— Chato como uma missa.

O duque sentiu uma onda de satisfação.

— Não encontrou ninguém interessante para conversar, então?

— Estou começando a achar que ela foi um delírio coletivo. Não há muitos lugares para se esconder no oeste de Hampshire. A Catedral de Winchester é muito longe, então ela não é uma freira, graças a Deus. Eu perguntaria à sua tia, mas parece que está trocando cartas com a sua mãe. Sua família me odeia, sabia?

— Sim. E tenho certeza de que você encontrará a mulher misteriosa cedo ou tarde.

Grey não sabia se estava apenas torturando Tristan ou se queria guardar o segredo da localização de Emma Grenville para si. O que ele tinha certeza era de que a ideia de ficar mais tempo em Haverly parecia muito mais tolerável.

— É isso o que você vai ficar fazendo enquanto estivermos aqui? — perguntou o visconde, gesticulando para a papelada em cima da mesa que Grey havia tomado do tio.

— Provavelmente.

— Nossa, quanta diversão! Era melhor termos ficado em Londres.

Grey cerrou os dentes.

— Não, obrigado.

Tristan pegou um almanaque, mas logo o colocou de volta na mesa.

— Você escapou dela, sabe? Ela não deve confrontá-lo de novo.

Ninguém além de Tristan ousaria falar de Caroline para ele, e Grey desejou que o visconde tivesse escolhido qualquer outro assunto.

— Eu sabia que ela queria se casar comigo, mas por Deus! Tirar a roupa na chapelaria do Almack?

— Como você acha que eu me senti? Estava apenas procurando meu chapéu.

Grey fechou a cara.

— Se qualquer outra pessoa tivesse aberto a porta, aquela maldita mulher teria...

— Teria se tornado Sua Graça, a duquesa de Wycliffe. Mas ela não é a única mulher que você viu nua, muito menos a única que tentou seduzi-lo até o altar.

— Não é isso. É a sensação de se sentir preso, e tudo isso é culpa das malditas escolas de boas maneiras. Elas são treinadas desde o berço para nos caçar. Ainda bem que cavalos rápidos e Haverly existem.

— Tenho certeza de que nem todas são assim. A Academia daqui tem uma ótima reputação.

— Caroline estudou nela.

O visconde se endireitou na cadeira.

— Nossa. Bom, não é porque você está desencantado que vou virar um monge, nem mesmo por uma estadia curta em Hampshire. Por que não...

— Nada de mulheres — afirmou Grey, e olhos cor de mel irritados reluziram em sua memória. — Já temos muitas ao nosso redor.

— Humpf. Você poderia pelo menos amolecer o suficiente para assistir à peça. Talvez perceba que nem todas as mulheres são tolinhas ou armadilhas com essência de lavanda.

Grey arqueou uma sobrancelha.

— Que peça?

— Não me lembro qual será a peça. Mas a que será apresentada na Academia.

Grey recostou-se na cadeira, fingindo resignação. Aquilo seria mais fácil do que ele havia antecipado.

— Se isso fará você parar de reclamar, suponho que posso fazer esse esforço — resmungou ele.

— Ótimo. Se eu passar mais uma noite jogando cartas com Alice, já estarei pronto para a sacristia.

O duque encarou o amigo.

— Não há nada que prenda você aqui, Tris. Eu avisei que Hampshire não tinha muito a oferecer no quesito entretenimento.

Tristan pegou um peso de papel de bronze em formato de pato da mesa.

— Odeio admitir que você está certo sobre algo.

Greydon sorriu.

— Você já deveria ter se acostumado.

O mordomo bateu na porta entreaberta.

— Chegou uma carta aos seus cuidados, Sua Graça.

Com a curiosidade atiçada, ele gesticulou para que Hobbes entrasse.

— Quem sabe que estou aqui?

— Sua mãe? — sugeriu Tristan.

— Por Deus, espero que não. Ainda não estou pronto para ser descoberto.

Ele reprimiu um arrepio e tirou a carta da bandeja que o mordomo segurava, virando-a para ver o endereço.

— Academia da Srta. Grenville? — leu Tristan, apoiando-se na mesa. — Quem você conhece de lá?

Grey sabia exatamente quem havia escrito a carta. Seu pulso acelerou, e ele precisou segurar a vontade de sorrir.

— Ah, claro, estou tentando resolver um acordo de aluguel para o tio Dennis. — Ele quebrou o selo de cera e abriu a carta. — Deve ser uma resposta da diretora para o meu pedido.

— Seu tio deixou você encarregado de uma escola para garotas? — perguntou o visconde em tom incrédulo. — *Aquela* escola para garotas?

— Acho que sou qualificado para o trabalho.

Tristan observou enquanto ele folheava as três páginas da carta.

— É uma resposta e tanto.

— Acordo de aluguel. Sei. — Alice entrou no escritório com um sorriso malicioso. — Já descobri tudo, Wycliffe. Você nos trouxe aqui para que pudesse continuar seu romance secreto com uma das lindas e jovens alunas da Academia. — Ela pegou a carta de suas mãos antes que ele pudesse ler a primeira linha. — Vamos dar uma olhada nisso.

Ela nunca teria feito tal gracinha em Londres. Era claro que o desespero havia começado a vencer seu bom senso.

— Srta. Boswell — disse Grey, e a raiva fez com que sua voz baixasse uma oitava —, não me lembro de ter solicitado que lesse minha correspondência. Se quer tanto ler algo, há ótimos livros de poesia na biblioteca.

— Estou apenas entediada, Grey. — Ela deu uma risadinha, mas logo devolveu a carta para a mesa. — Grosso.

— Hum. Ele parece estar nervoso com algo — comentou lady Sylvia, da porta. — Você não acha, primo?

Grey praguejou enquanto Charles Blumton entrava no escritório, seguido de Sylvia. Tristan também estava olhando para ele. Maldição! Só queria ler a maldita carta em paz. Com um suspiro profundo, dobrou a correspondência e a colocou ao lado da pilha de livros de contabilidade.

— Vocês são terríveis. — Ele ficou de pé. — Vou pescar. Alguém quer vir?

— Pescar? Que ideia esplêndida, não é, Sylvia? — Blumton segurou a mão da prima e a apertou.

— Vai precisar me ensinar, Grey — disse Alice, toda graciosa novamente. — A viscondessa de Leeds pesca. Ela diz que é um esporte elegante.

Blumton franziu a testa.

— Bom, não sei sobre…

— "Sua Graça," — a voz arrastada de Tristan surgiu — "nossa recente conversa deixou claro que você tem diversos… equívocos sobre o currículo da Academia da Srta. Grenville. Por isso, tenho todo o prazer em corrigir qualquer ideia errônea."

Greydon parou de supetão, pensando em uma dezena de maldições para Tristan Carroway e todos os seus antecessores. É claro que a carta seria afrontosa; era por isso que ele queria lê-la — praticamente saboreá--la — sem interrupções.

— Já basta, Tristan — grunhiu.

— Parece muito interessante — comentou Sylvia, sentando-se. — Por favor, continue, lorde Dare.

Tristan pigarreou e olhou de soslaio para Grey antes de voltar a atenção para a carta. Era claro que seu gosto por problemas era maior do que qualquer preocupação com represálias.

— "Estava certo ao dizer que a Academia ensina o que chamamos de 'Graças', como elegância, modéstia, modos, educação e moda. Espera-se que uma dama de sucesso seja excepcional em todas as Graças, então seria tolo da nossa parte não as incluir em nossos estudos."

— A srta. Grenville é uma intelectual — apontou Alice.

— Ao que tudo indica — resmungou Grey. — Tris...

— Está ficando bom. "Sua opinião, pelo que lembro, é de que a função da Academia é apenas formar esposas." Ela sublinhou a palavra "esposas" várias vezes aqui — acrescentou Tristan.

— Um argumento esplêndido, Wycliffe — comentou Blumton.

— Fique quieto.

— "O objetivo da Academia, tanto sob a direção de minha tia como sob a minha, é de formar mulheres competentes." Há mais sublinhados aqui. "Para isso, além das Graças, também oferecemos aulas de literatura, matemática, línguas, política, história, música e arte, conforme detalhado a seguir."

— Minha nossa — disse Alice, com um arrepio. — Que horror.

Tristan folheou o resto da carta.

— As páginas seguintes são o currículo detalhado. — Ele olhou para Greydon. — Não lerei essa parte.

— Obrigado — murmurou Grey.

— Mas há outro trecho no fim. "Como pode ver, Sua Graça, faço o possível e o impossível para que minhas alunas recebam uma educação completa e abrangente. Seu comportamento, por outro lado, sugere que você possui uma deficiência nas matérias das Graças. Se desejar, posso recomendar diversos livros sobre educação, modéstia e modos para que leia em seu tempo livre. Com extrema preocupação, srta. Emma Grenville."

Após um momento de silêncio, lady Sylvia caiu na risada.

— Pobre Grey. Não conseguiu impressionar a diretora de uma escola para garotas.

— Bom, eu não diria isso. Ela chegou a falar que tem uma "extrema preocupação".

Tristan devolveu a carta à escrivaninha.

Grey deixou que rissem dele. Na verdade, mal ouviu o que estavam falando. Em vez disso, estava imaginando uma maneira muito satisfatória de fechar a matraca daquela atrevida de olhos cor de mel. A srta. Emma Grenville claramente não tinha ideia de com quem estava lidando, mas estava prestes a descobrir.

—⟋⟍—

A srta. Elizabeth Newcombe caiu de costas contra um barril vazio de uísque que representava o poço principal da linda cidade de Verona.

— "Se alguém me procurar amanhã, vai descobrir que virei um homem sério como um túmulo." — dramatizou ela, apertando um lado do corpo.

Ajeitando o enchimento que a deixava rechonchuda para o papel de ama de Julieta, Emma sorriu. Ninguém seria capaz de dizer que Elizabeth era tímida. Na verdade, daqui a mais um ano ou dois, a diretora teria que começar a trabalhar para transformar o humor indomável da aluna mais jovem em sagacidade. Elas já haviam trilhado um bom caminho, mas a última coisa que desejava fazer era abafar o charme e a sociabilidade naturais de Lizzy.

— Srta. Emma — disse o Mercúcio quase morto —, posso usar um pouco de suco de frutas vermelhas para imitar sangue?

— Eca! Se fizer isso, vou desmaiar — afirmou Mary Mawgry, limpando uma das unhas com a ponta de sua espada falsa.

— Não, não pode. — Emma entrou em Verona pela parte dos fundos do palco. — É para isso que serve o cachecol vermelho. Vocês se esforçaram muito para fazer essas roupas esplêndidas e não quero vê-las arruinadas, nem mesmo para dar mais dramaticidade à cena. Agora, por favor, continuem. Este é o último ensaio. Nós nos apresentamos em seis horas.

Ela voltou para o fundo do palco enquanto Elizabeth finalmente sucumbiu ao ferimento, e Romeu e Tibaldo começaram a duelar. Embora Mary não parasse de dizer que iria desmaiar, a jovem tímida havia melhorado tanto como Romeu que Emma queria aplaudir. Os pais da srta. Mawgry ficariam maravilhados ao verem a evolução da filha "balbuciante", como se referiam à menina.

— Emm — sussurrou Isabelle, sacudindo uma carta na mão enquanto se aproximava da área de vestimentas —, acho que você recebeu uma resposta.

Finalmente! Aquela espera já durava mais de um dia. O frio na barriga não tinha relação alguma com a apresentação das alunas. Emma não sabia exatamente por que decidira escrever para Wycliffe quando ele não dava a mínima para a Academia, mas saber que ele recebera sua carta a deixara inquieta por toda a noite.

Emma pegou o envelope das mãos da professora de francês e o abriu. A caligrafia masculina fez seu pulso acelerar — até ela começar a ler.

— "Madame" — começava a carta. — "Recebi sua correspondência descomedida." — Emma balançou a carta na direção de Isabelle com irritação. — "Descomedida"? Ele disse que minha carta foi descomedida!

— Xiu, Emma! O ensaio!

Fechando a boca, ela continuou a ler em silêncio.

"Embora uma ou duas frases tenham sido interessantes, a carta não mencionou o problema em questão entre sua Academia e Haverly. Estou enviando o acordo de aluguel para a sua assinatura. Pretendo coletá-lo assinado nesta noite após a sua peça, à qual meus amigos e eu fomos persuadidos a assistir." Não havia uma longa lista de títulos e honoríficos ao fim da carta, apenas "Wycliffe" assinado à margem.

Emma empalideceu. Ele iria assistir à peça.

— Você está bem? — perguntou Isabelle, segurando-a pelo cotovelo quando ela se sentou repentinamente.

— Sim, acho que sim.

Ela não podia contar às alunas, é claro; sua confiança e concentração ficariam em ruínas assim que descobrissem que um duque, especialmente um *leão dourado* como ele, estaria presente.

Emma fez uma careta. Aquele devia ser o motivo para ele ter informado que iria — para que as meninas ficassem nervosas e estragassem a apresentação. Seu primeiro instinto foi rasgar a carta, pisotear os pedaços e jogar o que sobrasse no fogo. Mas, embora a ideia parecesse extremamente satisfatória, não resolveria seu problema.

— Isabelle, sir John virá esta noite, não é?

— *Oui.* Ele disse que chegaria cedo para ajudar Tobias a prender a varanda de Julieta e a escada.

— Ótimo.

O procurador de Basingstoke, sir John, sempre fora um grande apoiador da Academia. Emma redobrou a carta e o acordo e os encaixou no enchimento da ama. O duque de Wycliffe podia achar que conseguiria forçá-la a fazer o que ele queria, mas ela não tinha intenção alguma de ceder sem uma briga — ou uma guerra.

Um coro de risinhos vindo do palco chamou sua atenção. Lady Jane apareceu pela cortina com uma cara feia.

— "A Ama vem vindo e traz notícias dele" — repetiu ela em voz alta.

— Opa.

Emma pulou da cadeira e correu para o palco. Agora o maldito Wycliffe estava até atrapalhando seu trabalho — outro ponto negativo contra ele.

— "Desgraça! Está morto, assassinado."

*Ou desejaria estar quando ela terminasse com ele.*

# Capítulo 4

A ACADEMIA DA SRTA. GRENVILLE parecia mais um quartel militar do que uma escola para garotas conforme os Haverly e seus convidados cruzavam a construção longa e labiríntica até a velha igreja convertida nos fundos. Mulheres robustas estavam de guarda em cada corredor e escadaria, sem dúvida para impedir que homens subissem até a ala dos dormitórios e estragassem as chances de casamento das alunas.

Ou talvez a srta. Emma achasse que Grey pretendia coletar o aluguel dos bolsos de suas pupilas. Se ela soubesse o quanto ele queria distância de jovens em idade para se casar, talvez decidisse que a melhor estratégia seria lançar todas na direção dele.

— Eu não sabia que aqui era uma escola de modos para avós — resmungou Tristan enquanto passavam por mais uma dupla de guardas grisalhas. — Estou absurdamente desiludido.

— Não entendo por que você quis vir, Grey — lamentou Alice de seu outro lado. — Se estivéssemos em Londres, poderíamos estar na ópera com o príncipe George.

— Eu sei por que estamos aqui — comentou lady Sylvia. — Nosso duque está morrendo de vontade de esganar a diretora da escola desde a carta de ontem.

Sylvia estava correta. Ele *queria* ver a srta. Emma e saber o que ela achara de sua resposta. No entanto, Grey queria fazer outras coisas com as mãos em vez de esganá-la...

— Mesmo assim — reclamou Blumton, de trás. — Menininhas encenando Shakespeare? Edmund Keene está em cartaz com *Hamlet* em Londres. Já assisti duas vezes. É magnífico. Nada comparado a este insulto ao bardo, é claro.

— Duvido que a Academia esteja insultando alguém — respondeu tio Dennis com um sorriso paciente. — A apresentação de *Do jeito que você gosta* no ano passado foi bem impressionante.

— Para os padrões de Hampshire, talvez.

Alice roçou os seios nos braços de Grey.

— Você está quieto hoje.

— Estou aproveitando a vista.

Ele estava realmente perplexo. Em sua imaginação, nas raras ocasiões em que pensava no assunto, o interior de uma escola para meninas tinha muito mais rendas nas janelas. Embora os sofás e cadeiras estivessem enfeitados por almofadas e mantas de crochê, esta era a única decoração feminina à vista. Mas o mais surpreendente era que nenhuma horda de jovens prestes a debutar havia aparecido para encarar, dar risadinhas ou flertar com o quórum masculino.

— Lorde Haverly, lady Haverly, boa noite — uma voz feminina falou de uma parte escura do corredor à frente.

O pulso de Grey acelerou, mas logo voltou ao normal quando uma mulher jovem, alta e de cabelo preto apareceu. Não era *ela*.

— Srta. Santerre — respondeu a tia de um jeito bem mais carinhoso do que ela havia tratado seus convidados até então. — Boa noite.

— Fico feliz que você e seus convidados tenham podido vir — disse a srta. Santerre com um leve sotaque francês.

— Estamos felizes em estar aqui.

— Emma teria vindo cumprimentá-los pessoalmente, mas as alunas a recrutaram para a peça.

— Para qual papel? — perguntou Tristan, antes que Greydon abrisse a boca.

A mulher sorriu.

— A ama. Sigam-me por favor. Vou levá-los até seus lugares.

— Gostaria de conversar com a srta. Emma em algum momento esta noite — afirmou Grey, seguindo a mulher com uma determinada Alice ainda pendurada em seu braço.

— Vou informá-la de seu pedido — respondeu a srta. Santerre —, embora a noite dela esteja muito ocupada.

— Você está sendo evitado, Wycliffe — apontou Charles. — Sei bem como é.

— Aposto que sabe.

Tristan sorriu para Sylvia, que devolveu o sorriso.

Ao ouvir o nome de Grey, a francesa estreitou os olhos por um momento, mas logo retomou sua expressão plácida. Aparentemente, as mulheres da Academia estavam fofocando sobre ele. Mulheres sempre fofocavam sobre algo. Típico. Ele não queria ter nada a ver com nenhuma delas — com exceção de uma.

Ele realmente queria ter algo a ver com a srta. Emma Grenville, a ponto de fazê-lo evitar Alice. Até começara a trancar a porta do quarto à noite nos últimos dias e, se havia algo que Grey não gostava nem um pouco, independentemente da circunstância, era da castidade.

Quando a srta. Santerre mostrou-lhes o banco dos fundos, ele teve certeza de que o grupo estava sendo perseguido. No entanto, os tios não pareciam nem um pouco surpresos com o lugar e se sentaram sem protesto algum.

— Sei que não é a etiqueta correta — explicou Dennis quando Blumton olhou feio para a francesa —, mas sempre insisto em me sentar no fundo para não atrapalhar as meninas.

— Isso é muito generoso da sua parte, lorde Haverly — disse lady Sylvia, e sentou-se do lado dele.

De qualquer forma, não havia outro lugar. Os bancos restantes estavam ocupados com o que parecia ser toda a população de Basingstoke e arredores. Pelas vestimentas, alguns pequenos nobres pareciam estar presentes também, sem dúvida donos de propriedades vizinhas que tinham decidido não ir a Londres na temporada. Aquilo animou Alice, que se sentou ao lado dele com floreio.

Meia dúzia de garotas, trajadas com vestidos pretos e simples, apareceram pelas portas dos fundos e apagaram as velas nas paredes, uma por uma. Tristan inclinou-se sobre Alice quando a plateia começou a aquietar.

— Ainda não vi aquela maldita garota da estrada. Achei que ela estaria aqui.

— Talvez você a veja depois — respondeu Grey em voz baixa. — Agora cale-se. As cortinas estão se abrindo.

O visconde se endireitou no assento e bateu uma continência sarcástica.

— Sim, Sua Graça.

Ao contrário das plateias dos teatros de Mayfair, em Londres, os presentes pareciam realmente interessados em assistir à peça. Muitos haviam se virado para observar a chegada do grupo de Haverly, mas, quando as cortinas se abriram, todos estavam olhando para o palco. Grey também se ajeitou na madeira dura de carvalho para assistir.

Os personagens principais pareciam ser encenados pelas alunas mais velhas, embora muitas meninas mais jovens tivessem subido no palco para o duelo entre os Montéquio e os Capuleto, brandindo suas espadas falsas com entusiasmo.

— Meu Deus, elas são ferozes — murmurou Tristan. — Estou aterrorizado.

Os Montéquio finalmente saíram da segunda cena, e Grey endireitou-se no banco enquanto lady Capuleto e a ama subiam ao palco. Lá estava ela. Parecia que uma eternidade se passara desde que a vira pela última vez, e a visão do último banco não parecia ajudar em nada sua impaciência pelo fato.

— *Aquela* é a sua inimiga incansável? — zombou Tristan.

— Aquela velha rechonchuda e de cabelo branco? — Alice deu uma cotovelada nas costelas de Grey. — Parece ter mais de 100 anos.

— Xiu. Estou assistindo.

Era impossível reprimir sua satisfação repentina; Tristan não fazia ideia de quem estava zombando. Grey, no entanto, não tivera dificuldade alguma em reconhecê-la apesar da peruca, dos enchimentos e do horrível tom de voz que ela estava usando.

— "Ó cordeirinha! Ó moça!" — chamou ela, e Grey sorriu na escuridão do anfiteatro. — "Vem pra cá!"

Julieta, uma jovem adorável de madeixas pretas como carvão, entrou no palco.

— "Que foi? Quem me chamou?"

— Ah, agora sim — disse o visconde, suspirando aliviado.

Várias filas à frente deles, um jovem magrelo se levantou e começou a aplaudir. Ele continuou até que a atriz no palco olhou em sua direção e corou. Ignorando os olhares irritados dos companheiros na plateia, ele lentamente voltou a se sentar.

— Parece que você não é o único admirador de Julieta — sussurrou Grey.

Tio Dennis fez uma careta e inclinou-se sobre Sylvia e Blumton.

— Aquele é Freddie Mayburne — explicou em voz baixa. — Ele está atrás de lady Jane desde o começo do ano.

— Pobrezinho — respondeu Grey, sem tirar os olhos de Emma.

O restante da peça continuou sem mais interrupções e quase sem falhas, e Grey juntou-se ao público em pé enquanto as cortinas se fechavam e depois se abriam novamente para revelar um palco cheio de jovens atrizes radiantes fazendo suas reverências.

— Viu, sr. Blumton? — disse tio Dennis com orgulho enquanto aplaudia. — Elas foram esplêndidas. Bravo, meninas! Bravo!

— Muito passável, para mulheres — concordou Blumton a contragosto.

— Aquela Mercúcio em miniatura seria páreo duro para Edmund Keene — afirmou Tristan entre risos quando a cortina se fechou novamente.

— Podemos ir agora? — indagou Alice, colocando o xale sobre os ombros e saindo do banco atrás de lorde Dare. — Não quero ser rodeada por fazendeiros de Hampshire.

Grey era solidário. Com o fim da peça, o grupo de lorde Haverly parecia ter se tornado o centro das atenções. O que ele menos queria era que jovens em busca de casamento começassem a arremessar lenços bordados em sua direção, e já conseguia se imaginar de volta a Londres com a mãe e as predadoras o cercando.

Ele percebeu tarde demais que fora tolo de pôr os pés em uma escola para garotas. Seu desejo pela maldita diretora estava afetando seu cérebro.

— Está bem, nós vamos... — começou ele, mas parou quando viu uma forma rotunda e baixa abrindo caminho pela multidão. — Em um momento.

— Grey, você precisa falar com essa bruxa velha ainda hoje?

— Sim. — Ele deu um passo à frente para recebê-la. — Srta. Emma.

— Sua Graça.

Ela fez uma reverência, e seus movimentos eram graciosos apesar da grande quantidade de enchimentos por baixo do vestido. Grey sentiu os dedos formigarem com o desejo de arrancar os enchimentos um por um, mas impediu o pensamento. Aquilo podia esperar até que resolvesse a questão do aluguel.

— Você...

— Peço desculpas, Sua Graça — interrompeu ela, virando-se para o tio —, mas o lorde e a lady Haverly sempre se juntam a nós para ponche e bolo após as peças. Gostaria de informar que você e seus convidados também são bem-vindos esta noite.

— Seria um prazer — respondeu o conde. — Vamos nos encontrar no refeitório.

— Nossa, que sorte — resmungou Alice, oferecendo o braço para Grey.

Ele desviou das garras de Alice e colocou a mão dela no cotovelo de Tristan, que foi pego de surpresa. Então, partiu atrás da diretora antes que ela desaparecesse na multidão.

— Imagino que tenha recebido minha carta — afirmou ele quando a alcançou.

Ela diminuiu o passo e olhou por cima do ombro.

— Sim, recebi. Foi incrivelmente rude.

— Apenas dando continuidade à tradição que a sua carta começou — disse ele em tom amigável.

— Eu não estav...

— Ah, srta. Emma. — Outra mulher, mais alta e quase tão rechonchuda quanto Emma em sua fantasia, surgiu para segurar as mãos da diretora. — Quase desmaiei quando a Julieta acordou, procurando por Romeu, e ele morto ao seu lado. Foi ainda melhor que a peça do ano passado!

— Obrigada, sra. Jones. Fico feliz que tenha vindo. E percebi que até o sr. Jones veio este ano.

A mulher riu.

— Ele disse que seria besteira, mas o vi enxugando uma lágrima no fim. — Ela aproximou-se e baixou a voz: — Não que ele vá admitir, é claro.

— Será nosso segredo — sussurrou Emma, dando um sorriso. — Agora, se me der licença.

Ajustando os enchimentos, ela voltou a andar. Mas Grey não a deixaria escapar tão facilmente.

— Os pais não vão gostar que você transforme suas filhas bem-criadas em atrizes, sabia?

— Este não era o objetivo do exercício, embora eu não espere que você entenda.

Quando ela continuou pelo longo corredor, virou outra esquina, subiu uma escadaria e entrou em um pequeno escritório, ele repentinamente se perguntou se ela não o havia conduzido a algum tipo de emboscada. Um cavalheiro alto de madeixas grisalhas estava de pé próximo à janela, olhando na direção de Haverly.

— Sua Graça, este é o sir John Blakely, meu procurador — explicou Emma, indo até uma velha escrivaninha de carvalho e sentando-se na cadeira. — Sir John, este é Sua Graça, o duque de Wycliffe.

— Sua Graça — cumprimentou sir John, aproximando-se e estendendo a mão —, é um prazer conhecê-lo.

Grey sacudiu a mão do homem, mas manteve sua atenção na diretora.

— Por que estou conhecendo seu procurador?

— Porque pensei que o senhor talvez precisasse de um homem para lhe explicar que não pode me ordenar a fazer nada, já que minhas palavras aparentemente não tiveram efeito.

— O quê? Mas…

Ele perdeu a linha de raciocínio quando ela tirou a peruca e a largou na mesa. Seu cabelo ruivo-escuro caiu como uma cascata de cachos sobre seus ombros.

Ela o encarou.

— Mas o quê?

Grey tentou se concentrar no procurador.

— Meu tio pediu para que eu fizesse certas mudanças no gerenciamento de Haverly. Aumentar o aluguel dos inquilinos é apenas uma delas.

— E você possui esta transferência de autoridade por escrito, Sua Graça?

Emma levantou-se e entrou por uma porta na lateral do escritório, voltando com uma bacia. Ela mergulhou um pedaço de pano na água e começou a tirar a pesada maquiagem do rosto. Lentamente, os tons brancos e cinzas desapareceram, sendo substituídos por sua pele cremosa e macia.

Grey não costumava ter dificuldades para separar negócios de prazer, mas a srta. Emma Grenville era uma maldita distração.

— Posso consegui-la por escrito, se é o que deseja — respondeu ele.

— Seria de muita ajuda — continuou sir John. — E, claro, o documento precisaria ser autenticado por um procurador.

A diretora tentou alcançar um dos laços do vestido volumoso, que deveria estar sobre outro. Não importava o que sua imaginação dizia, Grey não achava que ela pretendia ficar nua na frente de dois homens.

— Está bem. Por favor, me informe quem é o procurador mais próximo — afirmou ele secamente.

— Ah, isso vai ser difícil. Sou o único procurador de Basingstoke no momento e, como pode ver, já estou representando a Academia da Srta. Grenville. Seria um conflito de interesses se eu...

— Me deixe ajudar — interrompeu Grey, indo até a diretora.

Antes que ela pudesse dar um pio, ele abriu os quatro fechos em suas costas e ajudou-a a passar a roupa pesada pelos braços e cintura antes de largar a vestimenta no chão. O cabelo dela cheirava a mel e limão, e ele sentiu uma vontade quase incontrolável de passar os dedos pelas madeixas ruivas.

Ela afastou-se tão rápido quanto um raio, antes que Grey pudesse pensar em ceder ao desejo.

— Então veja, Sua Graça — gaguejou ela enquanto corava de forma adorável —, você terá que ir a Londres ou outro lugar para contratar um procurador.

— Eu já tenho uma dúzia de procuradores — respondeu ele. — E não preciso de um documento certificado, apenas que meu tio repita o pedido na frente de testemunhas. — Ele encarou o procurador. — Não é, sir John?

— Ah, sim.

— E quando eu o fizer, voltaremos à estaca zero, com exceção de que você, srta. Emma, não terá mais recursos legais para não pagar o aluguel.

— Não tenho tanta certeza disso. Pensei em pedir ao sir John para escrever uma petição e apresentá-la ao Parlamento — afirmou ela, afastando-se dele. — Meu intuito é declarar a Academia como um prédio histórico. Isso me daria dispensa especial no pagamento...

— Ora, sua...

— Sua Graça! — protestou o procurador.

— Então você prefere ver Haverly falida a pagar mais um xelim? — explodiu ele, encostando um punho na testa. Ninguém o derrotaria daquela forma, muito menos uma diretorazinha atrevida como aquela. — Tudo isso para manter este antro de bonitinhas aberto?

Ela ergueu o queixo.

— Você é rico. Pague *você* as contas de Haverly. E este é um lugar para o conhecimento, não um "antro de bonitinhas", como você erroneamente chama.

— "Erroneamente"? Eu jamais pensaria q...

— Pois é, você jamais pensa, não é mesmo?

Mulheres nunca discutiam com ele. Elas suspiravam e concordavam e riam sem graça e falavam de coisas inúteis até que a cabeça dele estivesse prestes a explodir. Aquela situação era extremamente... revigorante.

— Você quer que eu chame de quê, então? Você se recusa a pagar o aluguel a Haverly enquanto brinca de embelezar suas supostas alunas, na busca por maridos ricos para elas.

Emma avançou em sua direção, tão brava que parecia prestes a soltar fogo.

— Esta *não* é a função da Academia e *não* vou tolerar que você insulte estas jovens quando elas se esforçaram tanto para...

— Para aprender como discutir o clima? — sugeriu Grey, cruzando os braços. — Diga-me um conhecimento *prático* que estas garotas aprenderam.

— Como se você soubesse fazer algo além de gritar e dar ordens a todos a sua volta. Rá! Quem fez sua barba esta manhã, Sua Graça?

— Eu faço minha própria barba, srta. Emma.

— Parabéns! Quantas pessoas o ajudaram a se vestir, além dos criados que poliram suas botas?

Grey estreitou os olhos.

— Creio que estávamos discutindo a inutilidade desta escola, não seu fascínio com minha rotina matinal.

— Sua Gra...

— Quieto! — gritou Grey para o procurador, sem nem olhar para o homem.

— Você não me fascina nem um pouco — afirmou Emma em tom elevado. — Estou tentando provar um ponto.

A ideia de que ele não a afetava era ainda mais irritante do que sua tentativa de defender as mulheres.

— E o que suas alunas aprendem aqui que é mais importante do que o conteúdo que aprenderiam passando duas semanas em Whitechapel ou Covent Garden? Você apenas dá um selo de respeitabilidade à sedução.

O procurador deu um passo à frente.

— Sua Graça, devo alertá-lo de que...

— Saia — rugiu Grey.

— Eu não...

— Por favor, sir John — pediu a diretora inesperadamente, com a voz tensa. — Sou capaz de lutar minhas próprias batalhas.

Para a surpresa de Grey, ela acompanhou o procurador até a porta do escritório e despachou-o para fora.

— Feche a porta.

— É minha intenção — afirmou ela, e assim o fez. — Não acho que queira que todos ouçam suas besteiras ignorantes.

Apesar das palavras ousadas e da porta fechada, Emma estava pálida. Se os olhos cor de mel não estivessem ardendo em fúria, Grey teria cessado seu ataque. Aquilo o surpreendeu. Normalmente, a fraqueza de seu oponente era um sinal para que ele desse o golpe final.

— Estávamos discutindo a diferença entre alunas de uma escola de boas maneiras e, digamos, atrizes.

— Por que não diz logo o que pensa? Acho insinuações chatas e coisa de gente sem cérebro.

Então agora ele era burro. Grey cruzou a sala até ela.

— Prostitutas, então — falou em alto e bom som.

— Rá! — Ela não pareceu abalada, tirando as bochechas coradas. — Você destruiu seu próprio argumento de novo. É evidente que você, Sua Graça, não tem muitas pessoas próximas que o informam quando fala besteiras.

Grey não se lembrava da última vez que alguém ousara insultá-lo de maneira tão direta. Raiva percorria suas veias, além de uma sensação mais sombria, mas igualmente revigorante. Por Deus, como ele desejava jogá-la em uma cama.

— Por favor, explique onde errei — disse ele entre dentes, perguntando-se se ela sabia do perigo em que estava se metendo.

— Com prazer. Você já insistiu diversas vezes em que a única *raison d'être* da Academia é formar esposas, supostamente para você e seus colegas. Para ser direta, homens do seu nível não se casam com prostitutas. Logo, minha escola não forma prostitutas.

— Uma flor, seja perfumada ou seca em uma pilha de lixo, ainda é uma flor.

— Tenho dó de você se não consegue distinguir entre as duas. Um pântano fedorento e um campo fértil são ambos pedaços de terra, mas acho que você, como proprietário de terras, os achará mais diferentes do que semelhantes.

— Como se uma mulher fosse capaz de distinguir lama e esterco se não fosse pelo cheiro.

Emma torceu o nariz, embora fosse impossível dizer se era por ele ou pela alusão.

— Claramente mais capaz do que você consegue distinguir entre uma prostituta e uma dama.

Ela colocou as mãos na cintura.

Grey a estudou por um momento. Seu desejo pela mulher confiante se digladiava com sua irritação com a ousadia dela em pensar que poderia brigar de igual para igual com o duque de Wycliffe — embora ela estivesse fazendo um ótimo trabalho.

— Quer apostar? — perguntou ele.

Ela piscou em confusão.

— O quê?

Era genial. Ele provaria a todos que aquela garota impertinente não tinha a menor ideia do que estava falando.

— Estou falando sobre fazermos uma aposta, srta. Emma.

Ela estreitou os olhos.

— Uma aposta valendo o quê?

— O aluguel — respondeu ele prontamente.

Quanto mais ele pensava na ideia, mais brilhante ela parecia. Se a diretora achava que tinha a solução para tudo, que tentasse provar então.

— Se perder, você paga o novo aluguel. Sem discussões.

— Você está maluco — afirmou ela, olhando-o desconfiada. — Qual será a aposta? Tenho mais o que fazer do que ficar cheirando estrume.

Ele sacudiu a cabeça.

— Não. É algo bem melhor que isso.

Aquilo teria que ser oficial, ou ela encontraria uma maneira de escapar antes que ele pudesse provar seu ponto. Grey foi até a porta e a abriu com força.

— Você, sir John. Entre.

O procurador quase caiu na sala; era claro que a conversa deles estava sendo ouvida. Ele não precisaria explicar muita coisa, então.

— Humpf — zombou a diretora, ainda com bochechas coradas. — De que raios você está falando, Sua Graça?

Ele apontou para o procurador.

— Sente-se e anote tudo.

— Por favor, pare de ordenar meu proc...

— Com licença — a voz de Tristan veio da soleira —, mas acredito que não fomos apresentados oficialmente.

Quase ignorando o grupo de Haverly enquanto eles lotavam a sala, Grey deu um empurrãozinho no procurador em direção à cadeira da escrivaninha.

— Que bom que estão aqui. Vamos fazer uma aposta.

— *Não* vamos fazer uma aposta!

Ele arqueou uma sobrancelha.

— Por que você não consegue sustentar seus argumentos tolos de superioridade?

— Não é superioridade. — Ela hesitou, pela primeira vez, com dificuldade para encontrar palavras. — É sobre equidade.

— Com licença, Grey — disse lady Sylvia em sua voz aveludada —, mas estamos discutindo a equidade de quem?

— A minha e a da srta. Emma, é claro.

Ele deu a volta na diretora enquanto articulava seu plano.

— Isso não é possível. — Alice riu por trás do leque, com uma expressão ridícula de inocência. Grey não sabia por que ela insistia naquilo. Só se esperava enganar algum pobre desavisado. — Todos sabem que um duque é superior a uma diretora.

— Não é esse tipo de equidade — retrucou Emma, impaciente, claramente esquecendo suas próprias regras de educação. — Estamos falando de equidade *intelectual*.

A armadilha se fechou.

— Então prove — disse Grey, parando na frente dela e encarando seus olhos cor de mel.

— De que forma?

— Como mencionei — começou ele —, estou tentando encontrar uma maneira mais eficiente e rentável de gerenciar Haverly. Proponho que você tente montar um plano melhor que o meu.

— Um plano para uma propriedade — disse ela em tom de dúvida.

Se Grey não conseguisse fazê-la concordar logo, ela perceberia que ele estava tentando encurralá-la e escaparia.

— Se conseguir, *eu* pagarei o maldito aluguel da Academia, *ad infinitum*.

Emma apertou os lábios, e Grey quis beijá-los.

— Está bem — falou ela, devagar —, mas não entendo por que sou a única que precisa provar algo. Do contrário, *quando* eu montar um plano melhor que o seu, simplesmente teremos que assumir que sou mais inteligente que você.

— Jesus — resmungou tio Dennis, e Grey ouviu Tristan dar uma risadinha.

Aceitar seu desafio era uma coisa, mas insultá-lo ao fazê-lo era completamente diferente.

— Acho que você não tem um pingo de chance de criar um plano melhor que o meu — afirmou ele.

— Sim, mas você está errado, Sua Graça.

— Entendo. O que sugere, então?

Ela o encarou com um olhar investigativo.

— Por acaso, cuido de um pequeno grupo de alunas nesta época do ano. O tópico desta aula especial é "Graças Sociais de Londres". Você parece ter ideias muito definidas sobre o que faz uma jovem dama ter sucesso em Londres.

Grey sentiu o peito apertar.

— E?

— Sugiro que tente passar seu conhecimento às minhas alunas. Talvez sobre a etiqueta em bailes, já que esta será a aula de segunda-feira.

— Perdão pela interrupção — disse Tristan —, mas isso não seria como deixar o lobo cuidando das ovelhas?

Emma corou adoravelmente.

— Sua Graça e minhas alunas serão acompanhados, é claro.

— Essa ideia é ridícula.

*Socializar com meninas?*

— Se não aceitar — afirmou ela —, vou considerar que não tenho a obrigação de pagar seu aluguel absurdo.

Maldição! Ela certamente conseguira aumentar a aposta.

— E quem julgaria isso?

— Imagino que você e seus amigos homens vão avaliar meu plano — explicou ela, gesticulando na direção de seus companheiros. — Logo, acho justo que minhas alunas devam avaliar suas habilidades como professor em comparação com as minhas.

— Meninas? — zombou Sylvia, enquanto Alice disfarçava outra onda de risinhos. — Isso vai ser fácil para você, Grey. É só jogar um charme para que favoreçam você.

— Minhas alunas são mais sensatas do que pensam, eu garanto.

Aquele planozinho não parecia mais tão divertido, pensou Grey enquanto encarava a diretora novamente.

— Se você perder, ou melhor, *quando* perder, vai concordar em pagar o novo aluguel de forma retroativa pelos últimos… dois anos.

Ela parecia indecisa entre ficar furiosa, horrorizada e entusiasmada.

— Então você também deveria ter uma penalidade adicional.

— Já discutimos isso. Se eu perder, pagarei o aluguel para sempre.

Emma negou com a cabeça.

— Não é o suficiente.

Ele inclinou a cabeça, surpreso por ela não ter recuado e estar, na verdade, negociando.

— O que você propõe, então?

— Se perder, Sua Graça, você abrirá um fundo para custear o aprendizado completo de três jovens na Academia durante todo o curso.

Ela queria que ele fosse humilhado. Todos sabiam o que Grey achava de escolas de boas maneiras, e daquela em particular. Pagar o aluguel *e* custear meninas para estudarem na Academia da Srta. Grenville…

Que possibilidade ridícula! Ela perderia, e ele venceria. Além disso, aquilo estava ficando mais interessante do que ele antecipara. Talvez pudesse convencê-la a fazer um outro tipo de aposta, uma mais íntima, só entre os dois. Ele sabia exatamente o que a nova aposta envolveria.

— Fechado — disse ele.

— Emma — murmurou sir John com uma expressão preocupada.

Ela ergueu o queixo.

— Fechado.

# Capítulo 5

— Emma, você precisa cancelar esta aposta. Imediatamente.

Emma suspirou. Ela havia passado a noite inteira andando para cima e para baixo em seu quartinho repetindo a mesma coisa para si. Toda vez que decidia recuar, porém, olhos verdes e cínicos riam dela por ser uma covarde. O maldito duque de Wycliffe achava que ela — e suas alunas — eram estúpidas e inúteis, e não escondia isso.

Muitos homens pensavam o mesmo, Emma sabia disso, e convencer um entre milhares dificilmente mudaria a mentalidade ignorantes deles. Mas, naquele momento, a lógica estava em segundo plano. Ela estava louca para convencer o duque e trazer mais três alunas para a Academia. Mais que três, se ele realmente pagasse o aluguel como disse que faria.

— Não vim aqui para ouvir conselhos, sir John — disse ela com o máximo de coragem que conseguiu, puxando outro livro das estantes abarrotadas. — Pesquisa tributária. — Levantou o livro para o homem inspecioná-lo. — Tributação imobiliária?

— Bens e propriedades, Emma.

— Você acha que não conseguirei vencer.

Ela colocou o livro em sua pilha crescente de material para pesquisa.

— Você nunca fez algo do tipo antes, enquanto Wycliffe foi praticamente criado para isso. Pague o novo aluguel. O valor é alto, mas você consegue.

Ela folheou outro livro e o devolveu à estante.

— Não. Preciso desse dinheiro para cuidar de outras demandas. Algumas coisas não podem ser comprometidas, não importa o motivo.

— E se perder a aposta?

— Não vou. Você sabe que raramente falho em algo quando me dedico. E, acredite, estou *bastante* dedicada.

Ela limpou o pó das mãos na saia. Apesar de suas declarações ousadas, sua confiança parecia prestes a desmoronar. Ignorar o conselho de sir John era difícil, especialmente porque havia se convidado para ir ao escritório dele em Basingstoke e olhar seus livros de pesquisa. Outro aviso dele provavelmente a faria cair em lágrimas, e ela não podia se dar ao luxo de mostrar fraqueza naquele momento.

— Não sei nada sobre gerenciamento de propriedades — continuou ele. — Não posso ajudá-la em nada além de emprestar-lhe estes livros e dar meus conselhos, que obviamente você não vai ouvir.

Emma forçou-se a sorrir.

— Seria muito para seus princípios se eu pedisse ajuda para carregar estes livros até minha carroça?

— Permita-me — disse uma voz baixa e masculina.

Ela pulou de susto. Para um homem tão grande, o duque de Wycliffe parecia muito habilidoso em aparecer atrás dela sem ser notado.

— Sua Graça — cumprimentou Emma, analisando a conversa que acabara de ter com sir John e agradecendo aos céus por não ter dito nada que pudesse ser usado contra ela. — O que veio fazer em Basingstoke?

Wycliffe se inclinou na porta do escritório, os ombros largos quase preenchendo o batente. Sua calça justa de pele de gamo e seu casaco de montaria cor de ferrugem o faziam parecer ainda mais um grande leão africano — dourado, poderoso e confiante — em busca de uma gazela para abocanhar. Emma engoliu em seco.

— Eu estava procurando você, srta. Emma.

Gazela ou não, ela não tinha intenção de desistir sem brigar. Ou de mostrar algo além de suas galhadas para este leão. Ela tinha uma horda inteira de gazelinhas para proteger.

— Ah, é mesmo? Para quê? Pedir desculpas?

O duque se afastou da moldura da porta.

— Não. Mas, no entanto, aceito o seu pedido de desculpas, além do pagamento. Não é necessário envolver o sir John.

— Não estou envolvendo o sir John, *você* fez isso. *Eu* vim aqui — disse ela ao erguer uma pilhas de livros — em busca de material para pesquisa. Nada mais.

Ela saiu do escritório e colocou os livros na pequena carroça da Academia, normalmente utilizada para levar as alunas até a vila ou até Haverly para aulas de fauna e flora.

Quando se virou para buscar o resto dos tomos pesados, quase colidiu com Wycliffe. Inclinando-se sobre ela, o duque pegou um dos livros do carrinho.

— "Leis sobre Vínculos"? Este não vai ajudar muito.

Emma tomou o livro de volta.

— Isso não é da sua conta, Sua Graça.

Ela voltou para dentro do escritório. Sem precisar olhar, sabia que ele a seguira. Os pelos de seus braços arrepiaram. A sensação e antecipação inebriantes que a acompanhavam eram tão estranhas… Ela nem gostava dele. Apesar disso, a presença física do homem era… estimulante.

— Você pode perguntar coisas sobre a propriedade para *mim* — continuou ele. — Eu tenho experiência na área, não é?

Emma o encarou.

— Como se eu fosse confiar em qualquer coisa que me disser. Nós dois sabemos que você não tem intenção de perder para mim. Só está falando bobagens de novo porque gosta de ouvir a própria voz…

Emma juntou outra braçada de livros, mas ele os empurrou de volta contra a mesa. A mão do duque a deixou fascinada. Como ele era grande, ela esperava que ele tivesse mãos grossas e pesadas; em vez disso, Wycliffe tinha as mãos de um artista, com dedos longos, elegantes e graciosos.

— Eu não falo bobagens — resmungou ele. — E disse que *eu* carregaria os livros. Além disso, não fará diferença se eu lhe contar tudo sobre a propriedade e lhe der conselhos. Você ainda vai perder.

Ela fitou os olhos verde-claros enquanto arrepios percorriam sua coluna.

— Está bem. Pode carregar meus livros.

Emma interrompeu a troca de olhares e deu a volta na pilha de livros para cumprimentar o procurador.

— Obrigada pelo empréstimo, sir John. Prometo devolvê-los em breve.

— Não há pressa. — O homem moveu seu olhar para Wycliffe. — O sr. Blumton e eu vamos definir as regras e estipulações da aposta nesta tarde. Qual é o prazo para a conclusão?

— Quatro semanas, se for o suficiente para a srta. Emma. Se precisa...

— Quatro semanas está ótimo.

— Perfeito.

Sir John pigarreou.

— Eu gostaria de sugerir que decidam a questão agora, não depois.

— Já ofereci. — O duque levantou os tomos pesados sem esforço. — Mas acredito que a decisão seja da srta. Emma.

Agora ele havia começado a provocá-la.

— Não tenho intenção alguma de desistir de uma aposta que não vou perder. Tenha um bom dia, sir John.

— Sir John — disse Wycliffe, com um aceno de cabeça.

Enquanto o duque a seguia até a carroça novamente, o corpo de Emma voltou a formigar.

— Você não tem o que fazer, Sua Graça? — disse ela em seu tom mais insensível. — Inquilinos para despejar ou cabeças de gado para contar?

Ele largou os livros no chão da carroça.

— Contei-as esta manhã, para não perder o hábito. Com a permissão do meu tio, é claro.

O duque tinha senso de humor. Se ela não sentisse tanta vontade de chutá-lo, talvez até apreciasse o fato.

— O que realmente veio fazer aqui? Não é possível que esperasse um pedido de desculpas.

— Caminhe comigo — pediu ele, e ofereceu um braço.

Os malditos arrepios em seu corpo voltaram com força.

— Não quero andar com você — forçou-se a responder.

— Vai querer quando eu lhe contar por que estou aqui.

Emma suspirou para disfarçar sua irritação e cruzou os braços.

— Então talvez seja melhor me contar primeiro. Do contrário, recuso o convite.

Ele estudou o rosto dela por um momento, enquanto Emma fazia o possível para ter pensamentos glaciais e evitar outro rubor. Ela nunca tivera tal problema com sir John ou lorde Haverly ou qualquer outro homem com quem lidava para cuidar da Academia. Se estava agindo de forma tão besta só pelo rostinho bonito de Wycliffe, então ela era uma tola. E, se fosse por uma atração estranha e mais profunda que sentia por ele, então Emma era pior do que uma tola. O duque não queria nada de bom para ela e não tentava esconder esse fato.

— Acho que devemos começar a disputa em níveis iguais — disse ele. — Com a permissão de meu tio, copiei todas as informações de Haverly que considerei pertinentes.

Ela piscou, surpresa.

— Como?

— Números atuais da área de cultivo, cabeças de ovelhas, gado, porcos etc.

— Bom. — Emma pigarreou. — Devo dizer que isso é muito generoso da sua parte.

Ele deu um sorriso sensual e travesso.

— Eu também escrevi os planos que criei até agora para melhorar a situação financeira de Haverly. Mas não vou entregar-lhe nada se não passear comigo.

— Isso é uma chantagem?

— Não, é suborno. Sim ou não, srta. Emma?

Emma odiava ser manipulada, mesmo quando era algo tão óbvio. Por outro lado, aquelas informações poderiam poupar muito tempo na organização de sua estratégia. Se não fosse por este pequeno fato, ela teria voltado para a Academia o mais rápido que o velho Joe conseguiria levá-la.

— Sim, mas só se for um passeio *rápido*.

Ela cruzou as mãos às costas e começou a andar pela rua de paralelepípedos em um ritmo acelerado. Ele a alcançou em segundos.

— Eu lhe ofereci meu braço.

— Como não somos parentes nem estamos no mesmo patamar social, e obviamente não temos acompanhantes, devo recusar.

Os lábios dele tremeram.

— Esta é uma das suas aulas?

Emma diminuiu o passo, irritada pelo tom de graça na voz dele.

— Minha nossa, eu não sabia que você era tão mal preparado para ensinar minhas alunas. Tem certeza de que não quer desistir?

O maldito ainda manteve uma cara divertida.

— Como deve se lembrar, não acredito nos assuntos que você leciona.

De repente, deixá-lo encarregado de uma matéria não pareceu uma boa ideia.

— Apenas lembre-se, Sua Graça, que sua tarefa é possibilitar que as alunas se tornem *damas* de sucesso. Se sair um centímetro da risca, vou considerar que perdeu.

— Agradeço sua confiança em minha falta de moralidade, mas conheço as regras.

— Que bom. — Ainda assim, ela ficaria de olho nele. — Eu ensino etiqueta básica e bom senso a algumas das jovens com mais dificuldade, Sua Graça. Talvez você queira assistir a uma ou duas aulas.

— Vou pensar no caso — respondeu ele secamente. — Talvez você queira assistir a uma ou duas aulas minhas.

— Ah, eu pretendo.

— Ótimo. Também posso dar aulas particulares.

Emma parou de supetão. O tom lascivo do duque e o que aquilo poderia pressagiar eram exatamente o que a deixavam preocupada.

— Não para as minhas alunas.

O duque parou bem na frente dela, então Emma não teve escolha a não ser fitá-lo. Ela estava na altura do peitoral largo, e com um suspiro que mal se lembrou de abafar, ergueu os olhos para encontrar os dele.

— Eu não estava falando das suas alunas.

Emma engoliu em seco.

— Ah.

Lembrando-se de que ele era um libertino experiente e provavelmente flertava em toda frase que pronunciava naquela voz deliciosamente baixa, Emma concluiu que precisaria ficar alerta sempre que ele estivesse perto de suas alunas e dela mesma, só para garantir.

— Não há mal em aulas particulares, mas o que elas têm a ver com o número de porcos de Haverly?

Wycliffe deu de ombros.

— Estou apenas vendo o quanto você está disposta a ser distraída.

— Não estou disposta.

Emma olhou pela janela da padaria de William Smalling e viu o sr. Smalling, a sra. Tate e a sra. Beltrand olhando para ela. *Maldição!* O sr. Smalling era um fofoqueiro.

— Para a sua informação, tenho um curso inteiro sobre homens como você. Não vai conseguir me fazer vacilar.

Ele deu um sorriso travesso e cheio de dentes.

— Um curso sobre homens bonitos e charmosos, presumo?

O pulso dela acelerou.

— Sim. Exatamente.

— Então por que ainda consigo fazê-la corar?

Emma sentiu as bochechas ficarem ainda mais quentes e vermelhas.

— Não consigo evitar o rubor ao ficar envergonhada pela sua arrogância excessiva, Sua Graça, mas não pense que isso significa que pretendo correr com o rabo entre as pernas.

Wycliffe arqueou a sobrancelha.

— Mas não quero que você corra — afirmou ele. — Qual seria a graça disso?

*Ai, Jesus.* Ela precisava participar das próprias aulas sobre como evitar um libertino. E rápido.

— Gr-graça? É por isso que vai perder esta aposta: isso é só um jogo para você. No entanto, garanto que é muito mais sério para mim.

O duque estendeu a mão em sua direção e Emma congelou. Mas, em vez de acariciar sua bochecha como ela esperava, ele simplesmente ergueu o xale que escorregava do ombro dela.

— Que pena — murmurou ele.

E ela estava até se *inclinando* na direção do cafajeste.

— Como eu disse, isso não é um jogo para mim — continuou ela em voz séria. — Você, entretanto, parece estar jogando vários, e nenhum deles muito bem. Suas seduções não me abalam e sua... pose não me impressiona.

Com uma fungada, ela se virou e voltou para a carroça.

Grey a observou se afastar e se perguntou quando, precisamente, ele perdera a cabeça. Aquela não era a primeira vez que lidava com um inquilino difícil, por Deus. Mas gritar ultimatos sem ouvir os argumentos opostos e fazer apostas com eles... aquilo sim era novo. E os inquilinos — mesmo os impertinentes de olhos cor de mel — não o encaravam de forma ousada e afirmavam que ele era rude e pouco impressionante.

— O jogo ainda não acabou, Emma Grenville — murmurou ele, enquanto a carroça sacolejava pela rua em direção à pequena ponte de pedra na fronteira leste de Basingstoke. — Nem para mim, nem para você.

Com um leve sorriso, retornou ao seu cavalo para ir atrás dela. A diretora partira antes que ele pudesse lhe dar as informações sobre Haverly. E, se ele tinha algum poder naquela pequena farsa — o que tinha —, ela não teria a última palavra naquela manhã.

Entretanto, quando ele fez a curva da estrada, puxou as rédeas de supetão. A carroça de Emma estava parada no meio da estrada, com uma figura montada ao lado.

À primeira vista, pensou que fosse Tristan, mas o cavaleiro não tinha a postura do amigo. O visconde de Dare praticamente nascera em um cavalo. Já este sujeito parecia se sentir muito mais confortável com os dois pés no chão. Vendo a maneira como ele estava inclinado sobre a diretora, uma das mãos nas costas do assento de Emma, Grey teve uma repentina vontade de jogar o homem no chão.

Estreitando os olhos, ele instou Cornualha à frente.

— Emma, que coincidência — disse ao se aproximar.

O outro cavaleiro se endireitou e se virou. Foi então que Grey o reconheceu: era o jovem da plateia do teatro. Ele cerrou o punho. Nenhum novo-rico arruinaria seus planos para a diretora.

— É tudo menos uma coincidência — respondeu Emma, não parecendo nem um pouco feliz em vê-lo de novo. — Acabei de abandoná-lo não faz nem dois minutos.

— Ora, você é o Wycliffe — falou o jovem de maneira arrastada.

— E você é... — Ele procurou na memória o nome que tio Dennis havia dito na noite passada. — Freddie Mayburne.

Grey não se importava com a identidade do jovem, só esperava que entendesse a situação e fosse embora. Ele e Emma tinham uma conversa para terminar.

— Ah, já ouviu falar sobre mim, então? — Longe de ser desencorajado pela recepção fria, Freddie sorriu. — Eu disse para a Jane que tinha feito um nome em Londres, mas não sabia que até o duque de Wycliffe me conhecia.

Grey lhe deu um olhar de desprezo.

— Na verdade, vi seu espetaculozinho na noite de ontem na Academia.

O sorriso confiante de Freddie vacilou.

— Ah.

— Para referência futura, sr. Mayburne — informou ao imbecil pomposo —, o truque é não deixar a garota saber que você está interessado.

— Humpf — fungou Emma, e estalou a língua para o cavalo. — Truques... Eu sugiro honestidade.

Com um estalar leve de rédeas, a carroça voltou a se mover na estrada. Freddie rapidamente levou sua montaria para perto de Cornualha.

— Na verdade, Sua Graça, eu gostaria de ter uma palavra com...

— Com licença — interrompeu Grey antes de deixar o sr. Mayburne no meio da estrada e cavalgar atrás de Emma.

Segui-la enquanto ela trotava por toda Hampshire *não* se tornaria um hábito. As mulheres iam atrás *dele*, não o contrário.

— Você esqueceu algo — disse ele ao virar uma curva e alcançá-la.

— Sim, eu sei, mas eu já havia partido.

— Então admite que saiu correndo com o rabo entre as pernas? — perguntou ele, surpreso.

— Eu saí de uma conversa na qual não tinha interesse algum. Então, pretende me insultar mais antes de entregar suas notas ou agirá de maneira honrosa?

Ela o olhou de soslaio por baixo da aba de seu chapéu de palha, o mais perto de um flerte de verdade que ele já tinha visto Emma chegar. A luxúria o atingiu mais uma vez como uma brisa quente. Consciente de que Emma Grenville olhava para cima e de seus lábios carnudos e ligeiramente entreabertos, ele se inclinou e a beijou.

O contato leve como uma pena o atingiu como um raio e, assustado, Grey se endireitou no cavalo. Os olhos de Emma estavam fechados, e ele ficou dividido entre o desejo de se juntar a ela na carroça e ver se o veículo era realmente resistente e a necessidade angustiante de fugir. Grey piscou. Ele não reagia daquela forma a um simples beijo. Gostava de beijar, e diziam que era excelente nisso, mas um simples toque de lábios não o deixava confuso daquela maneira.

Os olhos dela se abriram arregalados.

— O que... que raios pensa que está fazendo?

Usando cada grama de autocontrole conquistado a duras penas, Grey deu de ombros.

— Você disse que dá aulas sobre homens como eu — respondeu ele. — O que achou que eu estava fazendo?

Um delicioso rubor subiu pelas bochechas dela. Grey seguiu com os olhos a pele ruborizada até o decote de seu vestido e se mexeu desconfortavelmente na sela.

— Eu não vou... lhe dar o prazer de uma resposta — gaguejou ela. — Os papéis, Sua Graça. Por favor.

Sem dizer nada, ele enfiou a mão no bolso do casaco e entregou o maço, roçando os dedos dela ao entregá-los. Emma o colocou no assento ao lado dela sem sequer verificá-lo e então pigarreou, os olhos fixos na estrada à sua frente e as bochechas ainda vermelhas.

— Obrigada.

Com um incentivo em voz baixa para o cavalo, ela bateu as rédeas levemente, fazendo a carroça velha voltar a andar. Sorrindo, Grey cavalgou ao seu lado.

Por mais que ele tivesse se assustado com o beijo, ela obviamente ficara ainda mais afetada. A diretora não devia estar acostumada a ter homens por perto e, agora que ela começara a descobrir os benefícios que sua presença masculina poderia proporcionar, seria ainda mais fácil — e mais satisfatório — seduzi-la. Ele ficaria surpreso se ela conseguisse cavalgar um quilômetro antes de se jogar sobre ele.

Eles haviam andado apenas quinhentos metros quando Emma o encarou.

— Por que ainda está aqui?

Aquilo era inesperado.

— Você começou a trabalhar na sua parte da aposta — improvisou ele. — Eu gostaria de começar a minha.

A carroça parou de supetão.

— O quê?

— Gostaria de conhecer minhas alunas, srta. Emma, se não se importar.

Pela expressão dela, a diretora claramente se importava, mas Grey não cedeu. Emma apertou os lábios e assentiu.

— Não permitimos homens na Academia, mas suponho que terei que abrir uma exceção desta vez.

— Pelo menos desta vez — concordou ele.

— Você será supervisionado o tempo todo.

Ele sorriu.

— Por você?

Ela olhou para a frente de novo.

— Eu sou a diretora. Por funcionárias competentes da Academia, Sua Graça. Ficarei de olho em seu progresso quando puder, mas ganhar a aposta tomará a maior parte do meu tempo.

Grey fez uma careta. Talvez ela não tivesse ficado tão afetada pelo beijo quanto ele pensara. Ele se esforçaria mais no próximo.

— Você pode ficar ocupada, mas não ganhará nada.

— Bom, um de nós está errado, e estou muito certa de que não sou eu.

Eles poderiam continuar a pequena discussão o dia todo, mas Grey realmente estava curioso para conhecer as menininhas que o ajudariam a triunfar sobre srta. Emma. Treinar jovens para entrar na sociedade com sucesso estaria no topo da lista de coisas que ele nunca pensou que faria, mas ensinar algumas garotas a flertar e paparicar seria um pequeno preço a se pagar para derrubar a Academia e Emma Grenville.

Um trol estava de guarda no portão da frente. Pelo menos parecia um trol, todo velho e esquisito sentado em um banquinho encostado em um dos lados do antigo ferro forjado. Ele só precisava de um cachimbo para completar a imagem. Quando chegaram mais perto, o trol desdobrou as pernas surpreendentemente longas e se levantou, tirando o chapéu amassado.

— Bom dia, srta. Emma.

— Tobias.

Após deixar a carroça passar, o trol parou no meio do caminho, bloqueando a passagem de Grey.

— Desculpe, senhor. Homens não são permitidos.

Grey arqueou a sobrancelha, enquanto Cornualha bufou.

— E você é o quê?

O trol sorriu.

— Um funcionário. E pretendo continuar sendo.

— Está tudo bem, Tobias — avisou Emma. — Sua Graça pode entrar hoje. Vou anotar a agenda das visitas dele à Academia para você.

Tirando o chapéu novamente, o trol saiu do caminho.

— Você deve ser o duque mais importante de todos, Sua Graça, para receber a permissão de passar por esses portões fora do dia de visitas.

Olhando para a figura de Emma que desaparecia à frente, Grey inclinou-se para o homem.

— Ela é sempre tão rigorosa assim?

— Sempre, quando o assunto são pessoas de fora e regras. Mas ela faz de tudo por essas meninas. A srta. Emma é dura por fora, mas tem um coração maior que o universo.

De alguma forma, saber que Emma era tão bem-vista não o deixou particularmente feliz. Mas, também, não era como se ele fosse deixá-la sem emprego, decidiu Grey enquanto dava uma batidinha nas costelas de Cornualha. Ele estava apenas lhe ensinando o lugar certo de uma mulher na sociedade. E, com sorte, em sua cama.

— Você não vem, Sua Graça?

Emma havia acabado de sair da carroça, e estava com os braços cruzados esperando por ele na frente do prédio principal. Atrás dele, o portão se fechou com estrépito. Grey reprimiu uma careta ao descer do cavalo. Lá estava ele, trancado em uma escola para garotas. Se sua mãe soubesse, desmaiaria de tanto rir. Lady Caroline e as predadoras, por outro lado, provavelmente sofreriam uma apoplexia coletiva. Aquele pensamento em particular o fez sorrir. De certa forma, aquela não era uma maneira tão ruim de passar o tempo, afinal.

# Capítulo 6

EMMA ALISOU A SAIA E tentou andar em um ritmo normal enquanto guiava o duque para dentro da Academia da Srta. Grenville. As alunas de sua aula de Graças Sociais de Londres já estariam esperando por ela e se perguntando sobre seu atraso. E ela não fazia ideia do que dizer.

Emma não podia colocar a culpa em Freddie Mayburne, o maldito libertininho. Como se ela fosse permitir que ele visitasse Jane. Não. Freddie era irritante, mas ela mal se lembrava de tê-lo encontrado. Seu problema naquele dia era muito maior. E muito mais alto.

O duque de Wycliffe a havia *beijado*. Por que raios fizera aquilo? Greydon Brakenridge podia muito bem ser um cafajeste, mas era um cafajeste rico e extremamente bonito. Provavelmente vivia rodeado em todos os bailes pelas mais belas damas de Londres e poderia escolher qualquer uma delas para beijar.

Enquanto ele a seguia pelo corredor, as botas pretas e caras ecoando no solo, Emma só conseguia pensar em como o beijo fora *bom*. Seu primeiro beijo, dado por um duque. Será que ele pretendia repetir o ato? Da próxima vez, ela prestaria mais atenção no calor e na firmeza dos lábios macios, e na vontade de se derreter nos braços dele como manteiga no fogo.

De repente, percebeu que já estavam diante da sala e parou tão rápido que ele quase colidiu com ela. Evitando olhar para trás, para o caso de sua inquietação estar estampada no rosto, Emma marchou para a frente da sala. As cinco alunas que havia escolhido a dedo pararam de cochichar e se viraram, uma a uma, para encarar o grande leão dourado. Ela havia planejado encontrar as meninas antes e explicar a situação, mas o duque a superara daquela vez.

— Senhoritas — cumprimentou ela em seu tom mais sério —, permitam-me apresentá-las à Sua Graça, o duque de Wycliffe. Ele ficará responsável por esta aula por um curto período.

— Caramba — sussurrou Jane, afundando na cadeira.

Emma deveria ter corrigido o vulgarismo de lady Jane, mas, dadas as circunstâncias, a reação pareceu apropriada.

— Por favor, fiquem de pé e se apresentem.

Jane foi a primeira.

— Lady Jane Wydon — disse ela, e fez uma reverência.

A voz dela só tremeu um pouco, e Emma sentiu uma pontada de alívio. Aquelas eram suas melhores e mais inteligentes alunas. O resultado da aposta não importava; elas lhe dariam orgulho.

— Lady Jane — repetiu o duque em um tom tenso.

Emma olhou para ele de soslaio. O homem parecia relaxado e confortável, mas ela podia jurar que seu rosto bronzeado estava mais pálido. Sua mandíbula também parecia mais tensa. Na verdade, ele parecia querer sair correndo dali.

Mary Mawgry conseguiu dizer seu nome sem desmaiar, e nem Henrietta Brendale ou Julia Potwin deram risadinhas em suas apresentações. Até então, tudo bem.

A figura pequena e cheia de sardinhas sentada ao lado de Jane ficou de pé e fez uma reverência de maneira militar distinta.

— Srta. Elizabeth Newcombe — anunciou Lizzy. — Você perdeu suas terras?

— Elizabeth! — repreendeu Emma, nada surpresa pelo fato de a pestinha caçula da Academia estar pouco impressionada com a presença da alta nobreza.

Wycliffe se endireitou de forma quase imperceptível.

— Não. Por que a pergunta?

— Estou tentando descobrir por que Sua Graça iria querer dar aulas na Academia da Srta. Grenville.

— Ah. — Ele se balançou nos calcanhares. — A srta. Emma e eu fizemos uma aposta.

Emma estremeceu. Era óbvio que Greydon Brakenridge não fazia a menor ideia de como lidar com meninas jovens e curiosas — o que era ótimo para ela, mas certamente não para ele.

Lizzy assentiu.

— Sobre o que é a aposta?

Cruzando os braços sobre o peito, Emma apoiou-se na beirada da pequena mesa na frente da sala.

— Sim, Sua Graça, sobre o que é a nossa aposta?

Ele lhe lançou um olhar irritado. No entanto, não fora ela quem havia chamado metade da espécie humana de estúpida e inútil, então ele que se defendesse sozinho.

— A srta. Emma apostou que consegue gerenciar a propriedade do meu tio melhor do que eu — explicou ele em um tom alto e condescendente —, e apostei que consigo ensiná-las sobre decoro em bailes melhor do que ela.

— Bom, isso é tolice — zombou Elizabeth. — Ninguém faz nada melhor que a srta. Emma. Você vai perder.

— Tenho certeza de que a sua diretora é muito competente para ensinar bordado e etiqueta, mas…

— Na verdade, Sua Graça, quem ensina bordado é a srta. Perchase — corrigiu Mary, fazendo outra reverência e encarando o chão de madeira.

Ele pigarreou.

— Sim, obrigado, srta… Mawgry, mas meu ponto é que minhas aulas serão mais práticas.

As meninas pareciam perplexas, e Emma se permitiu um pequeno sorriso, protegida pelas costas largas de Wycliffe. Ela só precisava estimar o valor de mercado de alguns acres de cevada e rebanhos e recomendar sua venda nas proporções corretas. A tarefa do duque envolvia ensinar jovens teimosas que não eram tão estúpidas quanto ele pensava e ganhar respeito suficiente para que elas estivessem dispostas a colocar em prática o que ele ensinaria. O duque não tinha chance alguma de pedir que elas afirmassem que ele era melhor que Emma.

Um movimento na porta chamou sua atenção. Alunas e instrutoras abarrotavam o corredor do lado de fora da porta, esforçando-se para ver o visitante atípico da Academia. Emma se endireitou e foi até lá.

— De volta aos estudos, senhoritas — disse ela, fechando a porta com firmeza.

Ela não podia culpá-las pela curiosidade. Com exceção de pais, irmãos e visitantes em noites de apresentação, homens eram proibidos de colocar os pés nas dependências da Academia. Ter aquele espécime particularmente magnífico e viril no meio de cinco dúzias de garotas curiosas era como levar uma tocha para uma sala cheia de gravetos secos. Céus, até *ela* havia permitido que ele a beijasse, e Emma tinha noção do perigo.

A sala de aula parecia muito silenciosa, e Emma voltou sua atenção ao presente. O instrutor e suas alunas estavam claramente avaliando uns aos outros, e ela sabia por experiência própria que Lizzy, pelo menos, estava provavelmente se preparando para a batalha. Emma voltou para a sala.

— Eu sei que é estranho, meninas, mas pensem nisso como uma experiência. Sua Graça tem uma grande... familiaridade com as temporadas de Londres e suas condutas, e deseja passar um pouco desse conhecimento para vocês. — Emma gesticulou para o duque. — Os ensinamentos dele podem ser muito úteis especialmente para Jane e Mary, que estão próximas de serem apresentadas à sociedade.

Pronto. Eles estavam quites pelas notas sobre Haverly. O duque a fitou por um momento, os olhos verde-claros a analisando. Então, ele deu um passo em sua direção. Por um segundo no qual seu coração parou, Emma achou que fosse beijá-la de novo, e soltou um suspiro trêmulo. Ele estava de costas para as alunas, então elas não podiam ver o sorriso preguiçoso e malicioso dele.

Ela deu um passo para trás.

— Não na frente das minhas alunas — sussurrou ela.

O brilho de diversão nos olhos claros se aprofundou.

— Depois, então — respondeu ele no mesmo tom baixo, e esticou o braço ao redor dela para pegar o apontador que estava na mesa.

— Srta. Emma, isso significa que não precisamos fazer nossa lição de francês? — perguntou Julia.

Ela tentou ignorar o calor subindo por suas bochechas e rezou para que as meninas não notassem o rubor.

— Vocês precisam continuar com todos os outros estudos, da mesma forma que fariam se eu desse a aula.

— Todas vocês estudam francês? — perguntou Wycliffe de forma inesperada.

— Henrietta, Julia e eu estudamos — respondeu Elizabeth. — A Jane me ensina, mas ela nunca se lembra dos tempos imperfeitos.

— Lizzy! — Jane corou. — Lembro, sim. É você que nunca quer aprendê-los sozinha.

Elizabeth suspirou.

— Eu não teria que fazê-lo se você me dissesse...

Emma voltou para a porta. Aquilo estava prestes a descambar, e seria uma boa primeira lição para o duque de Wycliffe, se não para as meninas.

— Se me dão licença, tenho que estudar alguns documentos.

Ela olhou para fora da sala. Conforme pedira antecipadamente no caso de o duque aparecer, a srta. Perchase estava esperando no corredor — embora parecesse prestes a desmaiar.

— A srta. Perchase vai acompanhar a sua aula hoje — explicou ela, puxando a mulher grisalha para dentro da sala.

— Ah. A professora de bordado.

— Ela também ensina latim, Sua Graça. Voltarei para acompanhá-lo até os portões durante a pausa para o almoço. Você tem... — ela olhou para o pequeno relógio da prateleira —... quarenta e dois minutos. Boa sorte.

Antes de partir, ela apontou para o sininho que estava ao lado do relógio.

— Em caso de emergência, toque o sino para ser resgatado.

— Obrigado, mas não vou precisar.

— Veremos.

—◊—

Tristan esperava por Greydon do lado de fora dos portões da Academia quando ele saiu exatamente quarenta e dois minutos depois.

— Graças a Deus você ainda está vivo! — exclamou o visconde, olhando para a escola com os olhos semicerrados devido ao sol forte do meio-dia.

— E por que não estaria? — indagou Grey, enquanto os portões se fechavam atrás dele com um estrondo, fazendo sua recém-adquirida dor de cabeça latejar.

— Tenha um bom dia, Sua Graça — gritou o trol por trás das muralhas da fortaleza.

— Adeus, Tobias.

O cavalo cinza do visconde começou a trotar ao lado de Cornualha.

— A primeira vez que você mencionou a Academia da Srta. Grenville, disse algo sobre só entrar aqui se fosse uma carcaça apodrecendo. Quando seu valete disse que você tinha vindo para cá pela segunda vez em dois dias, naturalmente temi o pior. Eu não tinha ideia, é claro, de que você já até ficara amigo do porteiro.

O clima do interior parecia ter soltado a língua do seu valete. Grey precisaria ter uma conversinha com Bundle.

— E desde quando você interroga meu valete para saber onde estou?

— Desde que você começou a fazer apostas com diretoras bonitas e a esconder seu paradeiro de seus amigos mais próximos.

Grey encarou Dare, sentindo o corpo ser tomado por algo estranho e quente à menção de Emma. Aquilo estava ficando irritante.

— Bom, você sabe onde ela está agora. Tente a sorte — disse secamente.

— *Eu* não posso passar pelos portões. Aparentemente, isso é um privilégio apenas seu, Sua Graça. Já conseguiu encantar todas as suas alunas para que votem a seu favor? Se a aposta terminou, poderia pelo menos ter me convidado para ver o desfecho.

Ele não diria que havia encantado as garotas. Seria mais correto dizer que sobrevivera ao primeiro encontro com elas — e por pouco.

— Se veio até aqui para reclamar, saiba que não estou de bom humor, Tris.

— Então é melhor nem voltar para Haverly agora — afirmou o visconde, sem se mostrar intimidado. — Sua Alice está convencida de que você veio a Hampshire para encontrar uma substituta para ela, já que aparentemente você está celibatário desde que chegamos. Ela já deve estar esperneando a esta altura.

Grey fechou os olhos por um momento.

— Para começo de conversa, ela não é *minha* Alice, obrigado. Ela é mais uma... sanguessuga que fica grudando em minhas partes baixas.

— Credo. — Tristan fez uma careta, mas então fez uma cara pensativa. — Ou talvez não...

— E, segundo, não quero substituir nada, muito menos uma mulher. Por mim, o primo William pode ficar com o ducado quando eu bater as botas.

— Então...

— Estou tentando vencer uma aposta que, com sorte, fará a maldita Academia fechar.

— Foi exatamente o que eu disse para Alice. — Eles fizeram a curva na estrada que levava para Haverly. — Mas isso ainda me deixa com uma dúvida.

Grey estava cerrando tanto os dentes naquele dia que sua mandíbula pulsava quase tanto quanto sua cabeça.

— Que dúvida?

— Por que não me falou onde eu poderia encontrar Emma Grenville?

Às vezes, o constante desejo do visconde de Dare pelo caos era algo cansativo.

— Eu tinha coisas mais importantes em mente. Você sabe onde ela está agora. Me deixe em paz.

— Está bem. Eu só vim até aqui para encontrá-lo porque estava preocupado.

— Você veio ver quanto problema conseguiria causar, isso sim. O que está acontecendo entre você e Sylvia?

Um raro sorriso de escárnio apareceu no rosto de Dare.

— Antes de saber do limite das minhas finanças, ela achava que talvez quisesse ser minha viscondessa...

— E quando ela mudou de ideia?

— Conversamos na manhã de nossa vinda para Hampshire. Por que você acha que ela preferiu viajar com Blumton e sua sanguessuga?

— Hum. Sempre achei que Sylvia seria mais inteligente e não iria querer se envolver com você de jeito nenhum.

Tristan colocou a mão no peito.

— Estou arrasado. Aponte-me a direção do bar mais próximo e me empreste umas moedas para que eu possa afogar minhas mágoas.

Grey massageou a têmpora latejante.

— Se minhas finanças fossem tão limitadas quanto as suas, eu passaria meu tempo analisando os novos planos de gerenciamento de Haverly para tentar adaptar alguns a Dare.

O visconde cavalgou em silêncio por alguns minutos.

— Bom — disse ele enquanto guiava o cavalo na direção de Basingstoke —, já que estamos dando conselhos não solicitados, permita-me informá-lo que, se continuar seguindo este caminho particularmente desagradável, Sua Graça, talvez descubra que ficará cada vez mais parecido com a carcaça apodrecida que seu interior já se tornou.

Enquanto observava Dare desaparecer na curva da estrada, Grey diminuiu o passo de Cornualha para uma caminhada. Quando Tristan herdara Dare Park, três anos antes, as dívidas eram tantas que ele mal conseguia ver uma luz no fim do túnel. Para piorar, havia o boato de que a morte do velho lorde Dare não tinha sido o acidente que a família fingira ser, além da existência de quatro irmãos mais novos que precisavam ser educados ou necessitavam de renda. Era praticamente um milagre que Tristan Carroway não tivesse seguido os passos do pai e procurado consolo no álcool.

— Maldição — resmungou Grey, instigando Cornualha a ir mais rápido.

Pelo visto, ele estava ganhando a corrida de qual dos dois se tornaria o próprio pai primeiro.

Mas ele não assumiria toda a culpa. Não hoje. Depois de conhecer as alunas pestes da escola, estava quase acreditando que fora a diretora que o havia ludibriado a fazer aquela aposta. Ele não tinha certeza se seria melhor tentar moldar as tais alunas para o tipo de meninas que conseguia tolerar ou apenas encurtar sua sentença.

Ao chegar na frente da mansão, as portas se abriram. Charles Blumton desceu tão rápido os degraus de granito em sua direção que Cornualha até se assustou.

— Graças a Deus, Wycliffe! — exclamou ele ofegante, contornando o cavalo irritado. — Desça dessa criatura e venha ajudar!

— Ajudar com o quê?

— A resgatar Alice, é claro!

Grey puxou as rédeas e o cavalo parou de trotar.

— Não farei parte de nenhum chilique de Alice.

Charles segurou uma das amarras, quase sendo mordido pelo alazão.

— Não, não é nada disso. Ela está presa!

— Presa onde? — perguntou Grey em tom cético.

Blumton hesitou.

— Bom, é melhor ver com seus próprios olhos.

Pelo menos aquilo o distrairia de pensar em Emma. Franzindo o cenho tanto pelo pensamento quanto pela confusão que o esperava dentro da casa, Grey desceu de Cornualha e atirou as rédeas para um cavalariço que estava próximo.

— Está bem. — Ele gesticulou para que Charles fosse na frente. — Mostre-me.

Charles subiu os degraus de dois em dois.

— Não sei exatamente o que aconteceu. Sua tia, Alice e lady Sylvia estavam fofocando sobre sua aposta com a diretora sabichona, e então Alice decidiu que iria descobrir o motivo da sua falcatrua.

— Falcatrua?

Blumton empalideceu.

— Foram as palavras delas. Para mim, é uma ótima aposta.

Hobbes não estava no corredor quando Blumton disparou por ele e subiu as escadas, enquanto Grey o seguia em um ritmo mais digno. A ausência do mordomo o preocupou mais que a histeria de Charles; Hobbes tinha algum bom senso na cabeça.

— Para onde estamos indo?

Charles quase tropeçou na escada.

— Sabe, você não devia me deixar no comando — afirmou ele, voltando ao ritmo apressado. — Você e Dare saíram por aí, o seu tio também... Bom, não sei onde ele está, e...

— *Não se atreva a me cutucar com isso! Socorro!*

Uma dúzia de criados e tia Regina estavam na frente da porta aberta dos aposentos de Grey. Considerando que ele havia fechado *e* trancado a porta naquela manhã, aquilo era um mau presságio.

— Mas que diabo...

— Eu a alertei que parasse com as tolices. — Lady Sylvia apareceu na soleira da porta e os criados abriram espaço.

Quando ela recuou para Grey entrar no quarto, ele parou de supetão.

Alice Boswell estava em sua janela. Na verdade, metade dela estava em sua janela. Suas pernas balançavam do lado de *fora* enquanto uma mão agarrava as cortinas grossas. Com a outra mão, ela golpeava a vassoura que Hobbes segurava apontada em sua direção.

— Grey, me salve! — gritou ao avistá-lo.

— Pise no maldito peitoril da janela — retrucou ele.

— Não consigo. Meu vestido está preso.

A expressão de Hobbes era de dor.

— Estamos tentando soltar a srta. Boswell, Sua Graça, mas não tivemos sucesso.

— Eles estão tentando me matar! — ofegou ela.

— Quem dera.

Praguejando, Grey foi até a janela, agarrou a cintura da mulher e a puxou. O tecido da saia soltou-se com um barulho de rasgo, e Alice tropeçou para dentro do quarto, agarrando o ombro de Grey para se equilibrar. Ele a endireitou quase com um empurrão.

— Graças a Deus — soluçou ela, voltando a agarrá-lo.

— Srta. Boswell — disse ele, cerrando os dentes de novo —, *nunca mais* entre em meus aposentos sem minha permissão.

— Mas Grey...

Ele a afastou, soltando os dedos finos de seu casaco.

— Estamos entendidos?

Lágrimas brotaram de seus olhos e desceram por suas bochechas de marfim. Mas, antes que ele pudesse aplaudir suas habilidades teatrais, ela segurou a saia rasgada e fugiu do quarto. Blumton abriu a boca, mas deve ter entendido a expressão no rosto de Grey e saiu atrás de Alice. Tia Regina os seguiu com uma expressão nada surpresa no rosto. Evidentemente, ela esperava tal comportamento das companhias femininas dos homens de Brakenridge.

— Hum — murmurou Sylvia, da porta. — Você não matou a curiosidade de ninguém assim, Sua Graça.

Ele a encarou, aborrecido e frustrado porque nem mesmo aquele pequeno teatro havia distraído sua mente da maldita diretora que não parecia ter sido afetada por seu beijo.

— Não há nenhum motivo para tanta curiosidade. Estou em Hampshire a pedido de meu tio e vocês vieram junto para que não dessem com a boca no trombone sobre o meu paradeiro em Londres.

Ela deslizou até ele, fitando-o com seus cílios longos e olhos azuis frios. Ele ainda não descobrira por que Sylvia estivera em seu camarote em Vauxhall naquela noite, já que eles eram apenas conhecidos. Saber que ela estava atrás de Tristan explicava *muito*, mas não explicava por que ainda estava em Haverly.

Ela levantou as mãos para ajeitar a gravata dele. Talvez já tivesse um substituto para Tristan.

— O pedido de seu tio explica por que você veio para Hampshire — disse ela em tom doce —, mas não explica por que está fazendo apostas com diretoras espertinhas e expulsando sua amante de seus aposentos.

— Porque eu quis.

Ela abaixou as mãos e assentiu.

— E eu gosto de homens que sabem o que querem. Boa tarde, Sua Graça.

— Adeus, lady Sylvia.

Ele teria batido a porta atrás dela, mas Blumton e os criados haviam tirado a madeira das dobradiças durante a tentativa de resgate. Grey deu um suspiro longo e deixou-se cair na cadeira de sua penteadeira. *Maldição*. No momento, Alice só o fazia sentir um leve desgosto. Nem mesmo a elegante Sylvia mexia com ele, embora ela aparentemente tivesse outras tentações em mente.

Talvez aquele fosse o motivo: Grey estava acostumado com mulheres que o perseguiam. Desde que completara 18 anos, ele se acostumara a se abaixar para pegar lenços derrubados de propósito, sentir o toque de peles perfumadas e receber visitas de mulheres cujas carruagens haviam quebrado misteriosamente em sua porta no meio da noite. Ele odiava tudo aquilo, mas era o esperado. Caroline havia lhe dado uma pequena proteção temporária até decidir tomar as rédeas e praticamente jogar a carroça na frente dos bois, e então as predadoras voltaram com força.

Emma Grenville, por outro lado, não parecia nem um pouco interessada nele. Aquilo não deveria ser uma surpresa, dada a maneira como ele estava se comportando. Grey estava acostumado a ser arrogante e rude apenas para ter um momento de sossego enquanto seus adversários e suas predadoras se recompunham. Depois de hoje, Alice sem dúvida tentaria envená-lo. Ele teria sorte se Tristan não se juntasse a ela.

Bem, ele ainda tinha como salvar sua amizade com o visconde. Ficando de pé, desceu e deixou instruções para arrumarem sua porta antes de sair em busca de um cavalariço e seu cavalo. Havia apenas três estalagens nas imediações de Haverly; Tris certamente estaria em uma delas. Alguns copos deveriam ser o suficiente para deixar os dois com um humor melhor. Pelo menos, Grey esperava que sim.

—∿—

Emma bateu seu lápis no tampo gasto da mesa e fez uma careta para os papéis a sua frente. Bastaram alguns minutos estudando as anotações do duque para perceber que sua tarefa seria muito mais difícil do que havia imaginado e que criar um plano de gerenciamento melhor que o dele seria praticamente impossível.

Sim, ela gerenciava a Academia e tinha lucros, mas a situação da escola era mais direta: uma fonte de renda e os gastos com salários, comida, suprimentos, aluguel e manutenção. Uma propriedade inteira era muito mais complexa, com...

— Srta. Emma, outro cavalheiro de Haverly está nos portões da frente!

Ela deu um pulo na cadeira quando Elizabeth Newcombe invadiu seu escritório como um furacão.

— Lizzy, por favor, tenha calma.

Elizabeth a encarou.

— Eu estou calma, srta. Emma. Estou apenas me perguntando quantos homens serão nossos professores.

— Apenas um.

— Ótimo. Um já é demais. Mas este outro me deu um xelim para que eu viesse lhe dizer que ele está aqui.

Ela levantou uma moeda reluzente de bronze.

— Elizabeth, isso é suborno.

— Não é não, porque eu teria lhe contado de qualquer forma.

Bom, aquilo fazia sentido.

— Venha, então. Vamos ver o que ele quer.

Um grupo de garotas cercava os portões da frente, suas risadinhas audíveis do outro lado do gramado. Emma franziu o cenho. Autorizar a entrada do duque de Wycliffe na Academia era uma necessidade infeliz, mas ela não tinha a intenção de permitir que a reputação da escola, ou o comportamento das alunas, sofresse com a presença dele.

— Senhoritas — chamou ela em tom firme ao se aproximar —, acredito que a tarde de hoje esteja reservada para a escrita de cartas e leituras. Não é correto encarar, ficar boquiaberta e, muito menos, chamar a atenção.

— A culpa é minha, srta. Emma — afirmou o visconde moreno do grupo de Wycliffe do outro lado do portão. — É o meu charme irresistível.

Emma parou no portão.

— O duque de Wycliffe não está aqui, lorde…

— Dare. Tristan Carroway. Wycliffe estava ocupado demais tentando arruinar a reputação da senhorita para nos apresentar.

— Ele pode estar tentando, mas garanto que não vai conseguir. O que…

— Na verdade, é por isso que estou aqui. — Ele a interrompeu e olhou para trás dela. Ainda era possível ouvir risadinhas e cochichos. — Há algum lugar onde podemos conversar?

— A entrada de homens na Academia é proibida. E, infelizmente, estou muito ocupada no mo…

— Peço apenas cinco minutos — interrompeu o visconde mais uma vez, dando-lhe um sorriso charmoso. — Prometo me comportar.

Em circunstâncias normais, ela teria recusado. Entretanto, os últimos dois dias estavam longe de terem sido normais. E, se lorde Dare pudesse lhe dar algumas dicas sobre o caráter de Wycliffe, a conversa poderia ser benéfica.

— Você tem cinco minutos — disse ela, tirando uma chave do bolso.

Tobias só cuidava do portão quando Emma saía com a carroça ou Pimpinela, para que ela não precisasse descer para abri-lo. Na maior parte do tempo, o portão estava sempre trancado para o mundo de fora.

Emma passou pelas portas de ferro e trancou o portão novamente.

— Como posso ajudá-lo, milorde? — perguntou ela, guiando-o para o caminho que circulava a Academia.

Ele andou ao seu lado enquanto puxava as rédeas de um cavalo cinza.

— Vim oferecer *minha* ajuda.

— Sua ajuda em quê?

— Na aposta.

Ela parou, surpresa.

— Por quê?

Lorde Dare deu de ombros.

— Para contrariá-lo.

Ela estava tentada a aceitar, mas a confiança de Wycliffe em sua vitória iminente fazia tudo aquilo parecer conveniente demais.

— Agradeço a oferta, milorde, mas tenho certeza de que vai entender minha… desconfiança em acreditar na sua sinceridade.

Ele lhe deu um sorriso.

— Nossa, assim me sinto como Iago ou lady Macbeth. Não que eu culpe sua desconfiança, é claro. No entanto, você precisa saber que temos algo em comum.

— E o que seria?

— Nós dois queremos que o duque de Wycliffe perca.

Emma franziu a testa.

— Achei que eram amigos.

— Somos, mas isso não me impede de achá-lo insuportável às vezes. Decidi que a derrota será boa para ele.

Emma sentiu uma pontada de esperança ao estudar os olhos azul-claros do homem, que pareciam menos empolgados do que ela esperava. Ter a ajuda de um lorde que cuidava de terras lhe daria uma enorme vantagem.

— Sua Graça ofereceu compartilhar os próprios conhecimentos, então creio que aceitar a sua ajuda não será considerado trapaça — disse ela.

— Não será nada disso. Será brilhante!

Seria um grande "bem feito" para Wycliffe. Ela respirou fundo.

— Então que acha de darmos uma caminhada, milorde? Tenho algumas perguntas para você.

Lorde Dare assentiu.

— Estou a suas ordens, milady.

# Capítulo 7

GREY OLHOU PARA SUA ESCOLTA, vários palmos abaixo dele.

— Sua diretora mandou *você* para me acompanhar? — perguntou ele, arqueando uma sobrancelha.

Elizabeth Newcombe balançou a cabeça e apontou para a srta. Perchase, que estava atrás deles.

— Achei que a srta. Perchase gostaria da companhia. — A pequena se aproximou e cobriu um pouco a boca para sussurrar: — Ela está naqueles dias.

— Ah.

Ele deixou Cornualha com o trol e seguiu a menina enquanto Tobias fechava o portão e voltava para onde quer que costumasse ficar.

— E onde está a srta. Emma?

A professora de latim pigarreou.

— A srta. Emma está ocupada.

— Ocupada com o quê?

— Estudando gerenciamento de propriedades — disse Lizzy.

Grey olhou para a escada ao entrar no prédio.

— Ela está no escritório, então? Gostaria de ter uma palavra com ela.

— Ah, não. Ela foi até Haverly com outro cavalheiro.

Algumas coisas que o incomodaram no dia anterior fizeram sentido.

— O lorde Dare?

— Sim. Ele me deu um xelim.

— Elizabeth! — repreendeu a srta. Perchase, atrasada para controlar a língua solta da aluna.

Aquilo explicava por que Grey não achara o traíra em nenhuma das estalagens ou tabernas da vila na tarde passada. Ele incentivara Tris a tentar a sorte com Emma, mas dissera aquilo da boca para fora. Que inferno! Agora precisava ficar sentado em uma sala de aula a manhã toda enquanto Tristan explicava como a água ajudava as plantações a crescer e conquistava a diretora.

— As alunas podem sair do terreno da Academia, srta. Perchase?

— Eu… não é… não é algo muito comum, Sua Graça.

Lizzy o encarou.

— Podemos, mas somente com professoras.

Ele sorriu.

— Eu sou um professor.

— Mas… Sua Gra…

— Você quer nos levar para passear? Mas nossa aula é sobre decoro em bailes.

— Não posso permitir…

— Isso começa bem antes de um baile. E Londres tem muitos parques e jardins, sabia? Dúzias deles. Por que você e a srta. Perchase não reúnem suas colegas enquanto peço para o trol… digo, para o Tobias preparar nosso transporte?

Elizabeth o olhou com desconfiança.

— Está bem, mas acho que a srta. Emma não vai gostar nada disso.

— Então ela não deveria ter me contratado. Espero vocês no portão.

Com outro olhar suspeito para ele, Elizabeth agarrou a mão da professora de latim e saiu correndo. Cantarolando, Grey refez seu caminho até o portão. O velho mosteiro ecoava por toda parte com sussurros de vozes femininas e cheirava a perfume de lavanda. O que será que pensariam os monges ao ver aquele piso sagrado, sobre o qual haviam se ajoelhado em momentos de veneração, sendo pisoteado por incontáveis jovens empenhadas em caçar maridos?

O reino do trol era, por fim, o estábulo. Além de uma velha carruagem de dois lugares, o único meio de transporte que a Academia possuía era a carroça que Emma usara no dia anterior. Grey deu um suspiro e ajudou

Tobias a arrumar o transporte. Da última vez que contara, ele possuía três faetontes, quatro carruagens, um barouche e cinco cabriolés, e poderia pensar em pelo menos dois conhecidos de Londres que morreriam de rir se o vissem levando cinco garotas em uma carroça. Emma ia pagar por aquilo, e ele sabia exatamente como. Pensar em seu corpo feminino e esguio sob o dele, nos cachos ruivos espalhados sobre o travesseiro enquanto ele reivindicava sua vingança, o deixou tenso e impaciente.

— Vai levar as pequeninas para estudar a natureza? — perguntou Tobias enquanto eles levavam a carroça até o portão.

— Algo do tipo. A srta. Emma mencionou para onde ia esta manhã?

— Aham.

Mulheres não tinham noção alguma para contratar criados decentes.

— E para onde ela foi? — perguntou ele, duvidando que Tobias soubesse o quanto ele estava sendo paciente e o quanto o homem devia se sentir grato por isso.

— Para um lugar com aquele outro sujeito de Haverly.

Grey respirou fundo para evitar esbofetear o homem.

— Tobias, você prestou aten...

— Espere aí, Sua Graça — interrompeu o trol. — Trabalho aqui há trinta anos, desde o dia que a srta. Grenville abriu as portas. Sou um jardineiro e essas meninas, todas elas, são minhas florzinhas. *Ninguém* machuca minhas florzinhas. Então seja lá o que estiver planejando para causar de problemas para a srta. Emma, não espere que eu facilite as coisas para você.

Grey olhou para Tobias por um longo momento, repensando sua avaliação do homem.

— Interessante — respondeu ele —, mas estou aqui para ganhar uma aposta. Não machucaria suas "florzinhas".

Mas se uma flor em específico quisesse desabrochar para Grey, ele ficaria muito feliz em sentir seu perfume.

— Ficarei de olho só para garantir, Sua Graça.

A situação toda estava ficando bem menos divertida.

— Lembrarei disso.

As portas da frente se abriram e suas alunas desceram correndo as escadas. A srta. Perchase chegou logo atrás, parecendo prestes a ter uma apoplexia. Todas as garotas pareciam tão... puras quando se reuniram perto da carroça:

chapéus elegantes combinando com peliças e xales, três delas carregavam sombrinhas. Grey fez uma careta. O que diabo ele estava fazendo, instruindo garotas virginais, praticamente crianças, a arranjar maridos?

— Por que demoraram tanto? — reclamou ele.

— A srta. Emma diz que sempre precisamos nos vestir de forma apropriada — disse a garota mais velha, lady Jane *alguma coisa*. — Precisávamos dos nossos chapéus.

— Esplêndido. Vamos indo, então.

Elas continuaram paradas ao lado da carroça, olhando-o com expectativa. Depois de um tempo, sua pequena escolta suspirou.

— Você precisa nos ajudar a subir — explicou ela.

Segurando um xingamento e forçando um sorriso, Grey deu a volta na parte de trás do veículo e, uma por uma, ofereceu a mão para ajudá-las a subirem. O trol ficou apenas segurando o cavalo abatido e sorrindo para ele com os dentes separados.

Quando todas as meninas e a professora estavam acomodadas, ele subiu no banco da frente e segurou as rédeas.

— Voltaremos para o almoço — afirmou Grey.

O homem se afastou do veículo.

— Cuidado com as curvas — alertou ele. — O Velho Joe é um pouco difícil.

Como Grey estava acostumado a guiar em alta velocidade, conduzir uma carroça e um pônei era tão desafiador quanto se sentar no toco de uma árvore. Ele incitou o Velho Joe e fez a carroça andar na direção do portão da frente.

— Pode abrir o portão?

Tobias obedeceu. Assim que entraram na estrada a caminho de Haverly, uma mãozinha pousou em seu ombro.

— Para onde vamos, Sua Graça?

— É surpresa.

— É longe?

— Não sei. — Ele olhou por sobre o ombro e encontrou um par de olhos castanhos e sérios. — Por quê?

— A Mary costuma ficar enjoada em viagens. A srta. Emma normalmente deixa ela se sentar na frente.

Grey voltou a atenção para a estrada.

— Quer se sentar aqui na frente comigo, srta. Mawgry?

— Não, Sua Graça — respondeu a menina em voz baixa. — Vou ficar bem.

— Ela está bem — disse ele, para o benefício da professora que os acompanhava.

A srta. Perchase estava sendo uma acompanhante tão presente que podia quase ser confundida com uma múmia...

Elizabeth inclinou-se para a frente e apoiou as mãozinhas em seus ombros.

— Ela vai passar mal — sussurrou ela em seu ouvido.

Aquilo tudo iria matá-lo — e Emma Grenville sabia muito bem disso, sem dúvidas. Na verdade, fazê-lo ter um ataque apoplético devia ser o plano da diretora desde o início. Ele não poderia forçá-la a pagar o aluguel se estivesse morto.

Grey fez o Velho Joe parar.

— Srta. Mawgry, por que não se junta a mim? — perguntou ele ao se virar no banco.

A srta. Perchase colocou uma mão no peito.

— Sua Gr...

— É o assento do cocheiro, não uma indicação de que iremos fugir para nos casar — respondeu ele secamente. — Srta. Mawgry?

A moça de cabelo escuro de fato parecia um pouco pálida quando ficou de pé.

— Sinto muito, Sua Graça — sussurrou ela. — Realmente preciso encarar a frente da estrada.

Se Elizabeth não tivesse falado nada, a garota provavelmente vomitaria as entranhas sem reclamar uma única vez.

— Eu também gosto de sentir o vento em meu rosto — disse ele, tentando animá-la. Ele ficou de pé e a ajudou a sentar ao seu lado. — Da próxima vez, não deixe de se expressar.

— A srta. Emma disse que homens não gostam de ouvir reclamações.

Onde será que a srta. Emma aprendera isso?

— Homens também não gostam de ter pessoas vomitando em suas carruagens.

— Sim, Sua Graça.

Eles retomaram o caminho.

— Está melhor? — perguntou ele.

— Sim, Sua Graça. Obrigada.

O silêncio durou dois minutos, enquanto Grey tentava decidir para onde Tristan poderia ter levado Emma. Provavelmente ao pasto de gado mais próximo. Haverly ganhara pelo menos duas dúzias de novos bezerros durante a primavera, e mulheres adoram bebês de qualquer espécie.

— Sua Graça, você é rico? — perguntou a pestinha sentada atrás dele.

— Essa é uma pergunta que uma dama nunca deve fazer a um cavalheiro.

— Ah... Mas como descobrimos essa informação, então?

— Observando e fazendo perguntas discretas.

Talvez dar aulas não fosse tão ruim assim, afinal.

— Podemos observar, então?

— Sim, por favor.

Seria ótimo se elas ficassem quietas enquanto ele procurava Emma e Tristan.

Ele ouviu alguns sussurros exaltados atrás de si, e então silêncio novamente. A estrada da propriedade estava à esquerda, contornando o lago de patos da Academia, e Grey persuadiu o Velho Joe a fazer uma curva aberta. O cavalo idoso respondeu prontamente e ele relaxou um pouco. O cavalariço-trol era um criador de encrenca. Apesar de tudo, a manhã estava progredindo melhor do que previra.

— Está bem — disse um sussurro.

Um chapéu azul apareceu sobre o ombro de Grey e se esticou para a frente sobre o assento do motorista, olhando na direção do...

*Diabo!*

— Para o que está olhando? — perguntou ele.

A srta. Perchase praticamente guinchou.

— Estava tentando ver suas botas, Sua Graça.

Lady Jane, com as bochechas vermelhas, o fitou por baixo da aba de seu chapéu e desapareceu em suas costas novamente.

— Ah.

Ele guiou a carroça para desviar de outro buraco. A última coisa que queria era que a srta. Mawgry vomitasse em suas botas hessianas. Grey fez uma careta. Na verdade, a última coisa que queria era que as pestinhas denunciassem à diretora que ele encorajara qualquer tipo de comportamento lascivo.

— Bom, dado que nossa relação agora é de professor e pupilas, suponho que é aceitável fazer perguntas diretas. Então, sim, sou rico.

— Você passa muito tempo em Londres, Sua Graça? — indagou outra menina, a srta. Potwin, enquanto as demais a parabenizaram por sua pergunta.

Será que algum dia perguntariam algo inesperado?

— Durante a temporada, sim. Mas, no resto do ano, minhas responsabilidades em…

Mary Mawgry se curvou para a frente e vomitou em suas botas. Instintivamente, Grey agarrou o ombro da menina para impedi-la de cair do banco. No mesmo instante, o Velho Joe decidiu que estava com sede, recusando-se a fazer a curva da estrada e levando-os direto para a beira do lago. A roda dianteira direita afundou em um buraco de lama.

— Maldição…

Antes que Grey conseguisse terminar a frase, a carroça virou para o lado e caiu na água. E ele caiu junto.

Meninas gritando despencaram no lago ao redor dele, enquanto os patos saíram em disparada, grasnando ao levantar voo. Além de terrivelmente fria, a água também era mais profunda do que esperava e, ao tentar se levantar, ele afundou por completo.

Mary Mawgry estava mais perto e já remava para a margem, desajeitada em seu vestido verde encharcado. A srta. Perchase estava logo atrás. As outras garotas haviam caído mais longe, e ele nadou na direção delas com dificuldade, suas botas afundando com o peso da água.

Ele agarrou Julia Potwin pelo cotovelo enquanto ela se debatia inutilmente.

— Aqui, srta. Potwin — grunhiu ele, puxando-a para a parte rasa, onde ela poderia ficar de pé.

— Socorro! — gritou lady Jane ofegante. — A Lizzy não sabe nadar!

Virando-se o mais rápido que conseguia, Grey avistou o chapéu de palha afundar na superfície escura. Com um aperto no peito, ele pulou no lago novamente e mergulhou no local onde o chapéu havia desaparecido.

Na segunda tentativa de alcançá-la, agarrou um punhado de tecido e a levantou. Quando eles voltaram à superfície, ele prendeu a própria respiração até a menina ofegar profundamente, buscando ar.

— Graças a Deus.

A pequenina começou a se debater loucamente, dando-lhe uma cotovelada na bochecha.

— Não me deixe afundar! — ofegou ela, contorcendo-se.

— Não vou, Lizzy. Acalme-se. Estou segurando você.

Ela deu um gritinho e enrolou os braços em volta do pescoço dele, agarrando-se com um aperto mortal. Grey se engasgou, mas começou a rebocá-la em direção à margem. Eles estavam perto o suficiente para alcançar o raso antes que ela o asfixiasse.

Ao avistar o resto das garotas lutando para chegar à terra firme, ele quase mudou de ideia e se dirigiu para a margem oposta. Ele havia encontrado Dare e Emma, afinal. Ou melhor, eles *o* encontraram. Tristan estava enrolando lady Jane em um cobertor de cavalo, enquanto Emma Grenville avançava pela margem, como se quisesse...

*Inferno!*

— Emma, *não*!

Ela se jogou na água, a alguns metros deles, e começou a nadar rapidamente em sua direção. Lizzy soltou um dos braços de seu pescoço para segurar o vestido da diretora, e ele conseguiu respirar novamente.

Ao chegarem na margem, Tristan puxou as meninas para a terra. Enquanto Grey se curvava e recuperava o fôlego, ele olhou de soslaio para Emma. Ela parecia uma gansa com seus gansinhos ao redor.

O sol delineava seu corpo esguio através do vestido molhado, e Grey ficou curvado por mais tempo do que o necessário, gravando aquela imagem em sua mente.

— Vocês assustaram os patos — provocou Tristan, embora ele também estivesse olhando as meninas, e não o lago.

— Também me assustei.

Emma se afastou das alunas e marchou até ele.

— Sua Graça, exijo saber o que aconteceu! O que estava pensando ao trazer *minhas* alu...

— *Minhas* alunas — interrompeu ele. — Tivemos um acidente.

Ela fechou a cara e o fitou com olhos assassinos enquanto gotículas de água pingavam de seu nariz.

— A aposta acabou — disse ela com firmeza.

— Então você perdeu.

— Srta. Emma — interceptou Lizzy, aproximando-se da diretora e segurando a manga de seu vestido —, foi *mesmo* um acidente.

Ela espirrou.

— Saúde — todos disseram em coro.

— Obrigada. Não queremos que perca a aposta por nossa causa — continuou a pequena, e virou-se para fitá-lo por baixo do chapéu encharcado. — E Sua Graça salvou minha vida.

Ele não estava se sentindo nada heroico.

— Eu não descreveria assim.

— Ah, não! — exclamou lady Jane. — Foi mesmo magnífico!

Tristan pigarreou.

— Talvez seja melhor levarmos todas de volta para a Academia.

Emma, que continuava a encarar Grey, agora com bochechas coradas, virou-se para olhar para Dare.

— Sim. Seu faetonte, no entanto, não tem espaço para todas nós.

— Eu prefiro andar — afirmou Mary Mawgry, pálida e com a voz trêmula.

— Eu também — disse Elizabeth, segurando as mãos de Mary.

O restante das meninas expressou o mesmo desejo, e Grey as encarou com surpresa. Ele conseguia entender o receio de Mary em voltar à Academia num veículo, mas todas as outras deveriam estar com pressa para trocar as roupas encharcadas e pulando de felicidade pela chance de uma viagem com Tristan. Mesmo assim, elas preferiram voltar a pé para acompanhar a amiga.

— Vamos a pé — disse ele.

Grey arqueou a sobrancelha para a expressão cética de Tristan antes de andar com dificuldade pela margem escorregadia até onde o Velho Joe estava, quase completamente dentro d'água, saciando sua sede alegremente. A carroça tombada encostada em seu traseiro não parecia incomodá-lo nem um pouco.

Quando mergulhou na água para soltar as rédeas do cavalo, ouviu passos espirrando água atrás dele. Ele sentiu o cheiro de limão do cabelo encharcado, e não precisou virar-se para saber quem era. Os pelos de seus braços se arrepiaram.

— Fique fora da água, Emma — resmungou ele.

— Tarde demais — respondeu ela naquele tom prático que ele já conhecia.

— Você também não precisava ter pulado na água antes. Estava tudo sob controle.

— Não parecia. E explique-me: como tudo isso vai preparar as meninas para os bailes de Londres?

Ele também não sabia, mas não tinha intenção alguma de confessar que só estava ali porque estivera atrás dela.

— Onde você arranjou essa mula maldita? — Grey mudou de assunto.

Ela ficou tensa.

— O Velho Joe é um presente de uma amiga querida. A Academia o acolheu para salvá-lo de um matadouro, e ele tem sido útil desde então.

Grey grunhiu enquanto puxava o último nó.

— Você não precisava ter se dado ao trabalho de salvá-lo.

— *Eu* nunca tive problemas com ele.

— É claro que não. Vocês têm o mesmo temperamento.

Antes que ela pudesse responder, ele segurou o cabresto do Velho Joe com uma das mãos e o cotovelo dela com a outra, puxando-os margem acima para a terra firme.

— Por favor, não me arraste assim. Eu não sou… um cavalo.

Wycliffe apenas resmungou, mas Emma achou que havia sido clara o suficiente. Assim que ficou em pé na margem, ela se desvencilhou e, sem sequer um pedido de desculpas por ser um brutamontes, ele a deixou ir.

A visão de suas alunas se debatendo no lago a havia aterrorizado até os ossos. Saber que elas estavam seguras a deixava quase tonta de alívio, embora desejasse estar furiosa com Wycliffe.

— Senhoritas — chamou ela, reunindo as meninas trêmulas ao seu redor —, que tal deixarmos nossos chapéus e xales no faetonte? Se o lorde Dare não se importar de levá-los para a Academia, é claro.

Lorde Dare, a única pessoa seca do grupo, continuava a encarar Wycliffe.

— É claro que não me importo. Mas me sentirei mal por viajar sozinho.

A srta. Perchase tossiu.

— Agradeço se eu puder voltar com o senhor, milorde. Tudo isso foi tenso demais para mim.

— Esplêndido — afirmou Grey, aproximando-se para ajudar a professora a subir no veículo antes de prender o Velho Joe atrás do faetonte. — Pronto. A srta. Perchase e o Velho Joe vão lhe fazer companhia.

— Não era bem o que eu tinha em mente — resmungou o visconde, tão baixinho que Emma mal escutou. Ele a olhou de soslaio antes de subir no banco da frente do veículo. — Avisaremos sobre o incidente.

O olhar que os dois homens trocaram enquanto o faetonte partia pela estrada fez Emma corar. Eles não podiam estar brigando por... ela, não é? Sim, era verdade que Wycliffe a beijara uma vez, mas ele o fizera apenas para distraí-la da aposta.

— Vamos? — perguntou Wycliffe, parecendo elegante mesmo com o cabelo encharcado, as botas enlameadas e sem casaco.

Emma piscou. A camisa do duque estava colada nos músculos fortes de seus braços e peito, revelando tudo em detalhes. Aquele corpo parecia perfeito.

Quando ela levantou o rosto, percebeu que ele a encarava. Suas bochechas coraram ainda mais, e ele arqueou uma sobrancelha.

— Algo de errado, srta. Emma?

— Não, é claro que não. Mas não graças a você. Vamos, meninas. — Ela o olhou por cima do ombro, apertando a mandíbula contra a atração que sentia pela beleza de sua masculinidade. — Creio que deseje voltar a Haverly imediatamente para trocar de roupa.

Ele se pôs ao seu lado quando iniciaram a caminhada.

— Na verdade, não. Além disso, deixei meu cavalo na Academia.

— Ah...

Sem chapéus e xales, e na companhia de um homem despido de seus acessórios, o grupo parecia uma reunião de ciganos. Sim, Wycliffe agira de maneira heroica e, sim, ele provavelmente salvara Lizzy de um acidente grave ou coisa pior, mas decerto não era aquilo que ela esperava quando concordara com a aposta.

— Acho que precisamos rever as regras da aposta — disse ela de forma calma e razoável.

— Não seja covarde.

— Eu *não* sou covarde! Essas meninas são minha responsabilidade, Sua Graça, independentemente de quem está dando a aula. Além disso, sua...

— Me chame de Wycliffe — interrompeu ele, colocando a mão dela na dobra de seu braço.

— Não quero chamá-lo de Wycliffe. E, por favor, não me interrompa.

— Opa — falou Henrietta atrás deles. — Da última vez que a srta. Emma me falou isso, precisei escrever uma redação gramaticalmente correta de quinhentas palavras sobre as virtudes de não interrompermos a fala de uma pessoa.

Wycliffe arqueou uma sobrancelha.

— Essa será minha punição, Emma?

A expressão divertida no rosto dele dava um tom muito impróprio à pergunta. Mas, até então, tudo o que ele lhe dizia parecia ter um duplo — e escandaloso — sentido.

— Você não é uma aluna. Se fosse, estaria correndo o risco de ser reprovada.

As meninas riram. O duque a puxou para mais perto.

— Então você ensina suas alunas a serem impertinentes para com pessoas de nível social maior? — indagou ele.

Emma cerrou os dentes.

— Ensino que há momentos em que uma mulher precisa se defender, especialmente quando não há alguém para defendê-la.

Wycliffe olhou para longe, aparentemente intrigado por uma revoada de corvos que pousava em uma árvore próxima.

— Que regras você deseja rever, Emma?

Ela não se lembrava de ter dado permissão para que ele a chamasse de Emma, mas gostou de ouvir seu nome saindo da boca do duque, embalado por sua voz profunda e educada. Respirando fundo, aumentou a distância entre eles, mas não tirou a mão do braço dele. Isso seria rude.

— Estou preocupada que qualquer conhecimento que você repasse para minhas alunas seja menos impactante que o fato de você, o duque de

Wycliffe, ter se sentado em uma sala de aula com elas — explicou, tentando encontrar palavras para convencê-lo sem ficar vulnerável a um contra-ataque.

Ele ficou em silêncio por alguns minutos.

— Estamos sempre acompanhados. E não pretendo prejudicar minha reputação nem a delas.

Ele tinha razão, mas ela não conseguia explicar o verdadeiro motivo de seu incômodo com a presença contínua do duque — principalmente quando nem ela entendia muito bem o que estava sentindo.

— Creio que a presença de uma acompanhante não fará diferença, Sua Graça — afirmou ela.

— Por Deus, as damas costumam contratar professores de dança do sexo masculino — retrucou ele, fazendo uma careta. — Homens os contratam para suas próprias filhas.

— E queremos muito aprender sobre a sociedade londrina e decoro em bailes — adicionou Julia.

Emma olhou por cima do ombro para observar as cinco meninas que os seguiam de perto, perto até demais.

— Aprender sobre a sociedade não adiantará de nada se vocês não estiverem aptas a fazer parte dela. Sua Graça é um... cavalheiro solteiro.

— E o que você sugere?

— Sugiro que você faça a coisa mais honrada e cavalheiresca e desista da aposta — afirmou ela.

— Não.

Emma fez uma careta.

— Isso não ajudará em nada.

— Não estou aqui para ajudar, exceto a minhas alunas.

— Considerando que seu primeiro passeio com elas terminou com diversos semiafogamentos, preciso expressar minha desconfiança com seu auxílio.

— A culpa foi minha — disse Mary baixinho.

O duque se virou e começou a andar de costas para encarar as meninas.

— Nada disso. A culpa é toda daquela maldita mula.

Uma onda de risadinhas fez Emma parar de supetão.

— Você quis dizer *"daquele pobre cavalo"*, não é? — reprimiu ela, olhando-o com desaprovação.

— Acredito que sou completamente capaz de me expressar sem sua assistência.

Elizabeth puxou sua manga molhada.

— Não existe espaço para profanidades na Academia — sussurrou ela.

A expressão dele ficou mais suave quando ele olhou para Lizzy, e o coração de Emma deu um pulo estranho. O duque de Wycliffe era capaz de sentir compaixão, afinal, embora raramente decidisse demonstrá-la.

— A palavra "idiota" seria aceitável, então?

— Acredito que isso seja um vulgarismo.

— E não condiz com a alta sociedade — acrescentou Emma. — Mas melhor que uma profanidade, suponho, já que precisa escolher entre um ou outro.

— Sou um aluno ou um professor? Esta confusão está me deixando idiota.

Ela notou a piscadela que ele deu para as meninas.

— Não acho nada confuso — retrucou ela.

— Então está desistindo da aposta?

Emma queria chutar aquele homem.

— Não, só estou querendo dizer que essa aposta é insustentável! Ganhando ou perdendo, não vejo benefícios para a Academia ou suas alunas!

O duque voltou a ficar em silêncio. Ela fora louca ao aceitar a aposta e agora não conseguia se livrar nem do acordo, nem daquele homem.

— Está bem — disse ele finalmente.

Ela piscou em confusão.

— Bom... fico feliz que consiga entender — afirmou ela, tentando esconder a decepção que sentiu de repente.

— Não, acho que você entendeu errado — respondeu ele. — Não disse que você ganhou nada, querida diretora.

— Não?

— Não. Já que sou um... cavalheiro solteiro, esta classe continuará a ser *sua* — explicou ele, apontando para as meninas que os seguiam. — *Eu*, no entanto, serei um palestrante convidado. Você pode ficar perambulando por Haverly contando ovelhas enquanto nós a acompanhamos, dando seguimento às aulas.

— Mas como...

— *Sua* aula, em campo aberto, com testemunhas. Na visão dos outros, estarei apenas acompanhando você pela propriedade do meu tio. E *você* estará sempre por perto para testemunhar que nada inapropriado vai ocorrer. — Ele a olhou de soslaio. — Algum problema com isso?

Ela podia pensar em um milhão de problemas, incluindo o fato de que ele provavelmente tentaria atrapalhar os estudos dela sobre a propriedade sempre que possível. Mas, por outro lado, ela poderia fazer o mesmo com ele.

E todos os outros envolvidos — lorde Dare, lorde Haverly e as meninas — eram aliados *dela*.

— Acho que isso seria aceitável — concordou ela.

As meninas comemoraram. O duque de Wycliffe nem se deu ao trabalho de disfarçar a expressão de vitória, mas Emma pensou que ele poderia ter acabado de dar um tiro no próprio pé. Ou, pelo menos, ela esperava que sim.

# Capítulo 8

EMMA E AS MENINAS ABANDONARAM Grey na frente da Academia. Ele olhou feio para a porta fechada, começando a sentir o pescoço coçar com o tecido duro da gravata. Além disso, as botas caras, molhadas e sujas de lama e alga, gemiam toda vez que se mexia.

— Que azar — disse Tristan às suas costas.

Ele havia esquecido que o visconde estava por perto.

— Por quê?

O tecido úmido do próprio casaco o acertou no peito quando ele se virou, e o pegou no ar por puro reflexo. Dare estava sentado no banco alto do faetonte, seco, confortável e sem nenhuma dor nos pés por ter andado mais de dois quilômetros em botas molhadas.

— Bom, você sabe o que dizem sobre primeiras impressões — provocou o visconde. — Dar um mergulho no lago que quase acabou em afogamentos não seria minha escolha de como ensinar modos para jovens damas, mas você é o especialista...

Grey abriu a boca para responder, mas, com um estalar de rédeas, Tristan partiu com o faetonte. Alguém — o trol, provavelmente — havia deixado Cornualha amarrado ao poste próximo à entrada. Ele se apoiou no flanco morno do alazão. Era óbvio que sua presença não era bem-vinda na Academia da Srta. Grenville. Ele também não queria estar lá. Se não fosse pela atração estranha que sentia pela diretora, ele estaria em Haverly entrevistando administradores para a propriedade, evitando Alice e Sylvia e, talvez, pescando no fim da tarde.

Ele sacudiu o casaco numa tentativa de secá-lo. Grey ficara aterrorizado ao ver Elizabeth Newcombe afundar na superfície do lago. Aquele sentimento fora surpreendente. Naquele momento, Lizzy deixara de ser o inimigo e se tornara apenas uma garotinha indefesa.

Grey pegou seu relógio de bolso e o abriu. Os ponteiros estavam parados, marcando 11h30. Já deveria ser mais de meio-dia e ele não conseguira nada além de demonstrar sua falibilidade para Emma e suas alunas. Ela nem sequer o informara onde ou quando seria a aula do dia seguinte.

Hum. O trol não estava à vista. Grey deixou o casaco sobre a cela de Cornualha e subiu os degraus da entrada da Academia. Ele quase esperava encontrar guardas armados que o expulsariam a pontapés quando abrisse a porta e entrasse nos corredores sagrados, mas nada de tão dramático aconteceu. Na verdade, não fosse pelos sons distantes de vozes femininas e passos em outros andares, acharia que o prédio estava vazio.

Sentindo-se como um invasor, ele subiu a escada para o primeiro andar. O escritório da srta. Emma ficava no lado leste, e a porta estava entreaberta. Grey respirou fundo, abriu a porta e entrou.

O pequeno cômodo estava vazio. Livros, sem dúvida vindos do escritório de sir John, abarrotavam a mesa. Outros estavam abertos em cadeiras, mesas de canto e até no peitoril da janela. Emma já havia começado sua pesquisa. Fechando a porta com cuidado, ele foi até a escrivaninha.

Ela parecia ter feito um incrível progresso. Diversas páginas de questionamentos escritos em sua caligrafia caprichada ocupavam o centro da mesa. Eram perguntas sobre área de cultivo, produção, irrigação, o preço atual e futuro da carne — ela sabia quais malditas perguntas fazer, mesmo que ainda não tivesse as respostas.

Para sua surpresa, ele achou as anotações e os livros... instigantes. Grey suspirou. Aquilo era uma loucura. Mulheres não eram novidade em sua vida, e ele conhecera muitas de forma bem íntima. Emma Grenville era direta, inteligente e independente, diferente de qualquer outra mulher que ele havia conhecido. E ele a achava extremamente excitante.

Ouviu um barulho no quarto ao lado. A porta, assim como a que dava para o corredor, estava entreaberta. Aliviado por ter sido discreto até o momento, Grey andou na ponta dos pés até lá.

Emma apareceu de relance e sumiu atrás de um guarda-roupa. Grey se apoiou na soleira da porta e observou quando ela surgiu novamente. O cabelo longo caía em ondas rubras por suas costas e ela usava apenas uma camisola, o tecido molhado quase transparente quando ela passou pela janela. Ele ficou imediatamente ereto.

Ele deveria ter presumido que alguém tão dedicado ao trabalho quanto Emma teria um quarto ao lado do escritório; o arranjo era prático e eficiente. Colocando a mão contra a madeira da porta, ele lentamente a abriu ainda mais. O arranjo também era muito conveniente.

— Emma — sussurrou ele da porta.

Assustada, ela pulou e virou-se para encará-lo.

— Sua Graça!

— Já falei para me chamar de Wycliffe. — Ele se permitiu observá-la com calma. — Você parece deliciosa.

Já era tarde quando ela percebeu o próprio estado de nudez. Então, Emma corou profundamente e cruzou os braços sobre os seios.

— O que está fazendo aqui? Saia!

— Essa não era a resposta que eu esperava ouvir. Eu não mordo, pelo amor de Deus.

Ela correu até a pequena cama e pegou um robe velho que estava em cima da colcha.

— Saia!

— O que é isso? — perguntou Grey, apontando para a cobertura dese-legante. — Algodão? Lã?

— É lã — respondeu ela com irritação. — Por que a pergunta?

— Você deveria ter um robe de seda — afirmou ele, dando um passo à frente. — Posso comprar vários para você.

— Este me serve muito bem, obrigada. Agora, pode ir parando aí!

Grey parou, surpreso. Mulheres nunca recusavam quando ele oferecia presentes bonitos. Ele tentaria uma nova abordagem, então.

— Acabei de pensar em outra forma de você vencer a aposta.

Ele a encarou deliberadamente dos pés à cabeça, deixando bem clara a sua intenção. O maldito robe não deixava a visão tão excitante quanto antes, e ele estava ficando irritado consigo por não conseguir controlar os seus desejos.

Emma levantou o queixo.

— Presumo que esteja falando sobre assuntos da carne, não é? — indagou ela com a voz um pouco trêmula, apesar da pose desafiadora.

Ele abriu um sorriso sensual. Emma era definitivamente esperta, mas muito ingênua.

— "Carne"? — repetiu ele. — Você parece uma garotinha falando, Emma. Me refiro a peles quentes e carícias lânguidas.

— Ou seja, fornicação.

Grey ergueu uma sobrancelha, surpreso mais uma vez com a resposta direta.

— Para citar Shakespeare: "fazer o animal de duas costas".

Ela pigarreou.

— Não estou interessada.

— Mentirosa. Você está até tremendo de vontade.

Ele se recostou na cômoda e cruzou os braços. Ela não poderia estar desinteressada. Por mais que a desejasse, ela *tinha* que desejá-lo, mesmo que ainda não estivesse pronta para admitir. Por sorte, Grey era paciente.

— Não tenho medo de você — continuou ela. — Mas *eu* preciso ser um exemplo para minhas alunas. Não vou tolerar homem nenhum em meus aposentos.

— Existem homens aos montes fora destes muros, Emma. Se não sabe como lidar com eles, como espera ensinar suas alunas a fazê-lo? Achei que esta seria sua principal preocupação.

— Achou errado. Não preciso cair de um penhasco para saber que isso seria fatal para mim. — Ela andou até parar diante dele. — Tenho pena de você.

De repente, aquele encontro não estava mais tão divertido.

— Por quê?

— Suas ilusões devem colocá-lo em muitas situações vergonhosas.

Grey franziu a testa.

— Como assim?

— Você veio para a Academia com o propósito de fechá-la, quase afogou várias das minhas alunas, insulta mulheres a cada frase que fala e ainda assim espera que eu me jogue em seus braços simplesmente porque você diz que deve ser assim.

Ninguém nunca falara com Grey daquela maneira. Sentindo a raiva reverberar em seu corpo, ele deu um aceno duro.

— Entendo. Obrigado por esclarecer meus equívocos. Tenha um bom dia.

Antes que ela pudesse responder com um comentário ainda mais insultante, ele saiu pela porta. Na escada, passou por um grupo de alunas. Ignorando seus cumprimentos educados e risadinhas, continuou até o térreo e saiu pela porta da frente.

— Malditas mulheres — resmungou ele, pegando seu casaco em cima de Cornualha e montando na sela.

Grey não precisava correr atrás de Emma Grenville. Ele tinha duas mulheres praticamente se jogando em sua cama em Haverly. Uma mulher seria tão boa quanto outra.

Ele apertou as pernas contra as costelas de Cornualha e saiu a galope, quase sem diminuir a velocidade para que Tobias abrisse o portão.

*Maldição!* Nem ele conseguia mais acreditar nos próprios delírios. Uma mulher não era igual a qualquer outra. Grey descobrira uma que o intrigava e excitava como nenhuma fizera até então. E claro que ela seria a única que não o desejava.

Grey não podia culpá-la. Realmente, ele *fora* bem hostil desde o começo — o que não mudava o fato de que queria se enterrar em uma mulher que o considerava desprezível. *Tenho pena de você*, ela dissera. Somando isso ao fato de que ela o considerava nada impressionante, ele não parecia nem um pouco desejável.

— Sua Graça?

Grey puxou as rédeas de forma brusca e evitou por pouco uma colisão com um jovem elegante que estava no meio da estrada.

— O que raios está fazendo? — explodiu ele.

Freddie Mayburne recuou para evitar ser pisoteado por Cornualha.

— Eu estava esperando você. Seu amigo no faetonte disse que você viria logo em seguida — explicou enquanto gesticulava na direção de Haverly.

— Por que estava me esperando?

— Você está dando aulas para lady Jane Wydon, e eu seria eternamente grato se pudesse entregar um recado para ela. Um recado meu.

Ele enfiou a mão no bolso e puxou um pedaço de papel dobrado.

Grey o fitou por alguns segundos.

— Não sou um mensageiro — respondeu ele secamente. — Entregue você mesmo.

— Homens não são permitidos dentro da Academia — lembrou Mayburne, segurando a rédea de Cornualha.

Grey estava começando a desejar não ser mais a exceção da regra.

— Então envie pelo correio.

O garoto deu um sorriso atrevido.

— Mas então todos saberão sobre o recado, Sua Graça. Você deve entender que meu interesse em Jane é algo privado.

— A menos que seja vantajoso para você impressioná-la com sua adoração em público.

— Exatamente.

Por um momento, Grey sentiu como se estivesse falando com uma versão mais jovem de si mesmo.

— Se o seu interesse é sincero, por que não conversa com o pai dela?

— Não estou tentando conseguir a aprovação do lorde Greaves. Não ainda, pelo menos. Primeiro, preciso conquistar Jane.

Greydon o olhou de forma cínica.

— E o dinheiro dela.

O sorriso atrevido se alargou.

— Você me entende.

Grey suspirou fundo e desceu da sela. Ele conhecia o marquês de Greaves, e Freddie passava longe de ser o que o homem esperava de um genro.

— Você entende que lady Jane só tem 17 anos e ainda está na escola.

— E ano que vem, todos em Londres estarão atrás dela. Ela é adorável como um anjo e abastada como um cofre de banco.

Por mais ganancioso que parecesse, pelo menos Freddie não estava atrás de Emma.

— Sobre o que estava conversando com a diretora?

— A dama de ferro? Ela não me deixa chegar perto de Jane, até queimou uma das cartas na minha frente mês passado. É por isso que decidi pedir sua ajuda, Sua Graça. Todas as damas de Londres falavam muito bem de você. Seu conselho seria muito benéfico.

*Ah, que ótimo.*

— Sim, costumo ser o tópico de fofocas. Abaixe a calça em público e também será.

Freddie riu.

— Na verdade, elas falavam sem parar sobre como quase desmaiavam quando você entrava em um baile. E...

— As mulheres falaram isso na sua frente?

Por um momento, o sorriso de Frederick ficou tímido, fazendo-o parecer momentaneamente mais jovem e inocente.

— Tenho cinco tias.

— Entendo.

— Por isso, peço encarecidamente que me ajude a conquistar o coração de lady Jane Wydon.

Pelo menos ele não tentava esconder que também estava interessado no dinheiro de Jane — ou melhor, no dinheiro do marquês. O jovem era mercenário demais até para Grey, e Emma certamente não gostaria nada daquilo. Por outro lado, o sucesso de Freddie causaria, sem dúvida, mais problemas para a Academia da Srta. Grenville e daria a ele outra arma em seu arsenal contra Emma.

— Por que não vem almoçar comigo em Haverly? — perguntou ele.

O rapaz deu um sorriso confiante.

— Esplêndido, Wycliffe. Você não vai se arrepender.

Não, mas não poderia dizer o mesmo sobre Emma Grenville.

Pela primeira vez em muito tempo, Emma Grenville estava atrasada para o café da manhã. Sua pontualidade não se devia ao apreço pela refeição, mas sim porque ela era o maior exemplo de educação e modos de suas alunas. Se ela se atrasasse, as meninas não dariam tanta importância ao cumprimento de horários.

Isabelle Santerre levantou os olhos do prato e a encarou com surpresa enquanto Emma atravessava o refeitório. As meninas mais jovens já estavam ficando de pé para limpar as mesas. Ela conteve uma careta e apressou o passo até a frente da sala.

— Peço desculpas, senhoritas — disse ela, tentando recuperar o fôlego. — Como sabem, nossa rotina de aulas foi afetada nos últimos dias. Gostaria de assegurar que isso não vai continuar por muito mais tempo e que o resultado será traduzido em mais fundos para a Academia e seus programas.

Aplausos dominaram o salão, mas Emma não sabia dizer se eles eram para seu discurso ou pela presença contínua do duque de Wycliffe. E o pior: ela também não sabia o que *a* deixava mais feliz.

— Então, por favor, vão para suas aulas. Srta. Perchase, pode reunir minhas alunas da aula de Graças Sociais na entrada?

Isabelle a parou próximo à porta.

— Você vai continuar com essa loucura, mesmo depois de ontem?

Emma enganchou o braço no da professora de francês enquanto andavam pelo corredor.

— Pensei nisso a noite toda, Isabelle — disse ela baixinho.

Ela também passara a noite pensando em vestes de seda e em duques viris.

— Os benefícios de ganhar a aposta são muito bons para serem ignorados, apesar das inconveniências.

— Inconveniências? Vocês quase se afogaram ontem, e então ele quase a atacou em seu quarto!

— Xiu! Não chegou a ser um ataque.

— Foi o quê, então?

— Uma discussão. Desagradável, com toda a certeza, mas nada ameaçadora.

Na verdade, nem havia sido desagradável. Claro, tudo o que Wycliffe queria era satisfazer seus desejos carnais básicos, mas ela nunca tinha sido objeto de desejo de um homem antes. De certa forma, era... excitante ser desejada por uma criatura tão bonita — mesmo que ele fosse arrogante, condescendente e paternalista.

— Eu sei que você tem bom senso — alertou Isabelle. — Mas, *s'il vous plait*, não deixe que essa aposta a machuque.

— Não se preocupe, Isabelle. O bem-estar das minhas alunas e a prosperidade da Academia sempre serão minha prioridade.

Ela se despediu da amiga na porta da frente e saiu para encontrar as alunas que a esperavam.

— Srta. Emma, Wycliffe não vem? — perguntou Lizzy enquanto amarrava o chapéu embaixo do queixo.

— Você quis dizer "Sua Graça" — corrigiu Emma.

— Ele disse para chamá-lo de Wycliffe.

*Ora, pois bem.* Quando ele a encorajou a chamá-lo pelo primeiro nome, Emma pensou que era algum tipo de privilégio especial, reservado apenas a amigos e mulheres que ele desejava. Obviamente não era o caso.

— Se o duque deu permissão — afirmou ela —, façam como acharem apropriado. E, não, não sei se ele virá hoje. Dito isso, vamos andar até o pasto de Haverly e ter a aula no caminho.

— Andar? Desgraça — resmungou Elizabeth, e o restante das meninas reverberou sua frustração.

— Sim, andar. Não temos carroça no momento e preciso tanto dar aula quanto estudar Haverly. Desta forma, conseguiremos fazer as duas coisas.

Apesar do tom confiante, Emma não tinha ideia de como faria para conseguir ensinar decoro de bailes e aprender agricultura ao mesmo tempo. Mas ela não podia abandonar as meninas simplesmente porque seu professor convidado não era alguém confiável. E ela não deixaria a aposta de lado, que também era pelo bem de suas alunas.

Elas começaram a andar em direção ao portão e Tobias acenou.

— Eu e Wally Jones vamos tirar a carroça do lago hoje. Ela vai ficar novinha em folha.

Ela deu um tapinha no ombro do homem.

— "Nova em folha" seria um milagre. Ficarei feliz em termos quatro rodas funcionais.

Enquanto elas seguiam em direção ao norte, o barulho de rodas vindo em sua direção fez Emma parar.

— Para a beira da estrada, senhoritas — instruiu ela, tentando fingir que não sabia quem estava chegando e que seu pulso havia acelerado.

Um faetonte surgiu na curva da estrada e parou ao lado delas.

— Srta. Emma — cumprimentou lorde Dare, pulando no chão e tirando seu chapéu ao mesmo tempo. — Estou aqui para ajudá-la.

Emma sorriu, mas não conseguiu impedir o sentimento de decepção. O visconde era muito... não Wycliffe.

— Agradeço, lorde Dare, mas, como pode ver, vamos andar hoje.

Havia sido muito confortável viajar no faetonte no dia anterior. Ela mal podia imaginar como era ser dona de um veículo tão incrível e firme.

— De qualquer forma, acho que o veículo não comporta todas nós — apontou Elizabeth.

— Talvez você possa nos encontrar no pasto mais próximo — sugeriu Emma.

Os olhos azul-claros estudaram o grupo de meninas atrás dela.

— Achei que Wycliffe daria a aula de hoje.

Dare e Wycliffe pareciam não estar se comunicando direito. Interessante...

— Presumo que ele tenha outros negócios para tratar nesta manhã.

O visconde deu de ombros.

— Bom. Azar dele, sorte minha.

O barulho de mais cascos batendo no chão acompanhou o fim da frase do visconde, e Emma prendeu a respiração. Um barouche enorme e aberto apareceu, seguido de uma carruagem preta e grande com o brasão de Wycliffe. O duque estava sentado no barouche com os tornozelos cruzados, um braço estendido ao longo do encosto de veludo vermelho e um charuto preso de forma elegante entre seus dentes.

— Minha nossa — sussurrou Mary Mawgry em tom impressionado.

A visão era *mesmo* impressionante. Na verdade, Emma nunca vira um veículo tão espetacular... ou um homem tão espetacular.

— Maldito exibido — grunhiu lorde Dare baixinho.

Seu rosto normalmente amigável estava tenso, e seus olhos estreitados demonstravam irritação.

— Bom dia, senhoritas — cumprimentou o duque, ficando de pé quando o barouche parou. — Onde vamos estudar hoje?

— De onde veio esse barouche? — indagou o visconde. — Seu tio não tem um.

— O conde de Palgrove me emprestou o dele esta manhã.

Emma piscou, confusa.

— Palgrove fica a pelo menos doze quilômetros de Basingstoke.

Olhos verdes a fitaram.

— Na verdade, fica a cerca de dezesseis quilômetros. Um bom camarada, esse Palgrove. — Ele estendeu a mão para ela. — Vamos?

Ela endireitou os ombros.

— E a carruagem?

— Eu não sabia quantas guardas, acompanhantes e outros agregados estariam presentes. — Pela primeira vez, ele encarou Dare. — Desta forma, há espaço para todo mundo.

— Quero muito andar nessa carruagem — afirmou Julia.

— Eu também — disse Henrietta, para a surpresa de ninguém.

— Talvez seu cavalariço possa levar o faetonte de volta para Haverly. Assim, poderei acompanhá-la.

Dare tocou no ombro de Emma, embora ela não tivesse percebido sua aproximação.

Wycliffe assentiu, gesticulando para o cavalariço uniformizado que estava sentado no banco do cocheiro.

— Danielson, leve o faetonte de volta para Haverly. Caminhando, se possível.

— Sim, Sua Graça.

Antes que ela pudesse protestar, Dare e Wycliffe a levantaram para o barouche, um homem segurando cada braço. Elizabeth subiu pulando, enquanto Jane e Mary subiram com mais decoro. As outras meninas e a srta. Perchase foram para a carruagem.

— Elizabeth, não pule no assento — instruiu ela.

O duque deu uma batidinha no chão com uma bengala de marfim e o veículo partiu.

— E você acha que não pular no assento vai garantir o sucesso de Lizzy na sociedade? — perguntou o duque.

Em algum momento no dia anterior, todos haviam ficado íntimos o suficiente para se tratar pelo primeiro nome. Ela se sentiu excluída.

— Acho que não pular é o modo mais apropriado de se comportar — corrigiu Emma com rispidez.

— Eu não serei apresentada à sociedade, de qualquer forma — disse Lizzy, pegando a mão de Mary Mawgry e dando um tapinha. — Me fale se ficar enjoada e farei o veículo parar — sussurrou.

— Achei que o barouche seria firme o suficiente para prevenir qualquer desconforto, srta. Mawgry — esclareceu o duque.

*Então agora o duque de Wycliffe estava viajando quilômetros para conseguir um veículo apropriado para uma das alunas dela — dele.* Emma fez uma careta.

— Ah, é maravilhoso — afirmou Mary com um sorriso. — É até melhor do que o do meu pai. Acho que ficarei bem. Obrigada por se preocupar, Wycliffe.

A carranca de Emma se intensificou. Agora Mary estava faladeira? Aquilo era incomum, mas Emma manteve o olhar na cerca viva que passava. Com certeza não queria deixar a tímida Mary constrangida ao encará-la boquiaberta.

— Por que você não será apresentada à sociedade, pequenina? — indagou lorde Dare.

Lizzy franziu o nariz sardento.

— Quero ser professora, como a srta. Emma. Ou governanta. Ainda não decidi.

Wycliffe arqueou uma sobrancelha.

— É mesmo?

— Sim, é mesmo.

Emma pigarreou para alertar a garota falante e virou-se para encarar Dare.

— Estive fazendo algumas pesquisas, milorde. Por que sugeriu ontem que eu optasse por plantações de aveia quando a cevada tem um preço maior no mercado?

— É menos custoso plantar aveia. Você não precisa se preocupar muito com irrigação e, mesmo que a colheita estrague, os fazendeiros locais ainda a compram como feno.

— Mas, no campo próximo, o lago de patos poderia irrigar a plantação quase sem gastos. Considerando lucro *versus* custo, a cevada é a escolha mais acertada.

Dare a fitou com uma expressão de surpresa.

— Você tem razão, é claro.

Os olhos do duque brilhavam com diversão e, se Emma não estivesse enganada, aprovação. Estranho, considerando que ele achava que ela era incapaz de somar dois mais dois, muito menos compreender a flutuação do preço da cevada.

— Se tivesse me perguntado sobre plantações, eu teria recomendado cevada — disse ele.

O visconde se remexeu no assento ao lado dela, mas permaneceu em silêncio. Algo definitivamente fizera os dois homens se desentenderem. E, apesar de sua natureza mais racional, Emma não deixou de se sentir um pouco lisonjeada ao considerar que ela podia ser o motivo. Suas amigas casadas nunca acreditariam que um duque e um visconde estavam brigando por ela, de todas as pessoas possíveis.

— Se você me recomendasse cevada, eu ainda pesquisaria alternativas — afirmou ela, apenas para não dar ao duque o gostinho de ter a última palavra.

— Espero que sim.

— Wycliffe — chamou Jane —, todas as festas de Londres permitem a valsa agora?

Ele desviou o olhar de Emma e assentiu.

— Até os mais obstinados foram forçados a permitir, já que a alternativa é ficar sem convidados. Mas todos usam o Almack como base. Sem permissão para dançar lá, não espere poder fazê-lo em outro lugar.

— Então você recomenda aprender a valsar?

— Recomendo qualquer ato que envolva uma mulher nos braços de um homem.

— Sua Graça! — repreendeu Emma, acima do som de risadinhas.

— Se me der licença, Emma — falou ele —, estou dando uma aula.

— Uma aula sobre comportamentos lascivos! — estourou ela.

— Na verdade, é uma aula sobre decoro em bailes e em como ter sucesso na sociedade — corrigiu ele.

A expressão arrogante e presunçosa do duque a irritou profundamente.

— Apenas lembre-se de que eu também serei uma das juízas da aposta, Sua Graça.

— Desde quando?

— Desde agora.

— Está bem. Mas plantar cevada em um campo não fará você ganhar a aposta. Vai precisar de muito mais que isso, Emma.

Então agora ele estava lhe dando conselhos... como se ela precisasse! Bom, talvez ela realmente precisasse, mas com certeza não dele.

— Como aquele homem da Marinha americana disse: "Eu ainda nem comecei a lutar".

— Então talvez devesse começar. Você não tem muito tempo.

Antes que ela pudesse responder, o duque voltou sua atenção para Jane e Mary novamente.

— Homens gostam de valsar, não importa se dançam bem ou não. Por isso, as melhores parceiras de dança são aquelas que não apenas sabem valsar, mas que também fazem os homens parecerem melhores dançarinos do que são.

Era claro que ele estava tentando provocá-la a começar outra discussão, mas aquela *era* a aula dele e, se as lições seguissem aquele caminho, elas seriam praticamente inofensivas. Ou seja, menos trabalho para que ela corrigisse algo depois.

— Por favor, continue — disse Emma, e virou-se para lorde Dare. — Já que estou trabalhando para melhorar o estado de Haverly, quanto tempo demoraria para limparmos dois acres de terra para uma construção?

— Planeja construir outra Academia? — interrompeu o duque.

— Ensine — mandou ela.

Dare pigarreou.

— Talvez seja melhor conversarmos sobre isso depois.

Emma segurou a mão enluvada do visconde e lhe apertou os dedos.

— Os planos dele já estão finalizados, ou quase, e eu não tenho nada a esconder.

— Está bem. Sabe onde pretende fazer essa construção?

— Sim. Em algum lugar ao longo do riacho, de preferência do outro lado da colina Moult. Não queremos estragar a vista da casa principal, ou da Academia.

— Bom, você...

— Chegamos, Sua Graça — anunciou o cocheiro do barouche. — Onde deseja que eu pare?

Um pequeno rebanho de gado pastava do outro lado do prado.

— Aqui está perfeito — disse Emma.

— Aqui, Roscoe — pediu o duque, como se o cocheiro fosse incapaz de entender o que Emma havia acabado de falar. Aquele homem era impossivelmente irritante.

Eles estavam descendo do barouche quando a carruagem parou atrás deles. Grey segurou um suspiro, observando as outras duas garotas e a frágil srta. Perchase se juntarem ao grupo. Ainda bem que Emma não havia deixado vinte ou trinta das pestinhas em seus cuidados. Com apenas três delas no barouche, ele era capaz de acompanhar a conversa delas e a da diretora, mas, com cinco, a tarefa ficaria muito mais difícil, especialmente com a presença do maldito Dare.

As jovens tagarelavam ao seu redor em alguma linguagem adolescente obscura. Pelo menos, como era bem mais alto que todas, ele não tinha problemas em manter Emma à vista.

Ela foi até Simmons e Roscoe acompanhada por Dare.

— Obrigada, cavalheiros, por não terem nos levado ao lago com patos — agradeceu ela com um sorriso.

*Ah, sarcasmo.* Como se quisesse ter certeza de que ele havia entendido seu ponto, Emma o olhou de soslaio. Acreditando tê-lo cutucado com sua esperteza, ela colocou a mão no braço de Dare e, após discutirem em sussurros, os dois partiram na direção do gado de tio Dennis.

Grey observou o balanço suave dos quadris sinuosos enquanto ela se afastava. Por mais que ele quisesse espancar Dare, se ela pretendia discutir sobre gerenciamento de propriedades, era melhor que ficassem longe. Só de ouvi-la falar sobre cevada no barouche sentira a calça mais apertada. Era evidente que havia algo de muito errado com ele.

— Wycliffe, você tem certeza de que podemos chamá-lo de Wycliffe? — perguntou a pequena Lizzy, felizmente tirando sua atenção do traseiro da diretora.

— Eu disse que sim. E o que eu falo normalmente é seguido. — Ele estudou o rosto angelical com o nariz cheio de sardinhas. — Por quê?

— A srta. Emma disse que não deveríamos.

*Ah, é mesmo?*

— Vamos seguir o conselho dela, então.

Os rostinhos o olharam decepcionados.

— Vamos?

— Sim. Não me chamem de Wycliffe. Me chamem de Grey.

Lady Jane riu.

— A srta. Emma não vai gostar disso.

— Por que não?

— Não é nada formal — apontou Lizzy.

As outras concordaram. Antes que ele pudesse perguntar por que Emma insistia tanto em formalidades, Henrietta e Julia fizeram uma reverência.

— Jane e Mary disseram que você vai nos ensinar a valsar.

Grey pretendia descobrir quanta bobagem a Academia havia enfiado na cabecinha das alunas, mas podia facilmente fazê-lo enquanto tentavam dançar.

— Estou ao seu dispor.

Emma apontou para o gado e disse algo para Tristan. Ela riu com a resposta dele e fez algumas anotações no bloco de papel que carregava. Grey estreitou os olhos. Maldição! Aquela risada deveria ser para *ele*. Emma devia estar aproveitando a companhia *dele*.

As meninas olharam para ele com expectativa, talvez esperando que tirasse uma orquestra do bolso. Ele olhou para Emma novamente. Bem, se ela pretendia deixar a aula nas mãos dele, que assim fosse.

— Todas vocês sabem valsar, presumo?

— Sim. A srta. Windicott nos ensina todos os tipos de dança.

— Promissor. Lady Jane, me daria esta honra?

A morena assentiu e deu um passo à frente.

— Está bem.

Grey levantou uma mão.

— Primeiro erro.

— O que eu fiz?

— Sua resposta não me deixou lisonjeado.

— Mas eu disse sim — protestou Jane, com as bochechas corando.

— Sim, mas com o mesmo tom que usaria se alguém lhe pedisse uma libra emprestada.

Julia e Henrietta estavam igualmente confusas, enquanto Mary estava com uma expressão perplexa e Lizzy parecia querer bater nele. Mas, o mais importante: Emma havia perdido o interesse no gado.

— Permita-me explicar. Uma dança, e principalmente a valsa, começa quando o homem a convida. Quando ele pergunta se você lhe daria a honra, ele na verdade está pedindo para que você o faça se sentir honrado.

— Ou seja, lisonjeado.

— Exatamente.

— E quando é que *nós* nos sentimos lisonjeadas? — indagou Lizzy.

— Você já está lisonjeada porque foi convidada a dançar.

— Isso é bobagem. A srta. Emma diz...

— A srta. Emma não está dando esta aula. Eu estou. Você está lisonjeada.

Ele olhou de soslaio para o prado. Emma parecia ter se esquecido da existência do gado, enquanto a srta. Perchase parecia ter perdido a língua.

— Elizabeth, me daria a honra desta valsa?

A pestinha olhou para cima e piscou.

— Grey, será um prazer.

— Ótimo. Agora...

— Mas, nossa, estou tão lisonjeada! — continuou ela. — É uma honra... grande... demais.

Ofegante, ela colocou a mão na testa e fingiu desmaiar na grama. Grey precisou de todo o autocontrole que possuía para não cair no riso. Por Deus, a menina era uma miniatura de Emma. Ele arqueou a sobrancelha.

— Isso é demais, Elizabeth — disse ele secamente. — Além disso, agora você me mostrou suas pernas. Teremos que nos casar.

Ela se apoiou nos cotovelos.

— Se conseguir um casamento é tão fácil, por que precisamos dançar? Se eu quisesse me casar com você, bastava levantar minha saia.

— Lizzy! — repreendeu Jane, ficando vermelha como um tomate.

— *Já basta!* — gritou Emma, avançando até o centro do círculo como uma leoa brava. — Ninguém vai levantar a saia por razão alguma! E ninguém vai *discutir* sobre levantar a saia! Estamos entendidas?

— Sim, srta. Emma — responderam as meninas em uníssono, enquanto Lizzy ficava de pé.

A diretora virou-se para encará-lo.

— Tem um minuto, Sua Graça?

Ele a seguiu enquanto ela se afastava dos outros. Até as vacas devem ter sentido a ira de Emma, pois começaram a trotar na direção oposta.

— Estas meninas não são as mulheres levianas que você é acostumado a ter ao seu redor — afirmou ela em um tom feroz. — Nenhuma delas pode sequer sonhar em cometer um erro ao ser apresentada à sociedade.

Grey não era burro a ponto de discordar.

— Eu sei.

— Você não vai discutir maneiras ou oportunidades para comportamentos impróprios, muito menos tolerar tal comportamento tratando-o como uma brincadeira.

— Não irei.

Emma abriu a boca para continuar, mas logo a fechou. Então, voltou a falar:

— Você já confessou que ficaria muito feliz com o fim da Academia. Perdoe-me se não tenho fé em sua sinceridade sobre ajudar minhas alunas a terem sucesso.

Ela tinha toda a razão para duvidar dos motivos dele. Ele mesmo acordava toda manhã os questionando.

— O que quer que pense de mim, Emma, pode ficar tranquila. Nunca perderia a aposta de propósito.

— Ótimo.

— Nem vou desistir de um desafio — continuou ele, fitando os olhos cor de mel, sem saber por que sentia a necessidade de continuar a falar. Ela não parecia nem um pouco disposta a ser seduzida. — E você, minha querida, é um desafio.

Emma ergueu o queixo.

— Você não tem nada que eu queira.

Grey sorriu. Embora suas mãos coçassem com a vontade de pegá-la nos braços e provar-lhe o contrário, ele se contentaria com palavras.

— Eu tenho muitas coisas que você quer. Você só não sabe que coisas são essas ainda.

Ela começou a se virar, mas ele roçou os dedos pelo braço fino.

— E posso lhe dar mais do que já sonhou.

— Eu não preciso nem quero seu dinheiro, exceto o que vou receber quando ganhar a aposta.

— Não estou falando de dinheiro. Estou falando de prazer, Emma. De um prazer imensurável.

Ela puxou o braço, mas ele notou um leve estremecimento. Ele *a* afetava, quer Emma admitisse ou não. E, em algum momento, jurou Grey, ela o faria.

# Capítulo 9

EMMA SENTOU-SE EM UM TRONCO e estudou suas anotações enquanto o duque valsava, conversava e ria com as alunas do outro lado da clareira. Mas, mesmo com a presença da srta. Perchase, ela não tinha intenção de tirar os olhos do grupo.

— Faz mais de ano que não o vejo ser tão agradável com mulheres — comentou Dare, jogando mais uma pedrinha no riacho.

— Então ele já foi simpático? — indagou ela, e olhou para o duque pela milionésima vez.

O visconde deu de ombros.

— Não muito. Mas, para ser sincero, não é completamente culpa dele. Mulheres tentam amarrá-lo em um casamento desde que ele fez 18 anos.

— O que pode explicar seu ar de superioridade em relação a mulheres, mas não seu desgosto — refletiu ela.

Dare jogou outra pedrinha na água.

— Isto se deve a lady Caroline Sheffield.

Emma parou suas anotações.

— *A* lady Caroline Sheffield? A que estudou…

— Na sua Academia. Sim.

— Ela partiu o coração dele?

O visconde deu uma risada curta e acomodou-se na grama ao lado do tronco.

— Pior que isso. Ela quase conseguiu prendê-lo em um casamento.

Emma nunca fora com a cara de lady Caroline. Agora, gostava menos ainda.

— Ele não gosta de mulheres porque uma foi desonesta? Isso é um absurdo.

— Isso você precisa perguntar a ele. Agora, por que tantos questionamentos sobre gado?

Emma ficou irritada ao perceber que preferiria continuar falando sobre Wycliffe e forçou-se a voltar às suas anotações.

— É porque não entendo o motivo de lorde Haverly insistir em vacas de Sussex. Elas não são boas leiteiras e a carne não é das melhores. Além disso, elas precisam de muitos grãos para engordar.

Ele pigarreou.

— Infelizmente, não sei muito sobre gado. Dare Park fica no meio de uma região de ovelhas. — Tristan olhou por sobre o ombro para o grupo de dançarinos. — Odeio dizer isso, mas Grey é o especialista em gado.

— Hum.

— Mas pode me perguntar sobre olaria. Deixarei você tonta com todo o meu conhecimento.

Emma riu.

— Talvez eu pergunte, milorde.

— Me chame de Tristan. Todos me chamam assim.

Emma não tinha certeza se o visconde estava simplesmente sendo amigável ou se tinha segundas intenções, mas ele fora de muita ajuda até o momento, e ela gostava de seu jeito descomplicado — especialmente em comparação com os modos antagonistas e sedutores de Wycliffe.

— Está bem, Tristan. Pode me chamar de Emma, então.

Ele sorriu.

— Com prazer, Emma.

— Perdi algo de interessante? — perguntou Wycliffe enquanto se aproximava, seguido pelas alunas.

Sem sequer um olhar para trás, Tristan voltou a jogar pedrinhas no riacho. Agora elas afundavam em vez de pular, mas as acrobacias aéreas provavelmente não eram sua intenção.

— Estávamos conversando sobre vacas — disse ela.

— Ah. — Ele se virou para as meninas. — Dez minutos de descanso, senhoritas. Meus pés precisam se recuperar.

As alunas não precisaram ouvir duas vezes e logo se espalharam ao longo do riacho.

— Fiquem à vista das carruagens — alertou ela.

Wycliffe apoiou um dos pés ao lado dela no tronco e se inclinou sobre seu ombro para ler as anotações. Ela resistiu ao impulso de cobrir os papéis; ele mesmo dissera que a maioria de seus planos para melhorar Haverly já estavam concluídos, e ela não tinha nada do que se envergonhar. Algumas de suas ideias iniciais pareciam extremamente inteligentes, modéstia à parte.

— Você não gosta do gado de Sussex? — perguntou ele, passando os dedos longos nas anotações.

— Estou considerando a ideia de vendê-lo e adquirir gado de Hereford.

Ele se aproximou e tirou uma mecha de cabelo ruivo da frente de seu rosto.

— Gado de Hereford custa o triplo de um de Sussex.

— Mas come pasto e fertiliza um campo de pousio. — Ela consultou suas notas, tentando ignorar a vontade de se encostar no corpo forte atrás de si. — E a carne dele vale quatro vezes mais que a do gado de Sussex.

— Você andou estudando.

Emma fez uma careta.

— Isso é necessário para a minha vitória.

— Posso sugerir que mantenha as vacas e adicione um boi de Hereford ao rebanho? Isso cortaria suas despesas e aumentaria o valor da carne em alguns anos.

Ela o encarou.

— Pode, mas quanto crédito eu receberei por uma solução que não terá nascido até a próxima primavera?

— Eu levaria isso em consideração — afirmou o visconde, ainda de costas para Wycliffe.

— Eu também. Mas ainda não é o suficiente para você ganhar a aposta, Emma.

— Se me lembro bem, seus planos já incluem a ideia de adicionar um boi de Hereford — apontou ela, tentando não soar arrogante. — Copiar suas ideias também não me ajudaria em nada.

— E adicionar um rebanho inteiro vai apenas aumentar as dívidas de Haverly.

Dare finalmente se levantou.

— É uma ideia, Grey, não o plano final — disse o visconde para eles.

— É permitido ter ideias. Nem todos nascemos com as respostas.

— E eu nasci?

Emma olhou para cima enquanto os dois homens se encaravam. Então, sentiu uma pontada de decepção estranha e pesada, e baixou os olhos antes que qualquer um deles pudesse notar. Eles não estavam brigando por ela, afinal. Era mesmo muito tolo de sua parte pensar que dois homens esplêndidos tinham se desentendido por sua causa.

— Então, isso não é sobre mim... — disse ela em voz alta, lembrando-se de que era uma pessoa racional e que era melhor confiar na lógica.

Ambos olharam para ela. Emma ficou de pé e tirou algumas folhas da saia.

Grey tirou o pé do tronco.

— Do que você está...

— Com licença — interrompeu ela, andando na direção das alunas. — Voltarei com as meninas para a Academia no barouche para o almoço.

— Eu trouxe comida — disse Wycliffe.

Ela continuou seu caminho pela beira do riacho, tentando decidir quando se tornara tola a ponto de acreditar em seus próprios delírios.

— Vaidade, nome de mulher — resmungou ela.

Uma mão agarrou seu cotovelo.

— E por que está admitindo isso agora? — perguntou a voz do duque.

Emma sentiu o rosto corar.

— Perdão? — gaguejou ela, soltando o braço do aperto.

— Você é provavelmente a mulher menos vaidosa que já conheci — afirmou ele, começando a andar ao seu lado. — O que eu perdi?

Emma andou mais rápido, embora soubesse que seria impossível deixar alguém com passos tão largos quanto Wycliffe para trás.

— Você não perdeu nada. Temos muito a fazer para ficarmos de conversinha. Senhoritas?

O duque ficou em silêncio enquanto as alunas paravam de colher flores e se reuniam diante dela, mas Emma podia sentir os olhos verdes estudando seu rosto, tentando descobrir por que ela começara a se comportar como uma louca. Mesmo que ela descobrisse o motivo, não tinha intenção de esclarecê-lo.

— Você disse que não era sobre você — falou ele. — A que estava se referindo?

— Srta. Emma, Jane e eu podemos colocar estes tremoceiros em nosso quarto? — perguntou Elizabeth, mostrando as mãos cheias de florzinhas azuis.

— Mas é claro. Estão prontas para voltar à Academia para o almoço?

— Grey ainda não nos ensinou como recusar um convite para uma dança com gratidão. — Henrietta fez sua famosa cara de teimosia. — E *eu* sou a próxima a dançar com ele.

Emma olhou para suas pupilas; todas olhavam para o duque de Wycliffe. A presença grande do homem tinha imediatamente atraído sua atenção, por que seria diferente com suas alunas? Entretanto, a percepção daquilo só deixava a situação mais complicada. Não era hora de se preocupar com o próprio coração — ela tinha cinco jovens para proteger de um notório cafajeste. E mais cinquenta na Academia, todas suscetíveis aos seus encantos. Ela não achava que a paixonite das alunas lhe custaria a aposta, mas a possibilidade mais séria de jovens corações partidos a fez repensar.

— Já discutimos como recusar um convite para uma dança com educação. Vamos, de volta ao barouche.

— Não é sobre recusar com "educação" — disse Julia. — É com "gratidão".

— Gratidão? — Ela devia ter ouvido errado, por isso repetiu a pergunta ao duque: — Gratidão?

Apesar de os olhos verdes estarem fixos em seu rosto, o homem parecia não ter ouvido uma palavra da conversa.

— Você quis dizer que achava que a desavença entre Dare e eu era sobre você — anunciou ele.

Com muito esforço, ela se segurou para não sair correndo.

— Não foi o que eu quis dizer. Sou capaz de elucidar meus próprios pensamentos, obrigada.

— Então, por favor, explique.

Ela se endireitou.

— Sua conversa sobre quem nasceu ou não com respostas não tinha relação com a aposta e, portanto, era uma perda do meu tempo e do das minhas alunas. Agora, o que você quer dizer com aprender a recusar um convite para dança com "gratidão"?

— Isso é assunto para minhas alunas. Um que você só vai descobrir quando perder a aposta.

— Achei que você não tinha nada a esconder — retrucou ela, colocando as mãos na cintura e desejando que ele não fosse tão alto.

— Não, essa é você. Eu tenho vários segredos.

Muitos dos quais ela gostaria de descobrir.

— É uma pena, então, que você não tenha ninguém com quem compartilhá-los. Senhoritas?

Ela girou nos calcanhares e não olhou para trás, sabendo que estava sendo seguida apenas pelos sussurros de protestos e o farfalhar das saias passando pela grama.

— A que horas devo vir amanhã? — questionou o duque.

*Desgraça.* Vê-lo todos os dias era tão... frustrante, mas não havia como evitar. Mais irritante ainda era o fato de que ela não tinha certeza se queria evitá-lo.

— Nove em ponto, por favor.

— Até amanhã.

— Está bem.

Encontrá-lo às nove da manhã não seria a pior parte. O pior era saber que ela passaria a noite rolando de um lado para o outro da cama tentando não pensar no dia seguinte. Aquilo era ainda pior, pois ele não era tão irritante em seus sonhos.

— ⟋⟋⟍ —

— Você vai me fazer voltar andando até Haverly? — perguntou Tristan.

Grey virou-se quando o barouche sumiu de vista. Aquela maldita mulher sempre conseguia escapar antes de seu golpe final.

— Não. É você que está com uma pedra no sapato. Eu continuo charmoso como sempre.

— O que não é muito.

— Hum. *Agora* você vai andar. — Tristan não deu risada, e Grey suspirou. — Por Deus, homem. Foi uma piada.

— Você não anda muito engraçado esses tempos.

O visconde tinha razão, mas Grey deu de ombros e subiu na carruagem. Depois que Tristan se juntou a ele, Simmons partiu com o veículo pela clareira na direção de Haverly.

— Como foi a aula de hoje? — perguntou o visconde após muitos minutos de silêncio.

— Interessante. — Com uma cara feia, Grey recostou-se no assento aveludado. — Como foi a conversa com Emma?

— Interess...

— Especialmente a parte em que você mencionou a Caroline.

Dare ficou na defensiva.

— Foi apenas uma menção rápida. Emma queria saber por que você é tão desprezível e eu disse que era culpa da Caroline. E você devia estar dando aula, não ouvindo a conversa alheia.

O restinho do bom humor de Grey evaporou.

— Ela me chamou de desprezível?

— Não com essa exata palavra, mas insinuou fortemente.

— Quão fortemente?

— E por que você se importa? Ela é uma mulher. E uma diretora, ainda por cima. — Com um tremor exagerado de desgosto, Dare puxou o relógio de bolso para ver a hora. — Deixe-a para mim, meu chapa.

— Rá. Ela vai esfolar você vivo com aquela língua afiada.

Dare franziu a testa.

— A Emma? Ela é uma das mulheres mais bondosas que já conheci. — O visconde ficou pensativo. — Talvez ela só deteste você. Por conta dessa história de tirar o sustento dela e tudo mais.

— Não estou tentando tirar o sustento de ninguém — retrucou Grey. — Estou tentando fazê-la perceber seu lugar e sua função no mundo.

A frase soou pretensiosa demais até para ele, mas como seus motivos para continuar a antagonizar Emma mudavam todo dia, era melhor não tentar reformulá-la. Talvez ficasse pior.

A cozinheira de seu tio ficaria irritada quando visse que seu incrível almoço de frango assado e torta de pêssego estava intacto, mas o humor da sra. Muldoon não o preocupava. Grey estava irritado por Emma ter escapado com as alunas, e nem razão nem lógica justificavam sua frustração.

— Por quanto tempo vai ficar com o barouche de Palgrove?

Grey se remexeu no assento.

— Pelo tempo que eu quiser.

— Foi o que pensei.

— Pensou o quê?

— Você comprou o barouche, não é?

*Inferno.*

— E se comprei?

— Para a Academia da Srta. Grenville, aquela que deseja destruir? Você não acha estranho?

— É para o tio Dennis. Ele pode usar como quiser.

— Aposto que ele e sua tia vão precisar muito de um barouche de oito assentos aqui no interior.

Grey o encarou.

— Eu gostava mais de você quando estava me ignorando.

Tristan inclinou-se para a frente no assento.

— Grey, eu já vi você fazer negócios que deixaram a outra parte chorando. Se você está apenas brincando com essa aposta, tudo bem, mas espero que saiba das consequências.

— Então você é minha consciência, agora? Largue do meu pé, Dare. Sei o que estou fazendo.

— Tem certeza? Sylvia e Blumton já começaram a perguntar sobre Emma e a Academia para seus tios, e não espere que Alice fique quietinha em uma cama sozinha enquanto você caça outra diversão.

Aquilo não era nada bom. Ele estivera tão distraído com Emma e a aposta que não prestara atenção no que estava acontecendo em Haverly. Só o fato de estar distraído já era preocupante. Mas Tristan o estava encarando, então ele deu de ombros.

— Achei que você estivesse falando sobre as consequências de partir o coração das pestinhas.

— Isso também. Nenhuma delas é igual às mulheres a que você está acostumado.

Grey forçou um sorriso.

— Então você acha que vou sair dessa história parecendo um tolo? É um preço que estou disposto a pagar. E quantas pessoas sabem sobre a aposta? Você, eu, Blumton e mais algumas solteironas de diferentes idades. — O pensamento era reconfortante. — Realmente não tenho nada a perder.

Tristan não pareceu convencido e, para ser sincero, nem Grey estava. Era óbvio que o ar limpo de Hampshire o enlouquecera. Ele havia perdido a capacidade de separar negócios de prazer, então estava fazendo uma zona com os dois. A questão era: como limpar aquela bagunça?

Quando chegaram a Haverly, conseguira pensar no início de uma resposta, e passou as próximas horas refletindo sobre o assunto. Era incrivelmente simples. Emma Grenville era esperta e tinha um sorriso raro e adorável. Ela tinha um corpo esguio, com seios arrebitados e atraentes, e ele a desejava. Portanto, tinha apenas uma tarefa a cumprir: fazê-la desejá-lo.

— Por que está sorrindo?

Grey pulou na cadeira. Todo o seu grupo irritante de convidados estava sentado tagarelando na sala de estar, e ele não ouvira uma palavra sequer do que estavam dizendo. Na verdade, também não se lembrava muito do jantar, exceto que serviram batatas cozidas — outra consequência da economia de seu tio. Se não tirasse Emma de sua cabeça logo, as pessoas começariam a pensar que ele tinha miolo mole — ou pior, um coração mole.

— Eu ocasionalmente sorrio apenas porque sinto vontade — respondeu ele, inclinando-se para pegar um charuto da caixa na mesa de centro.

Alice fez uma careta.

— Como se não soubéssemos, Grey.

Seu sorriso murchou.

— E o que é que vocês sabem, Alice?

Ele acendeu o charuto e tragou, ignorando o olhar afrontado do tio e a leve tosse de tia Regina. Ele não se importava que fumar fosse ofensivo às damas. Não estava dando aula de modos naquela noite.

Hobbes entrou na sala.

— Sua Graça, senhores, senhoras — anunciou ele. — Srta. Emma Grenville.

Praguejando baixinho, Grey apagou o charuto e ficou de pé em um movimento só. Os outros cavalheiros também se levantaram.

A srta. Emma entrou pela porta usando um vestido verde-musgo com uma peliça cor de ferrugem para a ocasião. Ela estava linda, e talvez até mais elegante que Alice e Sylvia. Grey queria devorá-la, mas, já que não podia, se contentou em olhá-la dos pés à cabeça e deixar sua imaginação voar.

— Emma, o que a traz aqui a esta hora? — perguntou tia Regina em tom preocupado. — A Academia está bem?

A diretora sorriu e segurou a mão estendida da condessa.

— Sim, está tudo bem. Obrigada por perguntar, milady.

— Você precisa nos contar o motivo de sua visita — disse Sylvia, tomando um gole de sua taça de vinho. — Não a vemos desde a noite em que você nos agraciou com sua... interessante interpretação da Ama.

— Peço desculpas por não os ter convidado à Academia, mas temo que não estamos equipados para acomodar visitantes.

Sylvia deu um olhar malicioso de soslaio para Grey.

— Hum... Dare e Wycliffe visitam bastante.

Ele respirou fundo, irritado. Tinha esperanças de convencer Emma a quebrar algumas regras, mas ela ainda não o fizera, e ele não aceitaria que insinuassem que ela fizera algo de impróprio.

Porém, antes que pudesse repreender Sylvia, Tristan abaixou-se como se fosse pegar algo no chão ao lado dos pés de Sylvia.

— O que é isso, querida? — perguntou ele, mexendo em algo que ninguém parecia ver. — Minha nossa, parece que você expeliu uma bola de pelo, lady Sylvia.

Grey ergueu uma sobrancelha para a expressão afrontada de Sylvia.

— Não olhe para mim em busca de defesa — disse ele. — Foi você que começou.

— Na verdade, Sua Graça — falou Emma — foi *você* que começou. Como anfitrião do grupo em Haverly, você precisa cuidar do entretenimento e do conforto de seus convidados. Dada a quantidade de tempo que você gastou instruindo minhas alunas, não estou surpresa que lady Sylvia e os outros estejam se sentindo esquecidos.

Emma estava em sua melhor forma naquela noite — tanto física quanto mentalmente.

— Agradeço sua preocupação com o pouco tempo que tenho para passar com meus convidados, embora eu precise apontar que você mesma acabou de interromper uma noite agradável que estávamos passando juntos.

— Greydon — repreendeu o tio.

Emma apenas assentiu.

— De fato, Sua Graça, e peço desculpas. Serei o mais breve possível.

*Maldição.* Ele queria que ela ficasse mais tempo. Emma era esperta demais para que ele a enfrentasse em uma batalha de palavras sem considerar suas respostas.

— Mas você ainda não disse por que está aqui — falou Alice, os lábios curvados em um sorriso torto.

— Alice, você é tão sutil quanto um cachorro raivoso — respondeu ele. — Tenho certeza de que ela dirá quando estiver pronta.

Para a sua surpresa, a diretora corou.

— Temo que seja um assunto particular. Gostaria de um momento com Sua Graça.

*Assim está melhor.* Andando, ele gesticulou para uma porta lateral.

— Estou logo atrás.

— Mas Grey, e… — Alice começou a falar em sua voz irritante.

— Peço licença por um momento — interrompeu ele.

Fechou a porta atrás de si e observou Emma virar-se para encará-lo, as mãos firmemente cruzadas às costas. A menos que ele estivesse muito enganado, ela estava nervosa.

— Em que posso ajudá-la, Emma?

— Primeiro, abra a porta.

Inferno. Desejar uma mulher certinha era frustrante, mas ele acatou e abriu uma fresta.

— Pronto.

— Mais.

Engolindo um xingamento, ele abriu mais um pouco a porta.

— Assim está bom?

— Pelo menos trinta centímetros, Sua Graça.

— Tudo bem.

Quando ele obedeceu, ela levantou o queixo e finalmente o encarou.

— Obrigada. Não tive a oportunidade de ter uma conversa franca com você por conta da presença das minhas alunas.

Se ela começasse a falar sobre gados e plantações, ele não seria responsável por suas ações, porta aberta ou não. Só a presença dela o deixava latejando.

— Fale, então — disse ele, dando um passo em sua direção.

— Muito bem. Eu não experimentei muito do mundo.

Ele deu mais um passo.

— Eu sei.

— E você já, suponho.

— Sim.

Mais três passos e ele estaria perto o suficiente para tocá-la.

— Mas eu sei como o mundo funciona.

— Ótimo.

Mais dois passos.

Emma finalmente percebeu que ele estava se aproximando e o olhou dos pés à cabeça antes de pigarrear.

— Eu sei, por exemplo, que Hampshire deve ser muito chata quando comparada a Londres.

— Não exatamen…

— E que você, como um duque, não deve gostar ou estar acostumado ao tédio.

Grey deu um pequeno sorriso e meneou a cabeça, notando que eles pelo menos estavam fora de vista do grupo na sala de estar.

— Estou quase sempre entediado e gosto de desafios, mas acho que já falamos sobre isso.

— Sim. Exato. E esse é o meu ponto. Para evitar o tédio, você se convenceu de que sou algum tipo de… desafio.

Ele arqueou uma sobrancelha. Quem será que ela estava tentando convencer?

— E você está aqui para me informar que não é um desafio. Acertei?

— Bom, sim. Sou a diretora de uma escola para meninas.

Os lábios cheios e levemente entreabertos chamavam por ele.

— Emma, você é um grande desafio.

— Mas…

Grey inclinou-se e capturou sua boca.

Os lábios quentes de Grey sugaram e mordiscaram os dela, até Emma não poder mais dizer quem estava beijando quem. Sua mente gritava para ela sair correndo o mais rápido possível, mas os gritos eram completamente abafados pelo calor escaldante de Greydon Brakenridge.

Braços fortes como aço enlaçaram sua cintura, puxando-a para mais perto. Emma sentiu o desejo e o calor do duque, e gemeu quando sentiu o próprio corpo ferver. Ele a desejava *mesmo*. Não era apenas provocação.

Ela entrelaçou os dedos no cabelo claro e ele aprofundou o encontro de suas bocas. Emma tentou lembrar a si mesma de que ele era um cafajeste — um muito experiente e acompanhado por outras duas mulheres que provavelmente estiveram nos mesmos braços quentes e fortes. Duas mulheres a apenas uma porta entreaberta de distância.

— Pare! — sibilou ela, puxando seu cabelo.

O duque levantou a cabeça. Suas pupilas estavam dilatadas e ele ofegava quase tanto quanto Emma.

— Por quê?

— Você está passando dos limites.

As mãos elegantes apalpavam sua bunda de forma íntima, parecendo queimá-la através do vestido.

— Não foi para isso que veio, Emma?

— Não!

Mas, de repente, Emma se perguntou se ele não estava certo.

— Então por que não me enviou uma de suas cartas ousadas?

Ele abaixou a cabeça novamente, desta vez passando os lábios por seu pescoço.

Emma queria derreter contra o corpo dele. Muitas de suas amigas casadas, especialmente a condessa de Kilcairn e a marquesa de Althorpe, tentaram descrever a sensação de ser o objeto de desejo de um homem, mas todas as palavras pareciam inadequadas. Profundamente inadequadas.

— Uma carta não teria sido o suficiente — ela forçou-se a responder.

— Concordo. Você deixou seu argumento muito mais claro desta forma.

Os lábios chegaram à base de seu queixo.

— Meu argumento. Jesus. — *Qual era mesmo?* — Sim, meu argumento!

Com cada grama de autocontrole que tinha, Emma o empurrou com as duas mãos no peito. O esforço foi ínfimo, mas ele a soltou. Ela suspirou, achando que havia escapado, mas dedos longos traçaram o decote de seu vestido.

— Eu também tenho um argumento a apresentar, Emma.

Ela recuou.

— Não tenho dúvidas, mas...

— Beije-me de novo — murmurou ele, aproximando-se novamente.

*Deus, como ela queria.*

— Deixe-me falar — demandou ela, e colocou uma das mãos sobre a boca dele.

Ele afastou a mão delicada.

— Você não parece ter problemas para falar — retrucou ele.

— Humpf. Como eu dizia, sua presença em Hampshire é muito incomum e atraiu a atenção das minhas alunas.

— Das suas alunas?

— Sim.

Pela expressão cética no rosto do duque, ele sabia muito bem de quem atraíra a atenção, mas aquele não era o ponto no momento.

— Além disso, sua presença na Academia e sua... atratividade física... bom, você deve entender que é muito fácil para uma jovem ficar encantada por palavras gentis e um rosto agradável.

Para o alívio de Emma, ele assentiu. Ela não tinha certeza se conseguiria explicar melhor.

— Você está preocupada que suas alunas tenham uma paixonite por mim.

— Exato.

— E que isso lhe custe a aposta.

— O quê? — gaguejou ela. — A aposta não tem relação alguma com isso! Estou falando de... corações frágeis de jovens garotas.

Wycliffe a estudou por um momento.

— Você está mesmo, não é? — Ele suspirou. — Não tenho intenção de ser dissimulado. Ganharei a aposta com facilidade e sem apelar para isso.

Ela assentiu.

— Obrigada. Fico feliz por entender a situação. Temos regras, e não importa quais sejam suas motivações para... vir atrás de mim, não posso e não vou permitir que continue entrando escondido na Academia e em meus aposentos quando uma escola inteira de meninas jovens e impressionáveis pode ver e interpretar mal suas ações. Estamos entendidos?

— Você terá essa mesma conversa com Dare?

— Não será necessário.

— E por que não?

A expressão dele ficara séria, até brava. Parecia ciúme, e Emma sentiu o pulso acelerar com a ideia. Então parte da animosidade entre os dois *era* por causa dela. Um arrepio de excitação percorreu seu corpo.

— Tristan não entrou em meus aposentos nem me beijou...

— *Tristan*? Você o chama de *Tristan*?

Ela corou. Maldição. Ela precisava prestar mais atenção no que dizia, mas estivera muito ocupada com o fato de que dois homens de verdade — dois! — a achavam desejável.

— Ele me pediu — respondeu ela.

— Então, se eu pedisse para me chamar de Grey, você chamaria?

— Sua Graça, não estou aqui para atribuir nomenclaturas ou participar de seu joguinho de superioridade. Estou aqui para ter certeza de que você entende as regras da Academia e o motivo pelo qual as temos. Por favor...

— Você chamaria? — repetiu ele, em um tom mais rouco.

O pulso dela acelerou novamente.

— Está bem. Se isso vai impedi-lo de bater em alguém, sim, eu o chamarei de Grey.

— Então o faça.

— Acabei de fazê-lo.

— Não. Você apenas mencionou meu nome de batismo. Me chame de Grey, Emma.

Ela suspirou, esperando que seu nervosismo não estivesse evidente.

— Como quiser, Grey.

— Assim está melhor. Agora, onde estáva...

A porta se abriu de supetão.

— Greydon? Está tudo bem?

Grey fechou os olhos por um instante, sua expressão impassível, antes de encarar a porta.

— Sim, tio Dennis. Estávamos discutindo a aposta.

Emma percebeu tarde demais o quão próximo estavam e rapidamente deu um passo para trás, cruzando as mãos.

— É que tenho dúvidas sobre a prudência de algumas coisas que Sua Graça está ensinando às minhas alunas — explicou Emma.

O sorriso de lorde Haverly vacilou um pouco e Emma tremeu de nervoso. Já era ruim o suficiente saberem que ela estava tendo uma conversa quase privada com um homem. Ser descoberta à distância de um toque dele seria o suficiente para arruiná-la em Londres. Graças a Deus nenhuma de suas alunas estava presente; ela estava se tornando um péssimo exemplo. E quanto a beijar Wycliffe, tocar seu peitoral rijo e sentir seus braços fortes puxando-a para perto... ela se preocuparia com tudo aquilo depois.

— Bom, ainda acho que essa aposta é uma grande besteira — disse Haverly. — Mas acho que vocês não ouvirão a opinião de um velho, não é mesmo?

— Não no momento — respondeu o duque. — Agora, se nos der licença, tio, ainda há alguns assuntos para esclarecermos.

Graças ao beijo, Emma sabia exatamente quais assuntos ele queria esclarecer e também sabia que, se não escapasse naquele instante, provavelmente não teria força de vontade para fazê-lo depois.

— Acredito que fui clara o suficiente com minhas ressalvas, Sua Graça. Agora basta saber se você será capaz de satisfazê-las.

Grey a encarou.

— Estou à altura dessa tarefa — afirmou ele com uma voz baixa, os olhos brilhantes.

*Maldição. Ela dissera a coisa errada de novo.* Com sorte, o lorde Haverly não notaria o rubor em suas bochechas.

— Devo partir — disse ela, tentando não soar desesperada.

— Você poderia ficar para o carteado — sugeriu o conde, claramente se esforçando para soar jovial como sempre.

— Ah, não. Obrigada pela oferta, mas receio já ter passado da hora do toque de recolher.

Passando por Grey e Haverly, ela voltou à sala de estar. A loira alta, Alice, a encarou com tanto ódio que Emma se assustou. Os outros, incluindo Tristan e lady Haverly, tinham olhares especulativos que ela achou quase perturbadores.

— Tobias trouxe você? — perguntou o duque atrás dela.

— Não. Vim com a Pimpinela.

— Você veio sozinha a cavalo a esta hora?

Grey soou incrédulo, embora ela não tivesse certeza se ele estava preocupado com sua segurança ou horrorizado que uma mulher tivesse conseguido fazer o caminho até a mansão Haverly no escuro sem se perder.

— Eu cavalgo sozinha com frequência, Sua Graça. Acho improvável encontrar ladrões de estrada em Haverly. — Ela fez uma reverência para todos na sala. — Boa noite, senhores e senhoras.

— Você *não* vai voltar sozinha de cavalo no escuro.

Emma parou na soleira da porta.

— Está achando que pode mandar em mim, Sua Graça? Não sou uma de suas criadas. Tenha uma boa noite.

Emma chegou às escadas antes de ouvir os passos ecoando atrás dela. Endireitando os ombros, ela continuou descendo até o térreo. Grey não disse nada enquanto corria para alcançá-la no corredor principal, mas o calor que irradiava de seu corpo grande e forte era praticamente palpável.

Ela não aguentou o silêncio por muito mais tempo.

— É muito gentil de sua parte me acompanhar até a porta, mas não é necessário. Eu sei o caminho.

— Não vou acompanhá-la até a porta — resmungou ele. — Vou acompanhá-la até a Academia.

— Você não va...

— Pode reclamar o quanto quiser — interrompeu Grey —, mas você tem suas regras de etiqueta e eu tenho as minhas. Você não vai voltar de cavalo sozinha e no escuro.

Ela mal conseguira escapar intacta da conversa com ele; seria loucura se atrever a ficar sozinha com ele de novo. Seus lábios estavam inchados e quentes por causa dos beijos, e seu coração vibrava com emoções selvagens que ela não conseguia classificar.

— Então mande um dos cavalariços.

Para seu desgosto, ele sorriu.

— Com medo de ficar sozinha comigo?

— Não! Quanta besteira! Tenho medo de que seus convidados comecem a fofocar sobre seu comportamento estranho, e não quero me envolver num escândalo.

— Meus convidados são um problema meu. Você é muito mais interessante.

Hobbes abriu a porta da frente para eles, e Emma desceu os degraus de mármore apressada. Quando ela ouviu a porta se fechar atrás deles, virou-se e apontou um dedo para o peito do duque.

— Você supõe coisas demais. Só porque me acha "interessante", como um bode de três pernas em uma feira, não significa que eu penso o mesmo de você.

Ele a encarou.

— Você parecia muito "interessada" alguns minutos atrás.

Emma se esforçou para manter a pose.

— Admito que você beija bem. Deve ter muita experiência, sem dúvida. — Ele abriu a boca para responder, mas ela o impediu. — Como eu disse, sei como o mundo funciona. Sei por que sou "interessante" para você, e sei exatamente o quanto esse "interesse" vai durar. Eu moro aqui. Não tenho outro lugar para ir. Então seria grata se você mantivesse esse "interesse" sob controle até perder a aposta e voltar com suas carruagens para Londres.

Ele demorou, mas assentiu levemente.

— Collins! — gritou ele na direção do estábulo. — Sele um cavalo e acompanhe a srta. Emma até a Academia.

— Sim, Sua Graça.

— Obrigada.

Ela virou-se e foi até o estábulo.

— Emma, você não sabe de tudo — afirmou ele em uma voz baixa e suave atrás dela.

Ela continuou seu caminho. Um momento depois, ouviu a porta da mansão batendo. Talvez não soubesse de tudo, mas sabia que estava certa sobre ele. A pior parte é que queria estar errada.

# Capítulo 10

— Eu REALMENTE NÃO ACHO que seja isso — disse Mary Mawgry.

Grey olhou para ela, e então para o restante das meninas que estavam sentadas em um semicírculo a seus pés. Com muito esforço, ele manteve as costas viradas para o barulho das galinhas atrás do estábulo de Haverly e para as três figuras próximas. Mesmo sem vê-la, era impossível evitar que Emma invadisse seus pensamentos.

— É claro que é — respondeu ele, elevando a voz para que fosse ouvido por cima do cacarejar das aves. — Homens gostam de mulheres que *sabem* tocar um instrumento, mas ter que ficar sentado e ouvindo é uma verdadeira tortura.

— Isso é um absurdo. — Elizabeth fez uma careta. — Eu adoro ouvir música.

— Você, minha querida, é uma mulher. Não estou falando de mulheres.

— Você nunca fala de mulheres — apontou ela, de forma ousada. — Apenas sobre o que os homens gostam em nós.

— E não é este o ponto? — indagou ele, arqueando a sobrancelha.

Jane suspirou.

— Seria bom se gostassem de nós simplesmente porque somos dignas de se gostar — desabafou ela, enquanto distraidamente puxava folhas da grama e as deixava voar por entre os dedos. — E não porque sabemos responder a qualquer pergunta de uma maneira afável.

Grey parou de andar.

— E não é isso que a Academia da Srta. Grenville ensina? Estou apenas refinando o processo.

— Não muito bem. — Lizzy ficou de pé e bateu algumas folhas de sua saia. — Por Deus, se um homem disser que o céu é verde, eu não direi "Ah, sim, milorde, o céu é verde" só porque ele é um conde.

Ela fez uma reverência e sentou-se novamente.

— Seria um conde muito estúpido — murmurou Julia, e Henrietta riu.

Aquela conversa não fazia sentido algum. Grey coçou o queixo e estudou as meninas sentadas à sua frente. Todas pareciam ter uma boa dose de inteligência, especialmente Jane e Lizzy. Até aquele momento, elas haviam seguido as instruções e ouvido as lições e explicações sem reclamar, embora suas perguntas e comentários fossem bem interessantes. Ele até estaria se divertindo, se não estivesse tão frustrado com Emma.

Incapaz de se conter, Grey virou-se. A diretora, que usava um vestido amarelo simples, conversava com Tristan e o criador de galinhas do tio Dennis. Seu maço de anotações tinha crescido tanto que parecia um livro, e ela estava escrevendo ainda mais coisas, fazendo medições e recusando-se a perguntar a Grey algo além de questões fúteis. Tristan tocou o ombro delicado de Emma enquanto falava algo. Ela riu — uma risada que nunca dera para o duque de Wycliffe.

Grey cerrou os dentes. Ele estava mantendo distância da senhorita arrogante havia quatro dias, e não dormira desde então. Em vez disso, passava a noite andando de um lado para o outro do quarto, praguejando e criando planos mirabolantes de vingança em sua mente — e todos terminavam com os dois completamente nus. Ele passava as tardes fazendo planos de aula para as alunas; planos de aula que as pestinhas ingratas pareciam achar uma piada de mau gosto.

Pela primeira vez, Grey considerou que poderia perder a aposta, mas logo tratou de se recompor. Por Deus, ele era um duque! Nunca perdera nada.

Ele voltou a atenção para as alunas, que agora conversavam e davam risadinhas, e sentou-se de pernas cruzadas na grama antes de perguntar:

— Hipoteticamente, o que vocês responderiam se um conde dissesse que o céu é verde?

— Eu diria que ele é mais alucinado que um bobo da corte — anunciou Lizzy.

— Não diria, não — repreendeu Jane. — A srta. Emma ensinou que há duas maneiras de considerar uma pergunta ou afirmação. A primeira é de que o interlocutor está sendo sincero, e a segunda é de que ele não está.

A jovem soava como uma pequena versão da diretora.

— Continue — pediu Grey.

— Se estiver sendo sincero, ele pode ter problemas mentais, então não adiantaria contradizê-lo.

— Então você apenas finge acreditar — disse Grey, e as meninas assentiram.

— E se ele não estiver sendo sincero, está tentando parecer espirituoso, ou inteligente, ou esperto, e...

— E, logo, está querendo causar alguma impressão — continuou Mary.

— Então você apenas finge acreditar.

As meninas assentiram mais uma vez.

— A não ser que a intenção dele seja claramente maliciosa, ao que você responde "com licença", faz uma reverência e sai de perto — explicou Julia, contando as etapas nos dedos.

Muitas coisas que o deixavam confuso finalmente fizeram sentido.

— Mas, então, qual é a diferença entre o meu conselho e o da srta. Emma? — perguntou ele, apenas para ver como elas responderiam.

— Você nos diz para concordar com qualquer coisa que um homem falar, não importa o quão ridículo seja. Já a srta. Emma nos ensina como fazê-lo tendo em mente a intenção do homem e buscando a resposta que será mais benéfica para nós.

— Além disso, ela também nos ensina sobre muitas outras coisas — afirmou Elizabeth, a voz dura. — Não apenas sobre condes cegos e estúpidos, ou como precisamos agradar aos nobres quando valsamos com eles.

Grey lembrou do currículo que Emma detalhou na carta. À primeira vista, não lhe parecera nada impressionante. "Geografia" significava aprender as capitais principais para charadas. "Matemática" era para que aprendessem a calcular o quanto gastavam em roupas.

Nada disso exigiria aprendizado de verdade ou inteligência.

Mais uma vez, ele se perguntou se estava subestimando a srta. Emma e a Academia. Ela claramente achava que homens eram quase gorilas. Como ela não passava muito tempo perto de homens, por que será que os via com tanto desprezo?

As garotas o encaravam, então ele forçou sua atenção à aula.

— Se a srta. Emma é tão boa professora, o que resta para vocês aprenderem?

— Quero saber por que a srta. Emma diz que você é um libertino — falou Lizzy.

Grey estreitou os olhos.

— Você teria que perguntar à srta. Emma.

— Bom, o que significa ser um libertino?

Mary deu um tapinha no ombro de Elizabeth.

— Você é muito nova para essa aula. Um libertino é… um homem que tenta beijar muitas mulheres.

— Meu Deus — murmurou Grey.

— O que foi? — perguntou Mary, fazendo uma careta.

Grey franziu a testa para ela. Explicar a definição de libertino e responder a qualquer uma das perguntas que provavelmente viriam a seguir tinha pouco a ver com as lições de decoro em bailes que ele pensara para as meninas. Por outro lado, com informações imprecisas como as de Mary, era provável que muitas delas acabassem com as saias levantadas dois minutos depois de chegarem a Londres. Ele olhou para Jane. Isso se conseguissem chegar até Londres.

— Nos conte — pediu Lizzy.

— Sim, por favor.

A súplica disfarçada de Jane o abalou mais que o pedido de Elizabeth. Ela era mais velha e estava na mira de um libertino. Um com quem ele passara muitas horas na semana anterior, encorajando-o e ensinando-o.

— Só um momento — disse ele, e ficou de pé.

Emma e Tristan estavam esticando uma fita métrica ao lado do galinheiro quando ele se aproximou. O cuidador das galinhas corou até a ponta da careca quando viu Grey, e ele se perguntou quais detalhes sórdidos de sua vida Tristan havia contado a Emma durante a conversa.

— As pequeninas fizeram você fugir, Wycliffe? — perguntou o visconde.

— Preciso falar com você um minuto — disse ele à diretora, ignorando os dois homens. — A sós.

— Está bem — concordou ela após um momento de hesitação, e entregou a fita métrica ao cuidador. — Com licença.

Ela teria parado mais perto do galinheiro, mas Grey continuou andando até se afastar do estábulo. Ele ouviu os passos pararem quando Emma percebeu para onde estavam indo, e só soltou a respiração quando os passos dela continuaram atrás dele.

— Espero que não esteja pensando em me ensinar sobre galinhas — falou ela, balançando nos calcanhares e agindo exatamente como uma jovem nervosa agiria para tentar parecer calma. — Eu sei tudo sobre galinhas.

— Suas alunas pediram para que eu explicasse o que é um libertino.

A boca dela se abriu em surpresa, mas ela logo a fechou.

— Ah, mas eu já expliquei sobre isso.

— Você realmente disse que um libertino é um homem que tenta beijar muitas mulheres?

Emma corou.

— Bom, não exatamente com essas palavras.

Grey bufou.

— Isso é um absurdo.

Emma ficou na defensiva de imediato.

— Em alguns casos, preciso seguir as regras da sociedade, não importa o que quero dizer. Além disso, você mesmo não tentou me beijar? — perguntou ela com indignação.

— Não, eu *beijei* você, Emma. — Ele se aproximou. — Você realmente acha que era só isso que eu queria?

Ela colocou uma mão no peito dele.

— Pare.

— Por quê? Eu já a beijei, o que aparentemente era tudo o que eu queria...

— Não zombe de mim.

— Então não engane essas garotas. Deve haver um modo melhor de explicar as coisas.

A mão dela permaneceu em seu peito, e ele precisou de mais autocontrole do que esperava para não olhar para baixo, especialmente quando sentiu os dedos delicados tocarem o botão de cima de seu colete. Por Deus, ela iria matá-lo.

— E por que você se importa? — indagou ela, desviando o olhar.

— Por que está tentando ensinar sobre um assunto que você não conhece?

— Eu conheço você.

Grey levantou o queixo dela com os dedos.

— Creio que não — sussurrou ele.

Com cuidado para não a assustar, Grey se inclinou e beijou seus lábios. Emma respondeu com um suspiro leve e ficou na ponta dos pés para aprofundar o beijo. Então foi isso que fizera de errado antes, Grey percebeu enquanto saboreava a boca macia contra a dele. Ele a pressionara, tentando guiar e controlar o contato. Entretanto, por ser Emma, ela havia primeiro hesitado, e então o atacara com sua melhor arma: a inteligência.

Por isso, mesmo quase vibrando de tensão, ele a deixou interromper o beijo e não tentou repetir. Emma o encarou por um longo momento com olhos desfocados e uma expressão sonhadora, mas logo piscou e abaixou a mão.

— Gostaria de pedir sua permissão para contar às alunas sobre libertinos e para responder quaisquer dúvidas que surgirem — disse ele, no mesmo tom de voz calmo e tranquilizante que usara antes.

— Não posso permitir algo do tipo. E isso também não tem relação alguma com a aposta.

— Emma, se elas forem apresentadas ao mundo sendo tão ingênuas como você, não vai importar de nada que elas saibam a capital da Prússia ou consigam valsar perfeitamente.

Ela respirou fundo, e ele precisou de todo o seu o autocontrole para não encarar os seios arrebitados que subiram e desceram.

— Não sou tão ingênua sobre homens quanto você pensa — afirmou ela, em um tom de voz amargo.

— Mas...

— Porém — interrompeu ela —, não negarei às minhas alunas o direito de aprender algo que pode ajudá-las a ter sucesso na vida.

Ele assentiu, surpreso e muito intrigado com as palavras dela.

— Ótimo.

— Entretanto, você só iniciará esse tipo de discussão quando eu estiver presente. E, se eu pedir para parar, você o fará imediatamente. Fui clara?

— Clara até demais. Não tenho a intenção de fazer a srta. Perchase desmaiar com tanta informação.

— Eu ainda não entendo por que você quer ser tão prestativo, especialmente depois daquela besteira sobre "recusar com gratidão".

Ele não a julgava por estar desconfiada, até porque nem ele entendia suas motivações.

— Estou tentando ganhar a aposta — disse.

Ela fez uma cara pensativa.

— Você ainda não tem chance alguma de ganhar, mas essa é a primeira vez que está indo na direção certa.

O duque de Wycliffe havia levado o almoço e três lacaios para servi-lo. Considerando que todos estavam sentados em mantas em cima da grama, ao ar livre, ter criados uniformizados oferecendo sanduíches de frango e pepino parecia absurdamente exagerado. As meninas, porém, amaram. Emma também, mesmo que nunca fosse admitir.

Ela olhou para ele novamente, mordiscando um sanduíche e rodeado por mulheres com metade de seu tamanho. Grey parecia diferente. Emma não conseguia definir o que era, mas, quando ele a beijou, ela não se sentiu encurralada ou oprimida. O beijo fora perfeito, e Emma nunca mais teria uma noite de sono tranquila.

— Então você quer expandir a área do galinheiro? — indagou Tristan, enquanto se sentava com as pernas cruzadas ao lado dela.

— O preço da carne de boi aumentou muito desde a guerra. Os nobres até conseguem pagar, mas imagino que o restante de Londres esteja consumindo peixe, galinha e porco. Haverly poderia vender galinhas vivas.

Ele assentiu.

— Isso traria um pouco mais de dinheiro, certamente.

— Eu sei que não será o suficiente para ganhar a aposta. — Emma colocou um pêssego em cima de suas anotações para que as folhas não saíssem voando. — Mas qualquer lucro será de grande valia.

Quando ela levantou a cabeça, Grey a encarou por um momento, mas logo voltou a conversar com Julia e Henrietta. Emma suspirou.

Uma margarida apareceu em sua frente.

— Anime-se — disse o visconde, girando a flor nos dedos. — Logo, logo vamos embora de Hampshire.

Emma sorriu.

— Ah, não é isso. Eu adoro a vida ao ar livre.

Na verdade, pensar que Wycliffe iria embora não a deixava nem um pouco contente. Sua vida certamente ficaria mais fácil, mas ela não ficaria feliz.

— Srta. Emma, estamos comendo há quase uma hora. Vamos continuar a nossa aula?

— Podemos continuar — corrigiu ela.

— *Podemos* continuar? — repetiu a pequena.

Os nervos de Emma vibraram. Já havia conversado sobre libertinos com as meninas mais velhas, em termos de perigos a serem evitados, mas Wycliffe estava certo. Infelizmente, seu conhecimento prático na área era insuficiente, e este era um tópico importante — ainda mais para alunas como Jane e Mary, que logo seriam apresentadas à sociedade e estariam no meio de perigos masculinos.

— Sim, podemos — respondeu ela.

Tristan ficou de pé.

— De volta às galinhas? — perguntou ele, oferecendo-lhe a mão.

Ela permitiu que ele a ajudasse a levantar.

— Na verdade, vou ficar para esta lição.

— Achei que tinha decidido acompanhar de longe hoje.

— Sim, mas acredito que esse assunto precise da minha completa atenção.

Tristan olhou para Grey.

— E com que sábias palavras Sua Graça vai nos agraciar nesta bela tarde?

— Vou ensiná-las sobre libertinos.

O visconde congelou.

— É mesmo?

— Sim. Quer compartilhar alguma de suas experiências com as alunas?

Dare encarou as meninas com um olhar de terror quase cômico.

— Na verdade, acho que vou dar um passeio e aproveitar para arrancar meus olhos com um graveto.

— Você também é um libertino? — perguntou Lizzy, apertando os olhos contra a luz do sol.

Ele pigarreou.

— Com licença, senhoritas. Blumton disse que ia pescar no lago de patos esta tarde. — Dare começou a andar de costas. — Acho que vou me juntar a ele.

Quando o visconde desapareceu nas árvores, Elizabeth voltou sua atenção a Wycliffe.

— Ele é um libertino?

— Não um dos melhores.

Hum… Se dependesse de Emma, a aula passaria *longe* de se tornar um ensaio sobre os valores da libertinagem.

— Conto isso como um ponto a favor do lorde Dare — disse ela.

Os criados retiraram o que sobrou do almoço e voltaram aos veículos. Emma sentou-se em frente a Wycliffe para que pudesse ver seu rosto e estar em uma boa posição para silenciá-lo caso necessário, conforme combinaram. Mas isso também significava que ele poderia olhá-la durante toda a aula e avaliar exatamente o efeito que sua fala tinha sobre ela.

Emma respirou fundo. A aula dele não teria efeito algum sobre ela. Não permitiria.

— Todas acomodadas? — As meninas assentiram, e Grey apoiou os cotovelos nos joelhos. — Está certo. Suponho que devo começar pelo básico: vocês sabem a diferença entre homens e mulheres?

— Sua Graça! — exclamou a srta. Perchase, corando.

Ele arqueou uma sobrancelha.

— Pois não, srta. Perchase?

Emma pigarreou. Talvez esta fosse uma péssima ideia, afinal.

— Eu não imaginava que esta aula viraria uma discussão sobre… esse tipo de coisa — gaguejou a professora de latim.

— Que tipo de coisa? — indagou Lizzy.

— Saiba que minhas alunas tiveram aulas de anatomia básica, Sua Graça — explicou Emma.

— Ah! — Elizabeth assentiu. — Você está falando sobre seios e partes masculinas.

Wycliffe se engasgou. Emma o encarou, claramente desafiando-o com os olhos a ousar dizer algo sobre as palavras de Lizzy. Ela teria uma longa conversa com Lizzy sobre seu jeito ousado de falar.

Ele pigarreou.

— Acredito que essa definição sirva — continuou ele após um momento. — Um libertino, então, sabe tudo sobre seios e... partes masculinas, e como os dois combinam.

— É por isso que ele tenta beijar mulheres?

— Silêncio, Lizzy! — repreendeu Jane. — Deixe Grey explicar.

Emma também estava curiosa para ouvir a explicação.

— Sim, por favor, continue.

— Um libertino... sabe do que uma mulher gosta. Mulheres gostam de ser beijadas. Mulheres também gostam de receber atenção, de conversar e de serem convidadas para dançar. Acontece que libertinos são melhores nessas coisas que outros homens.

Emma estreitou os olhos. Ele não a convidara para dançar, mas fizera todo o resto. E ela gostara de tudo. Mas, pelo visto, era só porque o duque era muito bom naquilo. Parte dela queria saber no que mais ele era bom. A outra parte estava com medo de que acabasse gostando do que descobriria.

— Então libertinos gostam de brincar com os sentimentos das mulheres? — questionou ela, colocando as mãos no colo.

Um músculo da bochecha magra de Grey se contraiu.

— Alguns, sim. Outros são apenas naturalmente... charmosos.

— Como pode ser charmoso fingir que gosta de alguém? — indagou Henrietta.

— Por acaso você está dizendo que um libertino é um homem com a posição social e o dinheiro para agir como quiser, apesar das regras da sociedade? — perguntou Emma.

Lizzy balançou a cabeça novamente.

— Isso não parece nada bom. Tem certeza de que é um libertino, Grey? Wycliffe suspirou.

— Não sou esse tipo de libertino.

— Bom, existe outro tipo de libertino? — questionou Jane, com a testa franzida. — E como é possível dizer se um homem é um libertino ou não?

Emma inclinou-se para a frente.

— Sim. Por favor, nos conte.

— Bom, para começo de conversa, os elogios de um libertino do tipo bom são genuínos. — Grey agora soava irritado. — Não é porque um homem diz coisas agradáveis sobre você que ele não está sendo sincero.

— Sincero ou não — disse ela —, um libertino tem mais que elogios em mente, não é? E o que ele tem em mente pode muito bem arruinar a reputação de uma dama.

O duque a encarou.

— Apenas se ele for pego.

— Humpf. Senhoritas, saibam que um cavalheiro de verdade nunca pedirá que uma mulher faça… coisas que podem comprometer a reputação ou o bem-estar dela. Se forem chamadas para fazer algo que as deixa hesitantes, vocês provavelmente não deveriam fazê-lo. — Grey abriu a boca, mas ela continuou. — Eu tenho uma amiga próxima, por exemplo, que deixou um homem, um marquês, acompanhá-la ao jardim para se desculpar por um comportamento inadequado. O homem a beijou na frente de testemunhas e eles precisaram se casar.

— Vixen — resmungou ele, cerrando os dentes.

— Sim.

— Mas vocês precisam saber, no entanto, que existem mulheres que *atraem* homens para situações comprometedoras com o intuito de forçar um casamento — informou ele em tom sério.

— Homem ou mulher, quem permite que isso aconteça é um tolo.

E, independentemente de a discussão ser franca ou não, o preconceito de Wycliffe contra mulheres não tinha lugar ali.

— Se tivesse ido a Londres e vivido entre a alta sociedade, você saberia que um caminho nem sempre é direto, ou preto no branco, como pensa — retrucou ele.

— Eu já estive em Londres e achei o local muito condenável! — explodiu ela, ficando de pé. — E também acho que qualquer um que defenda a imoralidade de um libertino para um grupo de meninas seja igual.

Seus olhos começaram a marejar, maldição! Pelo borrão, ela viu as meninas a encarando de boca aberta, mas não conseguiu identificar a expressão de Wycliffe.

— Peço licença — disse com a voz embargada, e saiu a passos rápidos em direção às árvores.

Se o duque a seguisse, Emma certamente gritaria. Suas alunas já deviam estar pensando que ela enlouquecera; se ele fosse atrás dela, elas pensariam que ela estava se comportando de maneira estranha por causa daquele homem.

Sim, Emma estava confusa com a arrogância e os beijos maravilhosos de Grey, e sim, ela se sentia lisonjeada pelos elogios fortuitos, mesmo que sua intenção fosse apenas distraí-la de ganhar a aposta. Mas, acima de tudo, estava brava consigo mesma por começar a olhá-lo com ternura quando ele era, afinal, apenas mais um homem que pensava que sabia de tudo e que nem sequer considerava a possibilidade de ela estar certa sobre algo.

Foi Jane quem apareceu por entre as árvores.

— Srta. Emma? — chamou ela. — Você está bem?

Emma limpou as bochechas molhadas com pressa e saiu de trás de uma faia que estava usando para se esconder.

— Jane? Minha nossa, você não deveria estar aqui sozinha!

— Estávamos preocupadas com você. Grey disse que eu deveria dar alguns minutos para você se recompor antes de vir encontrá-la.

— E onde está Wycliffe? — perguntou ela, sua voz um pouco estridente.

— Foi pescar com os amigos.

Emma congelou.

— Ele deixou vocês sozinhas?

— Não. O barouche, a srta. Perchase e os criados ainda estão aqui. Ele disse que você estava brava e que não queria apanhar, e que continuaria as aulas amanhã.

Jane pegou sua mão e a apertou.

— Eu não teria batido nele — afirmou ela. — Mas eu certamente teria brigado com ele por tentar ensinar mentiras tão horríveis a vocês.

Lady Jane sorriu, mas seu olhar permaneceu sério.

— Eu achei a aula útil. Por exemplo, acho que Freddie Mayburne pode ser um libertino. Não tenho certeza, mas prestarei mais atenção a partir de agora.

— Jane, você sabe que só quero que todas tenham uma boa vida, não importa o caminho que seguirem.

— Eu sei disso, mas é melhor dizer isso para a Lizzy. Você sabe como ela fica mexida quando alguém fica chateado, especialmente quando é você. Ela esquece que você não é só a srta. Emma.

Emma parou de andar e encarou a linda jovem.

— Eu não sou só a srta. Emma?

— Não. Você também é Emma Grenville, uma mulher que gerencia o próprio negócio, que faz o máximo que pode para tentar melhorar a vida de menininhas bobas e que se importa com a felicidade de todos acima da própria. — Jane sorriu. — E até aceita apostas com duques para poder ajudar ainda mais meninas.

— Minha nossa — Emma apertou a mão de Jane com força, sentindo os olhos marejarem de novo. — Às vezes esqueço que você não tem mais 14 anos. Você se tornou uma jovem senhorita, e eu ficaria orgulhosa em chamá-la de amiga.

Jane lhe deu um beijo na bochecha.

— Eu apenas tento ser como você.

# Capítulo 11

— VOCÊ NÃO VAI PEGAR nada balançando o anzol na água desse jeito
— falou Charles Blumton.

Grey o ignorou e lançou a linha da vara de pesca pelo ar, observando
enquanto ela batia na água do lago com estardalhaço.

— Agora *eu* também não vou pegar nada.

— Você não ia pegar nada de qualquer maneira, Blumton — disse
Tristan, de seu assento nas pedras. — Todos os peixes morreram de susto
quando as alunas caíram no lago na semana passada. Seria mais útil ati-
rarmos nos peixes com pistolas.

Charles riu.

— Eu tenho um amigo, Francis Henning, que tentou isso uma vez. Ele
me contou que passou o dia inteiro tentando pegar uma truta enorme em
um riacho nas terras do tio, mas que o peixe não saía de debaixo das pedras.
Então, ele pegou a pistola e atirou no bicho.

Tristan mordeu o lábio.

— E o que aconteceu?

— A bala ricocheteou na pedra, saiu da água e atravessou o chapéu da
avó dele. Ele disse que apanhou dela com a sombrinha e quase morreu.

— Parece justo.

Grey mal prestava atenção na conversa. Emma saíra correndo e chorando,
e era tudo culpa dele. Não era a primeira vez que mulheres choravam em
sua presença, mas normalmente o fato apenas o irritava. As mulheres eram

*especialistas* em choradeira. No entanto, as lágrimas de Emma continuavam o incomodando.

Mas o que mais o incomodava eram suas palavras. Ela esteve em Londres e alguém, algum homem, a magoou. Ele queria saber quem era e, ao mesmo tempo, provar para Emma que nem todos os homens eram iguais ao infeliz que lhe causara dor. Grey olhou para cima e observou quando o faetonte que trazia Alice e lady Sylvia se aproximou. Ele respirou fundo. Deus, que confusão.

— Grey, você prometeu me ensinar a pescar — disse Alice, segurando as saias enquanto andava até ele pela grama.

Ele entregou a vara de pesca para ela.

— Tome. Jogue a linha na água e espere até algo puxá-la.

Ela ficou consternada.

— E então?

— E então vamos desmaiar de surpresa, já que obviamente não há peixes neste lago — afirmou Tristan.

Sylvia sentou-se em uma pedra e deixou as saias caírem graciosamente sobre os tornozelos.

— Então por que estão aqui? Por acaso estão esperando sereias? Ou alunas, quem sabe...

Grey quis mandá-la calar a matraca, mas Sylvia era bem mais rápida que Alice para se recuperar em uma discussão, e ele não estava no clima para brigar. Em vez disso, abandonou Alice e a vara de pesca e sentou-se ao lado de Tristan na pedra.

— Como foi a aula? — perguntou o visconde. — Na verdade, pensando bem, não me conte. Fico todo arrepiado só de imaginar o quanto você danificou a imagem do nosso gênero.

— Você lembra de Emma já ter estado em Londres? — indagou Grey baixinho.

— Não, por quê?

— Ela disse que esteve. Pelas palavras que usou, fiquei com a impressão de que não foi uma boa experiência.

— Ela mencionou quando esteve na cidade?

— Não.

Tristan ficou em silêncio por um momento.

— Não sei, Grey. Ela não teria frequentado os mesmos círculos que os nossos, de qualquer forma. Ela tem amigas da alta sociedade, mas ainda seria uma professora de uma escola para garotas.

— Exatamente o que eu pensei.

Grey jogou uma pedrinha no lago. Se ela tivesse estado em Londres, ele pensou que deveria ter, ou que teria, sentido sua presença.

— Pelo visto, ela não gosta de libertinos, não é? Espero que não tenha contado que sou um.

— Eu disse que você não era um dos melhores.

— Ah, que maravilha…

— Sobre o que estão conspirando? — perguntou Sylvia, arqueando uma das sobrancelhas perfeitas.

— Provavelmente sobre como planejam nos deixar mofando, sozinhas, durante todo o verão. — Alice se aproximou e entregou a vara de pesca para Charles. — Pescar não é nada impressionante.

Blumton olhou para as duas varas que segurava.

— É um esporte masculino, Alice.

— É mesmo — concordou Sylvia. — Ficar balançando uma vara e esperando uma pobre criatura morder a isca. Quanta emoção.

— Parece que você foi fisgada e jogada de volta à água… — apontou Tristan.

Ela encarou o visconde com seus olhos azuis grandes e inocentes.

— É impossível não notar que você não tem uma vara, Dare.

— Isso é para o *seu* bem, minha querida. Não quero correr o risco de você se enrolar comigo de novo.

Grey mal ouvia a discussão. Do jeito que era franca e direta, Emma ficaria abismada com aquela troca de farpas. Eram ofensas de um lado para o outro e, poucas semanas antes, poderia muito bem ser ele no lugar de Tristan discutindo com alguém.

— Convidarei minhas alunas para jantar conosco em Haverly na quinta-feira — anunciou ele. — Também vamos dançar.

— Quê? Você quer levar uma escola inteira de menininhas para a mansão? — Blumton ficou de pé tão rápido que quase caiu no lago.

— Não será a escola inteira — corrigiu Grey. — Serão apenas cinco meninas. A srta. Emma também, imagino, assim como quaisquer outras acompanhantes que ela desejar trazer.

— Minha nossa — falou Blumton com uma expressão horrorizada. — Você não espera que nós...

Grey se levantou.

— Você e Dare estarão presentes. Preciso de cavalheiros para que elas treinem. Também convidarei Freddie Mayburne. — Era possível que ele tivesse julgado mal o rapaz e que o jovem realmente se importasse com Jane. Se Mayburne estivesse fingindo ser um libertino para impressioná-lo, então ele merecia uma chance. Blumton seguiu com sua expressão contrariada, então Grey foi até ele. — Encarem isso como uma contribuição para que o lado certo vença a aposta.

O dândi pigarreou.

— Se é este o caso, como dever ao nosso gênero...

— Bom, eu acho que será uma chatice — disse Alice, fazendo biquinho.

— Ah, não sei — respondeu Sylvia. — Estou muito ansiosa para ter a chance de conversar com a querida srta. Emma.

Inferno. Grey definitivamente não queria que Emma sofresse nas garras de lady Sylvia Kincaid. Ele precisava pensar em algo para manter Sylvia ocupada, então olhou de soslaio para Tristan.

"Não", disse Dare apenas movendo os lábios, claramente lendo seus pensamentos.

Hum, a ideia tinha potencial, de qualquer forma. Devia haver algo que Tristan desejasse. Qualquer coisa menos Emma, é claro. Emma era dele.

A força de tal pensamento o assustou e o manteve distraído pelo resto do dia. Mesmo enquanto enviava uma carta a Freddie e outra a um quarteto de cordas bem recomendado de Brighton, seu pensamento estava em Emma.

Isso estava longe de ser incomum, pois pensar na diretora — principalmente com aquela camisola molhada e transparente — já tomava grande parte do tempo de Grey. Mas aquilo era diferente. Não era apenas sexo — uma surpresa de proporções titânicas, considerando que sexo era a única razão pela qual se interessava por mulheres. Ele queria *conversar* com Emma. Gostava do som de sua voz, e gostava de tentar decifrar a maneira como a mente dela funcionava.

Durante toda a noite, ele se pegou tentando inventar algum motivo pelo qual precisava vê-la imediatamente. Durante toda a noite, se forçou a ficar na cadeira perto da janela da sala de estar enquanto fingia ler o último lançamento de Byron. A poesia sombria e sensual não ajudou em nada seu humor, e por duas vezes ele quase arremessou o livro para o outro lado da sala.

Até Alice pareceu sentir o quanto ele estava arredio, pois desistiu logo após a primeira tentativa de flerte velado ter sido respondida com um olhar irritado. Quando finalmente se levantou e anunciou que estava indo para a cama, todos os outros no cômodo pareceram aliviados.

Mas, a meio caminho de tirar o casaco, a resposta surgiu em sua mente. Ele puxou o tecido cinza das mãos do valete e vestiu a manga novamente.

— Vou cavalgar.

— Agora, Sua Graça? Já passa da meia-noite.

— Eu sei como um relógio funciona, Bundle. Não espere por mim.

— S-sim, Sua Graça.

Era bem simples, na verdade. Como não pensara naquilo antes? Ele precisava convidar Emma e as alunas para o baile em Haverly.

—⁓—

Emma estava quase dormindo quando ouviu a porta do escritório abrir. Fazendo uma careta, ela cobriu a cabeça com a coberta e fingiu não ouvir nada. Os livros espalhados em sua cama mexeram com o movimento da manta, e ela não sabia se seu pé direito estava dormente ou se era um lápis cutucando um dos dedos, mas estava cansada demais para se importar. De vez em quando, algumas alunas procuravam sua ajuda em horários estranhos, mas já devia ser uma da manhã, por Deus!

Algo caiu no chão do escritório.

— Maldição — resmungou, sentando-se na cama.

Ela esfregou os olhos, bocejando, e depois se espreguiçou. Bom... Ter uma noite de sono tranquila havia se tornado algo raro, de qualquer maneira. Quando adormecia, sempre sonhava com a mesma coisa: o duque de Wycliffe.

Vestindo seu robe, Emma foi até a porta do quarto e a abriu.

— Está tudo bem? — perguntou ela.

Visitas noturnas normalmente significavam problema.

— Derrubei a maldita cópia de *História dos animais de fazenda* no meu pé — respondeu baixinho uma voz masculina.

Felizmente, ela reconheceu a voz antes que conseguisse gritar. O som ficou preso em sua garganta — ainda bem, ou teria acordado toda a Academia.

— O que raios você está fazendo aqui?

O duque de Wycliffe se curvou para pegar o livro.

— Ele explica quem veio primeiro? O ovo ou a galinha? — indagou ele, colocando o livro de volta à mesa.

— Não sei, ainda estou na parte sobre cabras. — De repente, Emma pensou que poderia estar sonhando. Discretamente, beliscou a própria perna. — Ai.

Ele foi até ela.

— Você está bem?

De alguma forma, ele parecia ainda maior tão perto e no cômodo escuro.

— Sim, estou bem, mas você precisa ir embora. Agora mesmo.

— Não quer saber por que estou aqui?

Ele estendeu a mão e endireitou a gola de seu robe, puxando-a um passo mais para perto dele no processo.

— Por que… por que você *está* aqui, então?

— Vim para convidá-la a um pequeno baile em Haverly — respondeu ele com a maior naturalidade. — Na quinta-feira à noite. Pensei que minhas alunas poderiam gostar de uma noite com um jantar e um pouco de dança na companhia de membros da sociedade.

Emma se perguntou rapidamente se ele estava bêbado, mas logo descartou a ideia. Ele não cheirava a álcool e falava com a clareza de sempre.

— Ah. Você poderia ter enviado o convite pelo correio.

O duque a encarou por um longo momento, embora ela não soubesse dizer o que ele conseguia enxergar na escuridão do escritório.

— E queria pedir desculpas se a chateei esta tarde. Não era minha intenção.

— Podemos conversar sobre isso amanhã, Sua Graça.

— Eu não conseguia dormir.

— O que não é motivo para você invadir a Academia e quase me matar de susto.

Os dentes dele brilharam no escuro quando ele sorriu.

— Então lhe devo mais desculpas.

— Você pode, por favor, ir embora? Preciso estudar pelo menos uma hora antes do café da manhã.

— Eu poderia ajudar, sabe? Entreguei meus planos finais para o sir John hoje de tarde.

— E o que pensariam se você me ajudasse a vencê-lo? E até parece que você o faria. Não, obrigada. Tenho todas as informações de que preciso aqui. — Ela gesticulou para o escritório abarrotado de livros de pesquisa.

— Por melhor que seja um livro, ele não substitui a experiência prática.

Os dedos dele, ainda segurando sua gola, puxaram-na para mais perto, até seus corpos estarem praticamente se tocando.

Ter uma conversa lógica no escuro com um libertino alto e bonito era extremamente difícil. Sua mente queria vagar em todos os tipos de direções tentadoras. Mas ele decerto contava com o fato de que era capaz de transformar o cérebro das mulheres em gelatina apenas com sua presença viril.

— Tenho certeza de que acredita nisso, Sua Graça, mas livros são o suficiente para mim, muito obrigada.

— Não acredito em você.

O murmúrio rouco fez uma sensação quente e formigante subir pelas pernas de Emma.

— É mesmo? Por quê?

— Vejo você rodeada de livros sobre todos os assuntos do mundo, mas o quanto você realmente sabe sobre a vida, Emma?

— Não é porque decidi dedicar minha vida a dar aulas e a aprender que sou quase uma ermitã.

— Significa exatamente que você é quase uma ermitã, uma que finge não precisar sentir calor e desejo.

Ela estava sentindo bastante calor no momento.

— Prefiro usar minha mente à minha... minha *mentula*, como os homens fazem — disse ela enquanto apontava para o corpo dele.

Até a palavra em latim a fez corar, e Emma rezou para que ele não conseguisse enxergar seu desconforto no escuro.

Grey ergueu uma sobrancelha.

— *"Nihil est in intellectu quod nonfeurit in sensu."* John Locke.

Ela devia ter imaginado que ele saberia latim, ou seja, sabia exatamente a qual parte do seu corpo ela se referia. O latim dela, no entanto, estava um pouco enferrujado desde que a srta. Perchase assumira a matéria.

— "Nada está no intelecto que não exista...", não, "que não tenha estado primeiro nos sentidos." Minha nossa. Há quanto tempo você está esperando para usar essa frase?

— Provavelmente o mesmo tanto de tempo que você memorizou o significado de *mentula*. — Ele acariciou o rosto dela. — Onde você aprendeu essa palavra, aliás? Decerto não foi na Academia, onde chamam a anatomia de um homem de "partes masculinas".

Ela devia estar vermelha como um tomate.

— Não é da sua conta, Sua Graça.

Grey se encostou na estante atrás dele, puxando Emma contra si, e ela precisou colocar as mãos contra o peito dele para que seus corpos não se juntassem.

— Aposto que pesquisou por curiosidade. Você é provavelmente a mulher mais brilhante que já conheci. Por que deveria parar de aprender em determinado ponto só porque os livros param de ensinar?

Ela *era* curiosa, e ficava ainda mais a cada segundo. A firmeza dos músculos dele sob suas mãos a fascinava, e sua voz baixa e masculina a arrepiava. Ela queria explorar cada centímetro daquele corpo, então envolveu os dedos em seu colete para mantê-los firmemente no lugar. Ficar sozinha com Grey era o suficiente para deixá-la pegando fogo, tonta e muito, muito depravada.

— Não sei do que está falando — gaguejou ela, com a voz trêmula.

— Está me dizendo que não aprendeu outras palavras? Tem alguma que você queira saber o significado? Como *machaera*? Ou *follis*?

Ela desmaiaria se ele continuasse.

— Pare.

— Muito vulgar? — murmurou ele. — Prefere *capulus* ou *temo*?

Se antes ela não estava pensando em cabos de espada ou mastros, certamente estava agora. Sem querer, desceu o olhar, passando por seu peitoral forte, mas logo voltou para o rosto dele quando sentiu as mãos fortes mexendo em seu cabelo. Os dedos enrolaram seus cachos, entrelaçando-os suavemente até que ela mal conseguisse respirar.

— Você só está tentando me chocar — afirmou ela, engolindo em seco.

— Não estou. Quero mostrar para você que existe uma diferença entre saber uma palavra e entender o que ela realmente significa. *Interfeminium*, por exemplo. O lugar entre as pernas de uma mulher. É mais que uma palavra, Emma.

Antes de ele aparecer em sua vida, Emma pensava que sabia a definição da palavra "beijo". No entanto, ele a beijara e ela entendera seu verdadeiro significado. E, até aquela noite, nunca enxergara latim como algo sensual.

Até os vulgarismos anatômicos que ela aprendera pareciam clínicos, e só por isso era capaz de dizê-los. Mas quando era o duque de Wycliffe falando, os termos pareciam lenha em uma fogueira dentro de seu corpo.

Grey gentilmente a beijou nos lábios.

— Deixe-me ensiná-la, Emma — sussurrou ele.

*Por que eu?* Se perguntasse em voz alta, ele poderia lembrar que ela era apenas uma diretora, e que ele já conhecia inúmeras mulheres que não precisavam ser ensinadas e podiam proporcionar-lhe infinitamente mais prazer do que ela.

— Você vai parar se eu pedir? — ofegou ela.

— Sim, mas você não vai pedir.

— Você tem muita cert...

Ele a interrompeu com um beijo profundo e lento. Por mais inexperiente que fosse, ela sentiu a diferença; o toque dele estava mais focado e deliberado, como se soubesse que não seriam interrompidos naquela noite.

Sua parte lógica percebeu que aquela poderia ser a melhor, última e única chance de descobrir como era estar nos braços de um homem. Seu coração, seus nervos e sua pele começaram a formigar, queimando com o toque dele, como se o tempo tivesse parado e acelerado ao mesmo momento.

— Emma — murmurou ele, levando os lábios até seu pescoço —, você está me enforcando.

— O quê? Ai, desculpe.

Suas mãos agarravam a gola do casaco dele com tanta força que ela ficou surpresa por não ter rasgado o tecido. Ela relaxou o aperto e estendeu as palmas contra o peitoral.

— Não sei o que devo fazer.

Ele a encarou.

— O que você quer fazer?

— Quero tocar você.

Grey respirou fundo.

— Então me toque.

Estremecida e sentindo seus joelhos trêmulos, Emma olhou para baixo, mas logo encarou aqueles olhos verdes de novo.

— Você não vai rir de mim amanhã, vai?

Ele inclinou a cabeça para o lado e a estudou no escuro.

— De onde você veio? Nunca conheci alguém igual — sussurrou ele, antes de beijá-la com mais força. — Não, não vou rir de você.

O coração dela batia tão forte que ele certamente conseguia ouvir, ou pelo menos sentir a intensidade em seu pulso quando beijou-lhe o pescoço. As mãos fortes deslizaram pelos ombros de Emma, roçando a lateral de seus seios com uma intimidade que a fez ofegar, antes de abrir seu robe. Grey deslizou os braços dentro da lã quente, enlaçando sua cintura, e a empurrou para trás até que as coxas dela encostaram na mesa. Enquanto isso, a boca dele continuou procurando a sua, mordiscando e roubando o que restava da sua capacidade de pensar e respirar.

Quando ele aproximou os quadris dos dela, Emma sentiu sua excitação, tão quente e dura através da calça. Ela gemeu e passou os braços pelo pescoço dele, beijando-o com ainda mais intensidade.

Para sua surpresa, Grey deu meio passo para trás, e uma sensação de pânico a invadiu. Não era possível que ele quisesse parar, não agora.

— Fiz algo de errado? — perguntou ela, trêmula e ofegante.

Ele negou com a cabeça, então pegou as mãos dela e as trouxe contra seu peito novamente.

— Pode me tocar — repetiu ele, e sua voz era um rosnado rouco e sensual.

Ela olhou para o peito dele, porque a visão a fascinava e porque se sentia tão exposta e vulnerável que certamente morreria se olhasse para cima e descobrisse que, apesar de suas palavras tranquilizadoras, ele estava rindo dela.

Grey ergueu o queixo dela, fazendo do toque outra carícia.

— Não pense muito — murmurou ele, os olhos verdes reluzindo de desejo. — Apenas sinta.

Pegando as mãos dela novamente, ele as deslizou pelo seu peito sob as lapelas do casaco. Ela enfim percebeu o que Grey estava fazendo e o ajudou a tirá-lo. Os braços dele eram quentes e fortes sob o tecido fino da camisa branca. Ela estremeceu de novo. Sonhar em ficar nua com ele e realmente fazê-lo eram duas coisas bastante diferentes.

— Agora é minha vez.

Os movimentos do duque eram muito mais confiantes. Grey tirou o robe de seus ombros e deixou o tecido deslizar sobre a mesa atrás dela. Então beijou sua clavícula e arrastou os lábios até o decote de sua camisola.

Bocas eram coisas maravilhosas. Ela nunca imaginara que o toque dos lábios de alguém contra sua pele pudesse ser tão... estimulante.

Emma se atrapalhou com os botões do colete dele, mas conseguiu desabotoá-los sem arrancá-los. Mais confiante, ela empurrou a peça de roupa pelos ombros largos e começou a trabalhar em sua gravata.

Ele ficou parado, deixando-a lutar com os nós intrincados.

— Você aprende rápido — comentou ele, os dedos traçando pelo decote da camisola e afundando-se pelos babados.

— Você foi um bom professor... até agora.

Ele riu.

— Até agora? Acho que está na hora da segunda lição.

Ele desamarrou o laço que caía entre os seios dela e deslizou a camisola pelos ombros bem devagar.

Quando o ar frio tocou seus seios, Emma respirou fundo. Ela não conseguia mais se convencer de que estava sonhando. O duque de Wycliffe estava diante dela, passando os dedos por sua pele, acariciando-a em lugares que nenhum homem jamais tinha visto, muito menos tocado.

— Isso é demais para mim — ofegou ela, segurando as mãos grandes quando elas tocaram seus seios.

— Por quê?

Os dedos roçaram em seus mamilos. Ela ofegou de novo com a sensação, sentindo os mamilos enrijecerem ao toque.

— Não sei. Apenas sinto... sinto como se eu estivesse fora da minha própria pele.

— E é uma sensação ruim?

Os dedos dele roçaram de novo.

— Não... — gemeu ela.

— Então aproveite — sussurrou ele. — Eu estou aproveitando.

Grey abaixou a cabeça e substituiu os dedos pela língua.

— Minha nossa!

Arqueando-se contra ele, Emma enlaçou os dedos em seu cabelo para puxá-lo ainda mais perto e sentiu sua risada abafada reverberar por todo o seu corpo. Se Grey sentia os mesmos choquinhos ao toque dela, não era surpresa alguma ele querer que ela o tocasse também. Com as mãos trêmulas, ela puxou a barra de sua camisa para fora da calça.

Ele chupou com mais força, empurrando-a para trás em cima da mesa bagunçada. Os ombros dela bateram em uma pilha de livros e ela os jogou no chão, impaciente.

— Se este é um plano seu para me distrair da aposta, não vai funcionar — afirmou ela, sem fôlego, passando as mãos pelo peito dele, por baixo da camisa e sentindo os músculos se contraírem quando ele a ergueu para sentá-la na mesa.

Grey levantou a cabeça de seus seios apenas para que ela tirasse sua camisa.

— Estou bastante distraído — afirmou ele, tirando o resto da camisola de Emma.

De pé entre as pernas dela, ele a beijou com avidez, inclinando-se para a frente e empurrando-a para baixo.

Nua e deitada embaixo dele, Emma deveria ter se sentido vulnerável, mas apenas sentia-se forte e poderosa. Seu corpo ardia por ele, por algo que só ele poderia lhe dar.

— Grey...

Dedos longos e confiantes traçaram círculos lentos e preguiçosos de seus seios à sua barriga, descendo por seu abdômen até a trilha de pelos escuros no meio de suas pernas, e então a tocaram. Emma deu um pulo e o agarrou pelos ombros quando um relâmpago quente a atravessou. Ela mal percebeu o gemido baixo e suplicante de desejo que saiu de sua própria garganta.

— Jesus — sussurrou ele, com a voz trêmula.

Ele a beijou de novo com intensidade, e com a mão livre abriu o cinto e a calça.

Emma se apoiou nos cotovelos, quebrando o encontro de suas bocas.

— Quero ver você — afirmou ela.

— E eu quero sentir você. Quero você, Emma. Quero estar dentro de você.

Ela não conseguiu responder. Grey se abaixou para tirar as botas, endireitando-se novamente para arrancar a calça. Ele era um homem alto, de ossos grandes, e enquanto ela observava seu membro ereto, o pequeno pedaço do cérebro de Emma que ainda funcionava notou que ele era bem--dotado. *Muito* bem-dotado.

— Emma — murmurou ele, passando o polegar pelos lábios dela —, você está aprendendo alguma coisa nova?

Ela assentiu em silêncio, incapaz de desviar o olhar de sua *mentula*.

— Meu Deus… Posso…

— Tocar? Por favor, toque.

Emma sentou-se, um joelho de cada lado das coxas musculosas, e esticou seus dedos trêmulos. Quando sentiu o toque da pele macia e quente, os músculos dele se contraíram. Ela ficou surpresa ao perceber que o afetava, talvez tanto quanto ele a afetava. Emma não era a única ali que estava tremendo.

Devagar, ele subiu as mãos pelos joelhos e barriga para acariciar os seios dela novamente. O toque mútuo era tão prazeroso quanto o encontro das bocas e línguas. Encorajada, ela fechou os dedos em torno de seu membro e o acariciou.

Ele congelou.

— Não faça isso — sibilou ele entre dentes.

Ela o soltou no mesmo instante.

— Eu machuquei você?

— Não. É… muito bom, mas ainda não estou pronto para isso.

Ele apoiou as pernas de Emma na mesa e subiu em cima dela. Suas coxas se encontraram, e Emma sentiu a excitação dele pressionada contra sua parte mais íntima. Grey a beijou novamente, um beijo quente e profundo, e ela o abraçou para puxá-lo para mais perto. Ele usou o corpo para afastar os joelhos dobrados e, então, com cuidado e soltando um gemido de satisfação, a penetrou.

A dor aguda a surpreendeu, e ela ofegou. Ao mesmo tempo, a sensação de ser preenchida por ele foi o prazer mais erótico e satisfatório que ela já sentira.

— Sinto muito — disse ele, apoiando-se nas mãos e olhando para ela.

— Não vou machucá-la novamente.

— Estou bem — ela conseguiu dizer. — Você só me surpreendeu.

Grey sorriu.

— E você me surpreende sempre. Mas ainda há muito o que aprender. O que poderia ser mais incrível do que estarem unidos daquela forma?

Então ele moveu seus quadris para trás e para a frente. Emma arqueou as costas e gemeu.

Ele continuou entrando e saindo de seu íntimo em um ritmo lento e constante, e Emma cravou as unhas em suas costas. Não se sentia mais em chamas; ela *era* o fogo, e ele era a lenha; e a maneira como ele se movia e a preenchia era tão... certa.

A sensação pulsante em seu corpo apertou e cresceu enquanto o ritmo dele se aprofundava e acelerava.

— Grey — ofegou ela, levantando os quadris para encontrar suas estocadas.

Ele a beijou de novo, seu olhar profundo e completamente focado no dela. Emma tentou encontrar os olhos dele, mas não conseguiu, pois tudo dentro dela se contraiu e se estilhaçou. Um gemido intenso de satisfação saiu de seu peito e ela se agarrou a Grey, impotente. Depois de uma estocada profunda, ele saiu de dentro dela e gozou, estremecendo contra seu corpo.

Grey quase não conseguira sair de seu calor apertado. Ofegante, ele inclinou-se sobre ela, ainda mantendo a maior parte de seu peso apoiado nos braços. Os cachos ruivos e bagunçados que cobriam o rosto delicado de Emma davam-lhe uma aparência delicada e impetuosa ao mesmo tempo, e ele de repente ficou preocupado em esmagá-la.

— E assim acaba a liçã...

Duas pernas velhas e finas da mesa cederam, jogando os dois no chão. Grey conseguiu virá-los a tempo e amortecer a queda de Emma, mas bateu a cabeça em uma das malditas pilhas de livros. O estrondo da madeira, dos livros e corpos caindo pareceu sacudir a escuridão silenciosa.

— Maldição! Você está bem?

— Xiu!

Emma colocou os dedos sobre os lábios dele.

Apesar de ter batido a cabeça, sentir o corpo feminino acima do seu era muito agradável. Grey beijou a ponta dos dedos dela.

— Relaxe, Emma. São duas horas da manhã. Ninguém ouviu...

No corredor, uma porta se abriu com um rangido.

— Ai, não! — sibilou ela, levantando-se. — Saia!

— Estou nu — apontou ele, sentando-se, já irritado com qualquer que fosse a aluna xereta.

Ela virou-se para encará-lo, linda ao luar.

— E é exatamente por isso que suas partes masculinas não podem estar aqui!

Ela pegou a camisola e a vestiu rapidamente enquanto Grey ficava de pé.

— E para onde você gostaria que minhas partes masculinas fossem?

Emma pausou sua correria por tempo suficiente para olhá-lo de cima a baixo.

— Meu Deus, você é lindo — disse ela. — Esconda-se.

— Não vou me esconder debaixo da sua maldita cama.

A maçaneta da porta do escritório girou. Ele havia trancado a porta, graças a Lúcifer, e a madeira só abriu alguns centímetros antes de parar novamente.

— Emma? O que está acontecendo? — sussurrou uma voz feminina com um leve sotaque francês. — Eu ouvi um estrondo. Você está bem? Emma?

Com um olhar suplicante, ela gesticulou em direção ao quarto. Grey abaixou-se para atirar-lhe o robe, juntou suas roupas e entrou no quarto, parando atrás da porta. Ele não caberia embaixo da maldita cama minúscula, mesmo se quisesse.

A porta do escritório abriu.

— Isabelle — sussurrou Emma. — Fiquei com medo de tê-la acordado.

Grey se aproximou da porta, inclinando a cabeça para enxergar pela fresta.

A professora de francês entrou na sala.

— O que aconteceu? Parecia que o teto havia desabado.

Grey colocou o monte de roupas no chão em silêncio para vestir a calça, mas seu olhar permaneceu em Emma o tempo inteiro. Ela fora deliciosamente curiosa e tão responsiva... Ele sabia que ela era compassiva, mas, dada sua inteligência e seu desgosto por homens, ele não esperava tanta paixão de sua parte.

— Ah, eu não conseguia dormir, então decidi arrumar meu escritório. Devo ter colocado muitos livros na mesa, porque ela simplesmente quebrou.

*Sozinha.* Grey sorriu, mas então percebeu que uma de suas botas não estava ali. *Maldição!* Ele passou os olhos pelo chão, procurando o sapato pela bagunça de livros e madeira.

— Vou ajudá-la a arrumar tudo. Você não deveria estar fazendo isso no escuro, Emma. Teve sorte por não ter se machucado.

— Não se preocupe, Isabelle. Arrumarei tudo pela manhã.

Abruptamente, ela se moveu para o lado, e ele viu a ponta da bota perdida desaparecer sob a longa saia da camisola.

— Tem certeza?

— Sim. Depois de toda essa emoção, acho que finalmente conseguirei dormir.

— Está bem. — A professora de francês voltou para a porta. — Ah, é melhor você falar com Elizabeth amanhã. Jane disse que a *petite* recebeu outra carta da mãe, mas ela não deixou Jane ver.

Grey ouviu o suspiro de Emma.

— Aquela mulher maldita. Certamente deve estar pedindo dinheiro de novo. Cuidarei disso logo cedo.

— *Oui.* Boa noite, de novo.

— Boa noite, Isabelle.

Assim que a porta do escritório fechou, Grey saiu do quarto.

— O que é esse problema com Lizzy? — perguntou ele.

Emma tirou sua bota de debaixo da saia e a entregou para ele.

— Nada que eu não tenha lidado antes.

Ele a encarou.

— Então você voltou a ser uma diretora educada e profissional?

— Nunca deixei de ser.

Depois de seu comentário estúpido, a parede de tijolo e argamassa se reconstruindo ao redor dela era quase visível. Aquilo o incomodou imensamente. Ele esperava que a noite de paixão apagasse a chama da luxúria incomum que sentia por Emma Grenville de seu corpo. Mas não havia funcionado. Ele ainda a desejava — agora ainda mais, depois que provara seu calor. Antes de segurá-la em seus braços, Grey não tinha muita certeza das próprias intenções. Ainda não sabia o que queria, exceto que precisava parar de ser tão rude. Aquela noite ainda era uma grande surpresa.

Ele segurou a mão dela, puxando-a para mais perto, então se inclinou e a beijou. O encontro de suas bocas foi ainda mais magnético do que antes. Ele agora conhecia a sensação, o toque e o ritmo de Emma.

— Pode me contar sobre Lizzy amanhã? — perguntou ele, acariciando a pele macia com os dedos. — Ajudarei se puder.

— Eu gosto desse Grey — sussurrou ela, passando as mãos por seu peito nu. — Se eu voltar a vê-lo amanhã, talvez possamos conversar. — Ela retornou o beijo suavemente. — Você tem que ir agora.

Ele queria ficar, mas era impossível decifrar a turbulência em sua mente enquanto estava na presença dela.

— Tudo bem. Mas não acabou entre nós, Emma.

— Hmm. Eu aguento mais algumas aulas.

Grey a puxou para perto novamente.

— Não diga isso se quer que eu vá embora — murmurou ele.

Ele a sentiu tremer.

— Vou me lembrar disso.

Grey vestiu-se rapidamente, antes que mudasse de ideia e a arruinasse por completo, desceu as escadas e saiu. Enquanto caminhava pelo terreno enevoado e escalava a parede de tijolos ao lado do portão, apenas uma coisa parecia clara: ele não queria mais o fim da Academia da Srta. Grenville.

Sua estadia em Hampshire acabara de ficar extremamente complicada.

Sentada na janela de seu quarto, lady Sylvia tomou um gole de chocolate frio. A bebida chegara quente, mas já fazia mais de duas horas, quando ela tivera a intenção de beber rapidamente e ir para a cama.

E pensar que quando ela chegara a Haverly, ficara descontente com o quarto que a condessa lhe tinha designado, o mais longe possível dos aposentos do duque. Mas naquele momento, enquanto observava o pátio do estábulo, considerando como sua tentativa inicial de sedução havia sido recebida, ela só podia ser grata pela vista. Greydon Brakenridge havia cavalgado sob o luar parecendo que os cães do inferno estavam em seus calcanhares. Seu retorno, entretanto, fora consideravelmente mais silencioso e pacífico.

Ela continuou a observá-lo de sua janela escura enquanto ele conduzia o grande cavalo para o estábulo e aparecia cerca de quinze minutos depois. O sorriso em seu rosto era visível mesmo sob o luar que se desvanecia.

— Greydon safadinho — murmurou, e terminou sua bebida fria e doce.

Ela tinha uma carta ou duas para escrever pela manhã. Era hora de os pais das alunas da Academia saberem o que a diretora descarada estava fazendo.

# Capítulo 12

— NÃO SEI COMO ISSO pode ter acontecido — disse Tobias enquanto virava a mesa de pernas para cima. — Pensei que ela ia durar para sempre.

Com os braços cruzados, Emma fez de tudo para não corar.

— Uma hora ia acontecer, acho...

— Bom, o sr. Jones me deve um favor, pois ajudei ele na lavoura. Vou pedir para ele me ajudar a levar essa mesa embora.

— Acha que é possível consertá-la?

— Não sei. Talvez. — O faz-tudo deu uma chacoalhada nas duas pernas restantes. — Ainda não entendo como isso aconteceu. — Ele limpou as mãos na calça e foi até a porta. — Preciso ir abrir o portão para as carruagens.

— Obrigada, Tobias.

Assim que ele saiu, Emma afundou em sua cadeira. Estava cansada, os músculos entre suas pernas doíam e tinha um estranho desejo de começar a cantar. Sua próxima aula sobre anatomia seria muito mais informada, mesmo que ela não ousasse ser mais explícita em sua descrição das partes masculinas.

No entanto, estava muito enganada sobre uma coisa que dissera na noite anterior: o que ela e Grey haviam feito certamente a distraiu. Ela não havia chegado perto dos livros de sua pesquisa durante toda a manhã. Medir a campina ao norte para uma construção de alvenaria parecia igualmente desagradável, mas era a tarefa que ela cumpriria no dia.

Passos soaram até a porta aberta do escritório.

— Srta. Emma, eles chegaram! — anunciou Julia Potwin com os olhos brilhando de animação, e saiu correndo de volta para a escada sem esperar uma resposta.

Cada célula de seu corpo queria correr para a janela e procurar Grey, mas ela resistiu com dificuldade ao impulso. Não era uma aluna sofrendo sua primeira paixão.

Emma respirou fundo para acalmar os nervos e se levantou. No meio da escada, percebeu que havia esquecido suas anotações e, praguejando, voltou correndo ao escritório para pegá-las.

Quando finalmente saiu, as alunas e a srta. Perchase já estavam sentadas na carruagem e no barouche conversando animadamente. Tristan esperava encostado em um vaso de gerânios que ficava nos degraus da frente, e ela se recusou a deixar seu olhar se desviar dele. A antecipação era... deliciosa.

— Bom dia, Tristan — cumprimentou ela com um sorriso, esperando que o calor que sentia subir pelo rosto fosse apenas por causa do sol.

— Emma, você está linda esta manhã.

O visconde beijou-lhe a mão.

Ela não sentiu nenhum relâmpago passar por seu corpo ou fogo correr por suas veias, mas aquilo não era uma surpresa. Ele não era Greydon Brakenridge.

— Obrigada. Você também parece muito bem.

Ela sentiu um movimento atrás de si e prendeu a respiração, tirando rapidamente os dedos da mão de lorde Dare para que ele não a sentisse tremer. Agora que a hora havia chegado, ela não tinha tanta certeza de que queria encarar Grey. Ele prometera não rir, mas e se estivesse com uma cara de desdém? Ou se nem se lembrasse do que havia acontecido?

— Bom dia.

A voz masculina reverberou por seu corpo. Emma endireitou a postura e, rezando silenciosamente para não se envergonhar, virou-se para encará-lo.

— Bom... dia.

O olhar de Grey encontrou o dela, cheio de calor e desejo selvagem. Os lábios carnudos se curvaram em um leve sorriso, e por um momento ela pensou que ele pretendia tomá-la nos braços e beijá-la novamente ali mesmo, nos velhos degraus de pedra da Academia, ao lado dos gerânios. Em vez disso, ele ofereceu-lhe a mão.

— Vamos?

Emma aceitou a oferta, e se o aperto dele foi mais firme do que o comum ou se ele demorou um pouco mais para soltar sua mão, ninguém pareceu notar. Mas ela notou. Parecia incapaz de notar qualquer coisa *além* do duque de Wycliffe.

— Para onde vamos hoje?

Emma voltou sua atenção ao presente. Ela precisava se concentrar na tarefa.

— Preciso ir ao pasto norte mais uma vez, se ninguém se incomodar.

Grey sentou-se em frente a ela.

— Roscoe, vamos ao pasto norte.

— Sim, Sua Graça.

Tobias ficou de guarda no portão aberto enquanto os veículos partiam para Haverly. Emma mal notou quais alunas estavam em qual carruagem, ou quem estava do lado de quem. Toda a sua atenção estava focada no homem à sua frente. Seus joelhos roçaram quando o barouche sacolejou na estrada, e Emma sentiu o corpo todo formigar.

— A srta. Santerre disse que sua mesa quebrou. — Rindo, Jane pegou sua mão. — Eu falei para a Mary que foi por conta do peso de toda a lição que você nos ensina.

Emma forçou um sorriso.

— Sem dúvida alguma.

— Eu acredito que tenha sido culpa dos livros de pesquisa sobre animais de fazendas, leis de taxação e latim — sugeriu Grey.

Agora ela tinha certeza de que estava corando. O homem certamente não estava tentando facilitar sua manhã. Por mais que a noite anterior tivesse sido muito prazerosa, Emma não esperava o calor que ardia em seu sangue toda vez que o olhava. E, como ele estava bem à sua frente, era impossível tirar os olhos dele.

— Aproveite para rir agora, Sua Graça, pois não achará graça quando perder a aposta — disse ela em seu tom mais prático.

— Muito bem-dito, Emma — concordou Tristan.

— Obrigada.

Emma sorriu para ele. Poder conversar com o visconde era um grande alívio para a vontade conflitante que sentia de se amaldiçoar e soltar risadinhas.

— Você trouxe as anotações que pedi?

— Si...

— Lembre-se de que o plano deve ser criado por você, não por ele — interrompeu Grey, fazendo uma cara séria.

— Estou apenas...

— Ele está apenas me passando estatísticas — retrucou Emma. — Não precisa me lembrar das regras.

Elizabeth suspirou, então abraçou Emma e apoiou a cabeça no ombro da professora.

— Isso tudo é uma grande aventura — disse ela com um sorriso.

Emma beijou-lhe a testa.

— É, sim.

Pobre Lizzy. Era a única com um motivo de verdade para chorar naquela manhã, mas lá estava ela, tentando impedir brigas e buscando animá-los. Emma beijou a menina de novo. *Ela* era a diretora da Academia, e precisava voltar a se comportar como tal.

— Você está bem, Lizzy? — perguntou Grey.

Ele fez uma expressão preocupada, e Emma se assustou. O duque falava tanto sobre seu desgosto por mulheres e sua educação que ela não percebera que agora ele realmente se importava com as alunas. Quando será que isso acontecera? Será que ele percebeu?

A aluna mais nova da Academia suspirou.

— Sim, estou bem. Obrigada por perguntar, Grey.

*A resposta perfeita.* Até Tristan arregalou os olhos pela resposta apropriada.

— Minha nossa, srta. Elizabeth. Você não é uma amazona. Acabei de perder cinco libras.

Lizzy se endireitou.

— A aposta foi com quem?

Emma pigarreou.

— Opa. Digo, com quem o senhor apostou, lorde Dare?

Tristan apontou o queixo na direção do duque.

— Wycliffe disse que você era bem civilizada, mas não acreditei. — Ele se inclinou para perto, com um olhar levemente conspiratório. — Eu vi você lutando com uma espada no palco, afinal.

Ela riu.

— Eu me saí muito bem, não é?

Emma deixou a resposta passar. Ela precisava agradecer a Tristan por animar a pequena.

— Achei todas vocês muito assustadoras, na verdade. Até comentei isso no dia, não foi, Grey?

— Comentou mesmo. Ele estava tremendo de medo. Tentou segurar a minha mão, mas não deixei.

A carruagem se encheu de risadinhas, e Elizabeth deu um tapinha no joelho do lorde Dare.

— Você é simpático. Achei que seria um chatonildo, mas não é de todo ruim.

Grey riu. O som saiu direto de seu peitoral, rico, amável e genuíno, e fez Emma tremer inteira. Ela poderia se acostumar muito bem a esse som e a essa sensação. Bem demais.

Do banco do cocheiro, Roscoe perguntou:

— Do outro lado da ponte, senhorita, ou aqui mesmo?

*Ah, sim, os planos de alvenaria!* Ela quase se esquecera da aposta de novo.

— Do outro lado do riacho, por favor.

O motorista parou onde ela requisitou, sem que Grey tivesse que repetir a instrução. Bom, aquela era uma grande evolução, e já era tempo.

Do outro lado da ponte, Grey ajudou as meninas a descerem para a grama, uma por uma, com ares dramáticos. Quando chegou sua vez, Emma se levantou e ofereceu a mão, desejando que o membro idiota não tremesse. Mas, em vez de aceitar seu toque, o duque deslizou as mãos em volta da cintura dela e a colocou sem esforço no chão.

Mesmo depois que os pés dela tocaram a grama, Grey manteve as mãos em sua cintura, seu olhar tão quente quanto o contato.

— Você está muito bonita esta manhã — sussurrou ele.

— Por favor, me solte, Sua Graça — pediu ela, sabendo que ele sentia seu tremor.

Ele negou com a cabeça.

— Ainda não.

Grey virou-se para encarar as alunas, que já haviam começado a sussurrar e dar risadinhas.

— Senhoritas, uma tentativa imprópria está em curso. Como podem ver, sou maior e mais forte que a srta. Emma. O que ela deveria fazer?

— Pedir para que a solte — sugeriu Mary.

Grey olhou para ela novamente.

— Emma?

Ela pigarreou. O duque era muito espertinho, mas Emma imaginou como ele reagiria se ela ficasse na ponta dos pés e o beijasse — o que era exatamente o que queria fazer.

— Sua Graça, me solte, por favor.

— Hummm, não. — Ele olhou para as alunas. — E agora?

— Pergunte *por que* ele não vai soltá-la — disse Julia.

— Por que você não vai me soltar? — perguntou Emma.

Ele a puxou para mais perto.

— Porque quero beijá-la.

— Grey, pare já com isso — sibilou ela, com o coração palpitando.

O duque apenas ergueu uma sobrancelha.

— Alunas?

— Isso foi uma péssima sugestão, Julia — afirmou Henrietta, fazendo uma cara feia. — Agora você piorou a situação.

— Diga *você* o que ela precisa fazer, então.

— Está bem. Diga a ele que todos estão olhando e que ambos ficarão arruinados se ele não parar.

Emma suspirou, nervosa. Ainda bem que as meninas estavam vendo a situação apenas como outra lição.

— Estão todos olhando, Sua Graça. Estaremos arruinados se você não parar.

O aperto dele se intensificou, e ele a puxou ainda mais para perto. Emma foi incapaz de conter um gritinho de surpresa, mas decidiu que o drama deixava tudo mais verídico.

— Não me importo com o que os outros pensam — afirmou o duque. — Preciso tê-la.

— Chute ele nas partes masculinas! — gritou Lizzy.

— Por Deus, não! — exclamou Tristan atrás dela.

— Grite? — sugeriu Mary.

— Credo. — Lizzy fez uma careta. — Isso é muito bobo.

Enquanto elas debatiam, Emma estava ficando... com calor. E, mesmo através das saias, ela podia dizer que não era a única. Sorriu maliciosamente para ele. *Rá! Que ele passe vergonha também!*

— Atrevida — sussurrou ele entredentes.

— Você que começou — respondeu ela baixinho. — E agora, o que você fará?

— Vou beijá-la, aparentemente.

— Ah, já sei! — Jane bateu palmas. — Dê um tapa nele! Vai mostrar que você não aprova o comportamento dele *e* fazê-lo parecer um canalha ao mesmo tempo.

— *Bravo!* — parabenizou o duque.

Antes que Emma pudesse seguir a sugestão de Jane, ele a soltou e deu um passo para trás.

De repente, ela sentiu frio no lugar onde ele a tocou.

— Não poderei dar o tapa?

Ele apertou os lábios, suprimindo um sorriso.

— Não.

Grey virou-se para fazer uma reverência às alunas, fechando ainda mais seu casaco longo, apesar do clima quente da manhã de verão.

— Muito bem, Jane. Primeiro pergunte, depois apele à razão e, só então, dê um tapa. — Ele apontou para Lizzy. — Nada de chutes.

— Essas não são as únicas possibilidades — o lado professoral em Emma a fez acrescentar. — Você também pode tentar pedir mais uma vez, e então se afastar dizendo: "Ah, Jane, aí está você", ou algo do tipo.

— Gosto mais da ideia do tapa — afirmou Lizzy.

— Vamos tentar outra situação!

— Sim, foi divertido!

— Como quiserem.

Grey se aproximou dela de novo segurando o riso, mas Emma balançou a cabeça e deu risada antes de andar para trás e bater em lorde Dare.

— Ah, sinto muito, milorde. As senhoritas precisarão praticar com Sua Graça. Preciso fazer algumas anotações.

Era visível que Grey não gostara nada de sua fuga. No entanto, se continuassem, ela provavelmente acabaria cometendo alguma gafe e entregaria o que haviam feito. Ou pior, acabaria *se* entregando. Ele provavelmente já havia sido pego fazendo coisas do tipo antes, e a sociedade o chamava de libertino por isso. Ela seria chamada de arruinada, e sua Academia seria fechada. Emma parou por um momento. Talvez fosse o plano dele desde o início.

Algo do que ela estava pensando deve ter aparecido em seu rosto, porque Grey se virou abruptamente e conduziu a srta. Perchase e sua classe em direção a um belo pedaço de grama. Com o coração palpitando, Emma se apressou para a margem do riacho e abriu seu caderno.

— Está tudo bem? — perguntou Tristan atrás dela. — Espero que aquele grande idiota não tenha a deixado envergonhada.

— Ah, não, está tudo bem. Só tenho muito trabalho a fazer e pouco tempo.

O visconde tocou seu ombro.

— Tem certeza?

Ela forçou um sorriso.

— Sim. Posso ver suas anotações?

— Por acaso o Grey se importou em contar que fará um pequeno baile amanhã à noite para você e suas alunas?

O visconde lhe entregou um papel dobrado que estava em seu bolso.

— Um… um baile?

*Maldição.* Ela esquecera completamente do convite e, considerando as circunstâncias nas quais o recebera, não parecia uma boa ideia admitir que sabia de algo. Sim, era melhor não admitir, decidiu ela enquanto Tristan a olhava com uma expressão de dúvida.

— Amanhã à noite? Ele mencionou algo sobre um evento formal, mas nossa, tão cedo?

— Ele nunca foi muito bom em informar os outros de suas decisões — afirmou o visconde em tom seco, então gesticulou para o papel. — É o máximo que consegui lembrar sem ter os desenhos originais.

Emma desdobrou o papel.

— É maravilhoso — disse ela, estudando os escritos. — Há números de dimensões e rendimento, e você até incluiu o número de empregados e salários. Muito obrigada, Tristan.

Ele assentiu.

— Eu disse que sabia tudo sobre tijolos. E do jeito que Brighton está crescendo, seria bom pensar em focar suas vendas por lá. Todos precisam de tijolos em Londres, mas você está muito perto da costa.

Uma sombra a encobriu.

— Este é um ótimo conselho — soou a voz de Grey atrás dela. — E com a quantidade de materiais que John Nash está usando para fazer o maldito Pavilhão do príncipe, você pode até conseguir um contrato para ser o único fornecedor.

— Você está me espionando? — questionou ela, em um tom mais rude do que pretendera.

— Não. Estou ajudando e encorajando — respondeu o duque.

— Você não tem uma aula para dar, Sua Graça?

Ele a encarou por um momento com uma expressão indecifrável.

— É por isso que estou aqui — disse ele, virando-se para Dare. — Minhas alunas querem saber como descobrir se um homem é um apostador. Pensei que você teria uma resposta melhor que a minha.

Tristan fez uma careta.

— Você quer que eu converse com as pequenas?

— Sim. Você é meu professor convidado. E é melhor ir logo antes que elas pensem em algo para discutir ou comecem a chamá-lo de chatonildo de novo.

Com um olhar desconfiado para o círculo sorridente de alunas, Tristan alisou seu casaco.

— Darei um tiro para o alto se elas me assustarem demais.

Assim que o visconde se afastou o suficiente, Grey virou-se para ela.

— Está tudo bem?

— Sim.

Ela voltou a andar pela área que havia designado para a alvenaria.

— Tijolos. Gostaria de ter pensado nisso. É uma ótima ideia, Emma.

— Eu sei. Fiz minha pesquisa.

Ele ficou em silêncio.

— Pode parar de andar de um lado para o outro por um minuto? — perguntou ele. — Quero falar com você.

Ela queria correr para a Academia e se trancar no quarto — não que isso fosse impedi-lo de entrar lá se quisesse.

— Você me provocou sobre a mesa. E sobre latim — retrucou ela.

— E eu deveria ter feito o quê? Confessado que estávamos em cima dela, nus, quando ela quebrou?

Emma corou.

— Xiu!

Sentando-se na grama, ela abriu o livro de anotações e começou a escrever números.

— Ou que só pensar naquela maldita mesa me faz querer arrancar sua roupa e acariciar seu corpo todo?

Ela continuou a fazer anotações furiosamente, embora não soubesse mais o que estava escrevendo.

— Fale baixo!

Ele foi até ela, ficou de joelhos no chão e tocou seu cotovelo.

— Ou que quero fazer amor com você de novo, aqui e agora?

Endireitando os ombros, ela soltou-se do aperto e o olhou por cima do ombro.

— Isso facilitaria muito as coisas para você, não é? Se todos nos vissem.

Ele fez uma careta.

— O que está querendo dizer?

— Que você quer que a Academia feche, lembra? Arruinar a minha reputação seria muito eficiente. Era esse o seu plano ontem à noite?

— Não! — Ele praguejou, ficou de pé e andou para longe, mas voltou rapidamente. — Não sei exatamente o que a noite de ontem significou, mas sei que gostei muito e que gostaria de repeti-la.

— Que bom que você tem a companhia da srta. Boswell e da lady Sylvia em Haverly, então, não é?

— Eu não quero elas. Quero você.

Ela levantou o queixo.

— Por quê?

Ele ajoelhou-se de novo, desta vez diante dela.

— Por que você me deseja, Emma?

A pergunta a surpreendeu.

— Porque sim.

— Isso não é uma resposta.

Ela sentiu vontade de mostrar a língua.

— Eu perguntei primeiro.

— Não seja infantil.

— Não desconverse.

Praguejando de novo, ele lançou os braços ao ar.

— Eu quero você porque… você me interessa. Eu me sinto… atraído por você. Ainda não sei o motivo, porque você é claramente louca.

— Você está apenas tentando mudar de assunto.

— Não, é você quem está. — Ele levantou o queixo dela com os dedos. — É a sua vez. Por que você quer ficar comigo?

Ela respirou fundo, tentando ler o olhar dele. Ela viu irritação, óbvio, mas viu ainda mais curiosidade e desejo.

— Como você mesmo disse, eu estava… curiosa — disse ela, tentando soar calma e racional.

— Apenas curiosa?

— Isso.

Ele fez uma careta.

— Você, minha querida, é uma mentirosa.

Mera curiosidade não fazia uma mulher responder ao toque dele como ela o fizera. Ela o desejara, *sim*, assim como ele a desejara na noite anterior — e ainda a desejava.

Emma olhou por cima do ombro e recuou abruptamente. Grey baixou a mão a contragosto. Ele estava pressionando muito, e na frente de teste-munhas. Até ela mencionar, Grey nem havia considerado que poderia usar sua indiscrição para fechar a Academia. Pelo contrário, estava começando a pensar em como evitar que isso acontecesse.

— Independentemente da sua opinião, Sua Graça, eu tenho um trabalho a fazer — disse ela, ficando de pé mais uma vez.

*Maldição.* Ele estava fantasiando sobre ela como um adolescente, e não queria que ela fosse embora, nem por uma manhã sequer. Pegando sua mão, ele a virou para que Emma pudesse olhar em seus olhos.

— Não importa o que eu pense sobre a Academia e os méritos de educar mulheres, nunca, *nunca*, usaria a noite de ontem para machucar você. Eu prometo, e sempre cumpro minhas promessas.

— Está bem, Grey — assentiu ela.

— Agora, queria falar sobre a Lizzy.

Olhando de novo para as meninas, ela gesticulou para que ele a acompanhasse. Grey não perderia um convite como aquele, então caminhou ao lado dela.

— Vou contar a você apenas porque é outro professor. Não conte para *ninguém*, entendeu?

— Entendi.

— Ótimo. Elizabeth é um tanto nova para ser aceita em uma escola de boas maneiras, mas suas circunstâncias são únicas. Seu pai abandonou a ela e à mãe quando Lizzy era muito pequena, deixando as duas com muitas dívidas e um sobrenome que já foi mais respeitado.

Grey assentiu.

— Já ouvi histórias do tipo.

O olhar de soslaio dela foi cético. Apesar de seu instinto imediato de confrontá-la, Grey ficou em silêncio. Ele não queria fazer nada que pudesse desencorajar sua confiança.

— Gostaria que isso não fosse tão comum... — falou ela em seu tom de diretora. — De qualquer forma, a mãe da Lizzy parece depender muito da... bondade de seus amigos homens para ter um teto e comida na mesa. Vez ou outra, ela fica sem dinheiro ou decide que a vida é muito difícil, então escreve para sua filha de 12 anos para reclamar de seus problemas e falar como ter dinheiro resolveria tudo.

— A Lizzy tem alguma herança?

— Tudo que a Lizzy tem é um coração enorme. — A voz dela ficou embargada, e por um momento eles andaram em silêncio na beira do riacho. — Ela faz trabalhos de costura para outras meninas e me ajuda com diversas tarefas para juntar dinheiro, e então sempre acaba enviando cada centavo para a maldita mulher, como se cinco libras fossem melhorar a vida dela.

Grey assentiu mais uma vez, os lábios contraídos. Ele mesmo já fora testemunha do espírito generoso de Elizabeth Newcombe, e pensar que qualquer pessoa — ainda mais a mãe dela — estivesse tirando proveito disso o deixava bravo. Irado, na verdade.

— É por isso que ela tem planos de ser professora ou governanta, não é? — apontou ele. — Para ter uma renda e ajudar a mãe.

— Ela nunca admitiria, mas é o que eu acho.

Algo sobre a situação toda não fazia muito sentido, mas ele hesitou em perguntar. Grey sentia que não gostaria da resposta — não por Emma ou Lizzy, mas por si mesmo.

— Emma, se a mãe dela está passando por dificuldades financeiras, quem paga para que a Lizzy frequente a Academia da Srta. Grenville?

Ela parou de caminhar e o encarou.

— Eu pago. Ou melhor, a Academia paga.

— E como você, ou melhor, a Academia, paga por isso?

— Com o lucro que conseguimos pela mensalidade das outras alunas.

— E?

Emma respirou fundo.

— E com o dinheiro que poupamos ao aceitar doações, como a carroça velha, o Velho Joe e... com o aluguel generosamente barato de Haverly.

Grey explodiu.

— *Inferno! Mas que maldição...*

— Fale baixo! — retrucou ela, os olhos semicerrados de raiva.

— É por isso que a colocou na minha aula, não é? — demandou ele, no tom mais baixo que conseguiu, considerando que estava a um passo de cometer assassinato.

Ela cruzou os braços.

— Sim, exatamente por isso. E a culpa é toda sua. — Mesmo pálida, ela ergueu o queixo em seu usual gesto de desafio. — Você poderia ter perguntado o que eu fazia com os lucros da Academia antes de decidir que queria tirá-los, mas não perguntou. A Elizabeth é só uma das alunas bolsistas da escola. Ela merece as mesmas oportunidades que todos.

— Er, perdoem minha intromissão — falou Tristan se aproximando —, mas fui nomeado pela classe para vir descobrir que diabo está acontecendo.

— Nada está acontecendo — respondeu Grey entredentes, olhando feio para Emma. — Só uma divergência de opiniões.

Mas ela estava certa, claro. Se no dia em que fizeram a aposta ela tivesse dito o que fazia com os lucros da Academia, ele certamente teria dobrado a aposta para fechar o lugar mais rápido ainda. Apesar de sua mudança de opinião, no entanto, ainda considerava a tática de Emma como uma armadilha. E ele odiava cair em armadilhas.

— Entendo. — Lorde Dare balançou nos calcanhares. — Bom, se ainda estão ocupados discutindo, posso ensinar alguns truques de cartas para as alunas?

Ele tirou um baralho do bolso e embaralhou as cartas com eficiência.

— Não, não pode — falou Emma. — Apesar do que vocês, homens, pensam, o propósito desta Academia não é treinar ladinas, mentirosas ou charlatãs. — Virando-se, ela saiu pisando duro na grama até as meninas. — A aula de hoje acabou.

Lá estava ela de novo, considerando todos os homens como monstros. Ele ainda descobriria por que Emma fazia isso. Grey olhou para as costas dela, desviando o olhar apenas quando percebeu que seus olhos tinham baixado para seu traseiro arrebitado e sacolejante.

— Muito obrigado, Tristan — resmungou ele, seguindo a diretora até os veículos.

— O que foi que eu fiz? Além de prevenir um assassinato, é claro.

— Você sabia que ela usa os lucros da Academia para pagar o estudo de algumas alunas?

— Você não sabia? — Grey fez uma careta. — Não sabia mesmo? Era só ter perguntado, como eu fiz.

— Bom, parabéns para você. Eu não havia percebido. — Ele praguejou baixinho. — Se eu vencer a aposta, ela terá que mandar algumas das meninas embora, se não todas.

— Duvido que isso seja um problema — afirmou Tristan, subindo na carruagem.

Grey olhou para Emma de novo.

— E por que diz isso?

— Porque não acho que você vá ganhar a aposta.

Apesar de ficar irritado com o comentário, Grey estava começando a desejar que Tristan estivesse certo.

# Capítulo 13

EMMA FICARIA MUITO FELIZ SE conseguisse evitar o pequeno baile em Haverly. Infelizmente, tanto Grey quanto Tristan haviam mencionado o evento para as meninas, então era mais fácil ela conseguir evitar o nascer do sol.

As outras alunas não ficaram nada contentes ao serem excluídas, então, para evitar qualquer ataque de inveja, Emma anunciou no café da manhã que fariam uma festa na Academia para comemorar sua vitória na aposta. Não foi sua decisão mais sábia, mas, se perdesse para Grey, a Academia não teria muito mais tempo de vida, então que fechasse com todas se deliciando com chocolate.

Isabelle bateu na porta aberta de seu quarto.

— Tem certeza de que quer que eu vá?

— Absoluta — respondeu Emma, pegando um par de brincos de pérola da gaveta. Uma de suas alunas mais ricas havia lhe dado o par de presente após ganhar um novo de aniversário. Os brincos eram a coisa mais chique que Emma possuía. — A srta. Perchase já fica completamente aterrorizada ao lado de Wycliffe, imagine com a presença de mais nobres? Temo pela saúde dela.

— Fico feliz em ajudar.

A professora de francês esperou Emma arrumar o cabelo e colocar os brincos. Seu vestido estava três anos fora de moda, mas pelo menos ela só o usara uma ou duas vezes.

— Você está linda — elogiou Isabelle. — Você deveria se lembrar mais vezes de ser uma mulher em vez de uma diretora.

— Eu sou as duas coisas — afirmou Emma, pegando o xale e a bolsa.

Talvez um vestido com menos decote fosse mais apropriado, mas ela odiava a ideia de parecer deselegante na presença de nobres sofisticados. Não naquela noite.

O barulho no andar de baixo era ensurdecedor. As alunas de Grey estavam no meio do corredor vestidas em suas melhores roupas, rodeadas pelas colegas que riam, fofocavam e reclamavam por não partilharem da companhia do lindo duque de Wycliffe mais uma vez.

— Nos desejem sorte — falou ela em tom alto, e a conversa cessou. — Temos muito a provar aos outros esta noite. — Emma gesticulou para a porta da frente. — Senhoritas, vamos?

O barouche parou na entrada da Academia assim que elas desceram os degraus da frente, e um criado uniformizado ajudou ela, Isabelle e as meninas a subir no veículo. Uma carruagem teria sido mais apropriada para a ocasião, mas Wycliffe certamente pensara no desconforto de Mary Mawgry em veículos fechados. Em instantes, elas partiram para Haverly na estrada iluminada apenas pela lamparina do barouche e a luz da lua.

— Vou desmaiar — sussurrou Mary em tom cabisbaixo.

— Não vai, não. Você vai ficar bem. Todas vão. — Emma deu um sorriso confiante às alunas. — Basta lembrarem de tudo o que aprenderam até agora.

— De tudo o que aprendemos na Academia, ou de tudo que aprendemos com Grey? — indagou Lizzy.

Boa pergunta.

— Bom, já que Sua Graça é o anfitrião esta noite, suponho que as lições dele. Mas nunca se esqueçam das lições da Academia também. Vocês representam a mim e às outras alunas esta noite.

Mary afundou ainda mais no assento aveludado.

— Isso não faz eu me sentir melhor.

Enquanto o barouche se aproximava da mansão, Emma começou a sentir uma leve tontura. Ela sabia exatamente por que estava nervosa naquela noite, e não era bem por causa do desempenho de suas alunas. A diretora tinha muita confiança nas jovens, pois as ensinara bem.

Não, existia uma razão perfeitamente lógica para mexer nos brincos e puxar o decote apertado de seu vestido cor de vinho. Como Isabelle havia apontado, ela não estava vestida como uma diretora. Naquela noite, sentia-se feminina e vulnerável, e queria saber o que Greydon Brakenridge pensaria dela.

— Vejam!

Tochas acesas estavam alinhadas dos dois lados do caminho curvo que levava à casa principal. Uma melodia bem executada de Mozart flutuava pela brisa noturna, e todas as janelas estavam iluminadas. Se houvesse uma multidão de veículos e convidados nos degraus da frente, ela acreditaria facilmente que estavam chegando a um grande baile em Londres.

O barouche parou e o criado uniformizado correu para descer a escada e ajudá-las a desembarcar. As meninas estavam com as bochechas coradas de entusiasmo enquanto seguiam o criado até a porta da frente, onde Hobbes esperava com sua costumeira expressão estoica.

— O nome de vocês, senhoritas — solicitou ele, puxando um papel e um lápis do bolso.

— Não é necessário anunciar uma por uma, Hobbes — disse Emma, ficando na frente do grupo.

— É uma ordem de Sua Graça, o duque de Wycliffe. Você também será anunciada, srta. Emma.

Um arrepio de nervosismo desceu por sua espinha. Ela nunca fora anunciada, exceto por pura educação quando visitava o conde e a condessa em Haverly. Como as meninas já estavam nervosas e seguiriam seu exemplo, Emma fingiu estar calma enquanto dava o nome de todas as alunas, o de Isabelle e o seu.

— Em uma festa formal, vocês teriam recebido um convite individual, que deve ser entregue ao mordomo na entrada para que vocês possam ser anunciadas corretamente, sem precisar informar seu nome — explicou ela, enquanto seguiam o mordomo.

— Governantas são anunciadas? — perguntou Elizabeth.

— Normalmente não.

Na verdade, governantas nem eram convidadas a eventos sofisticados, mas Emma não queria estragar a noite de ninguém com tal revelação. Ela conversaria com Lizzy depois.

A música ficou mais alta quando elas chegaram na porta da sala de estar.

— Cumprimentem seu anfitrião e agradeçam o convite. Então cumprimentem todos que ele lhes apresentar e depois saiam do caminho.

— Nos lembramos — sussurrou Jane de volta com um sorriso.

Hobbes anunciou as alunas, começando por lady Jane, e uma por uma ia desaparecendo para dentro da sala de estar. Emma ouviu a voz baixa de Grey do outro lado da porta e sentiu um frio na barriga.

Será que ele ainda estava zangado com o que ela revelara sobre Lizzy? Bom, ele precisava entender as consequências de sua pequena aposta e, se aquilo o incomodava, ótimo. Agora que havia parado para pensar no assunto, a raiva que ele sentia sobre a situação de Lizzy era algo positivo. Se ele não se importasse, não teria ficado bravo.

— Srta. Emma Grenville.

Emma finalmente percebeu que estava sozinha no corredor, então respirou fundo e entrou na sala. Grey havia organizado o pequeno baile, e por isso era quem estava mais perto da porta. Atrás dele, lorde e lady Haverly conversavam com Isabelle, enquanto as meninas rodeavam lorde Dare de um lado da sala.

— Srta. Emma — cumprimentou o duque, pegando a mão dela e fazendo uma reverência.

Quando ele se endireitou, seus olhos se encontraram e, por um momento, Emma não conseguiu respirar. Grey já era lindo, mas naquela noite estava... magnífico. A gravata mais branca que a neve em seu pescoço exibia uma safira reluzente. Fora isso, todo o seu traje era preto, do paletó até as polidas botas chiques. Que mulher conseguiria resistir a ele?

— Sua Graça — disse Emma, curvando-se.

A irritação do dia anterior havia sumido dos olhos verdes, substituída por um olhar misterioso e tão brilhante quanto sua safira. Grey se aproximou e, por um momento, ela pensou que ele pretendia beijá-la ali mesmo — e, para seu horror, soube que teria permitido. Em vez disso, ele se virou de lado e ofereceu-lhe o braço.

— Obrigado por vir esta noite.

— Obrigada pelo convite.

— Sim, estamos muito felizes de finalmente conhecer as pupilas de Grey — disse lady Sylvia com um sorriso enquanto se aproximava. — Ouvimos muito sobre elas, sabe?

Lady Sylvia brilhava em um vestido de seda marfim opalescente e verde, que provavelmente custava mais que todo o guarda-roupa de Emma. No entanto, por mais adorável que ela estivesse, Emma ficou preocupada com a expressão nos olhos da mulher. Apenas uma pessoa havia olhado para ela daquela forma antes, mas ela reconheceu o sentimento. Era difícil esquecer um olhar de desprezo.

— Eu não ouvi quase nada — disse Alice em tom queixoso, aproximando-se para tomar o outro braço de Grey. — Tudo que sei é que Grey e Dare nos abandonam todos os dias para sair galopando por Hampshire enquanto fingem ser professores ou algo do tipo.

— Eu só dei uma aula — retrucou Tristan. — E sobre os males de apostar, ainda por cima.

— Deve ter sido uma lição e tanto — afirmou Sylvia.

O visconde virou-se para o pequeno grupo de alunas.

— Sei que gostariam de passar uma noite com o melhor que Londres tem a oferecer, mas foi só isso que conseguimos reunir em tão pouco tempo.

— Tris, nada de brigas antes do jantar — alertou Grey.

Emma aproximou-se dele.

— Não quero que elas sejam expostas a esse tipo de coisa — sussurrou ela, olhando para lady Sylvia. A mulher não poderia saber, não é?

— Elas precisam ser expostas a isso — respondeu Grey no mesmo tom de voz. — O mundo não é perfeito, Emma.

Ela soltou o braço dele.

— Eu sei disso, Sua Graça. Melhor do que você, inclusive.

Ninguém o deixava falando sozinho, mas Emma obviamente não sabia disso, pois parecia fazê-lo com regularidade. Grey teria ido atrás dela, mas Alice estava pendurada em seu outro braço e ele não queria arrastá-la pela sala de estar.

Blumton estava rodeando Jane, estudando-a com um monóculo no olho.

— Ora, você é a pequena que interpretou Julieta, não é?

— Desculpe, senhor, mas acredito que não fomos apresentados — respondeu ela.

Grey sentiu vontade de aplaudir, embora Emma parecesse querer receber o crédito pela resposta apropriada de Jane.

— Ah, permita-me — disse ele, e apresentou todas as pupilas.

Ele tinha certeza de que Blumton se comportaria, e de que conseguiria intimidar Alice a fazer o mesmo, mas não tinha certeza quanto a Sylvia. Emma podia lidar com ela, porém as meninas eram muito jovens para ter a compostura e autoconfiança da diretora. Mas, como ele mesmo dissera, elas precisavam ser expostas a esse tipo de situação. Afinal, a falsidade estava por trás de cada sorriso na alta sociedade de Londres. Confiar nas pessoas apenas faria com que elas virassem motivo de chacota e acabassem arruinadas.

— Posso ver seu monóculo? — perguntou Elizabeth a Charles.

— Bom... eu... está bem, acho — gaguejou ele.

O monóculo estava preso à corrente de seu relógio, então ele precisou se inclinar para que Lizzy olhasse pela lente. Ela fechou o outro olho e piscou para ele por trás do vidro curvado.

— Isso deixa seu nariz enorme — afirmou ela, e continuou a examiná-lo.

Blumton corou.

— É para você olhar todo mundo com isso, não para me olhar.

— Ah. Então serve apenas para fazer os outros ficarem engraçados? — Ela virou-se para Henrietta. — Você parece embaçada.

Henrietta deu uma risadinha.

— E seu olho está *gigante*.

— É mesmo? — Lizzy fez uma expressão pensativa e devolveu o objeto a Charles. — Obrigada, mas decidi que não quero um monóculo.

— Não é para garotinhas, de qualquer forma — retrucou ele, examinando o monóculo e limpando a lente com um lenço.

— Ainda bem. É ridículo.

Grey tentou disfarçar seu sorriso enquanto se soltava de Alice e dava um passo à frente.

— Eu não diria que isso foi um comentário elogioso, Lizzy.

— Mas que diferença faz? Eu não quero me casar com ele.

Todos riram, inclusive Grey, até notar a cara feia que Emma estava tentando disfarçar.

— Mesmo assim. É melhor não insultar alguém que esteja socialmente acima de você.

— Exato — falou Blumton em tom indignado. — Meu pai é um marquês. E eu também não me casaria com você. Você é praticamente um bebê.

— Pelo menos eu não saio por aí usando um monóculo estúpido que deixa meu olho gigante.

— Elizabeth Newcombe! — repreendeu Emma. — Nós somos convidadas, não o entretenimento.

Lizzy imediatamente abaixou a cabeça, fez uma reverência para Blumton e grudou ao lado da diretora.

— Peço perdão, lorde Charles — falou ela, olhando para o chão.

— Está bem — disse Blumton. — Não se pode esperar que uma criança saiba sobre moda.

Hobbes apareceu na porta.

— Sua Graça, senhoras e senhores, o jantar está servido.

— Graças a Deus — afirmou Alice, e agarrou o braço de Grey de novo. — Aposto que o resto da noite será tão insuportável quanto...

A única coisa insuportável sobre a noite até então era que ele não conseguira trocar mais de duas palavras com Emma. Ele havia passado o dia todo tentando melhorar o próprio humor depois de descobrir a verdade sobre a situação de Elizabeth, e ainda tinha muito a entender — algo que requeria a presença da diretora.

Por mais bravo que quisesse estar, era impossível não admirar Emma por suas convicções e seu compromisso. Era difícil admitir que ela era uma pessoa melhor que ele. Uma mulher, ainda por cima — embora ele visse cada vez menos semelhanças entre ela e as outras mulheres que conhecia.

— Grey?

Ele piscou, confuso.

— O que foi?

Alice estava olhando para ele com a testa franzida.

— Você está tremendo.

— É porque você está cortando minha circulação sanguínea — resmungou ele, desvencilhando-se.

— Grosso.

Já que o evento era formal, Grey ofereceu o braço à tia. Tio Dennis escoltaria Sylvia, Tristan foi sortudo em acompanhar Jane, e Blumton passaria o jantar sentado entre Emma e Alice. A festa estava se mostrando uma péssima ideia: ele planejara tudo com o objetivo de poder passar tempo com Emma Grenville, mas parecia que a única maneira de conseguir até uma palavra em particular com ela seria se a sequestrasse e a arrastasse para outro lugar. A ideia ficava mais interessante a cada segundo.

— Bom, senhoritas, contem para nós — começou Sylvia, enquanto os criados serviam pratos de carne bovina e presunto. — Com as visitas diárias de Wycliffe e Dare, vocês já devem estar apaixonadas.

— Ah, não — afirmou Julia. — Grey e lorde Dare são libertinos.

Lady Sylvia sorriu.

— Ora, mas quem contou isso a vocês?

— Eles mesmos.

— Nossa, que interessante. Não é, Alice?

— Eu não acho.

— Bom, tenho curiosidade para saber o que exatamente está sendo ensinado — comentou Charles Blumton. — Não consigo imaginar o que o duque de Wycliffe teria de útil para ensinar a jovens meninas.

— Eu consigo — sugeriu Sylvia.

— Todas as aulas são supervisionadas, é claro — explicou Emma enquanto cortava um pedaço de presunto. — E devo admitir que, apesar de meu ceticismo inicial, alguns ensinamentos de Sua Graça sobre a sociedade foram muito esclarecedores.

Aquilo era o mais próximo de um elogio que Emma lhe fizera. Grey arqueou uma sobrancelha, mas ela manteve a atenção na comida. Ele precisava saber se ela finalmente o havia retirado de sua categoria de homens inúteis.

— Obrigado, srta. Emma, embora sua admissão não pareça algo bom para seu triunfo na aposta.

Ela finalmente o encarou.

— Eu disse que seus ensinamentos foram esclarecedores, Sua Graça, não que foram úteis.

— Ótimo ponto, Emma — acrescentou lady Haverly com um leve sorriso.

— Minha nossa. — Alice se abanou com o guardanapo. — Temo por toda a nossa civilização quando uma diretora se dirige a um duque nesse tom.

Emma sorriu.

— Eu estava apenas explicando meu comentário, srta. Boswell. Não tive a intenção de ofender Sua Graça, e peço desculpas se o fiz.

Inferno! Ele queria que o restante dos convidados sumisse por cinco minutos para que Emma pudesse insultá-lo em paz.

— Posso falar por mim mesmo, Alice. E não fiquei ofendido.

— Vamos dançar após o jantar? — indagou Lizzy.

Grey assentiu.

— Acho que será uma ótima prática.

— Minha nossa — tio Dennis riu —, eu não valso há décadas. Vai ser divertido, não é, Regina?

— Certamente — respondeu a condessa. — Devo dizer que é encantador ter a casa cheia de convidados mais uma vez. Haverly está silenciosa há muito tempo.

— Fico feliz por fazermos parte disso — falou Emma, dando um sorriso cativante que fez Grey se remexer na cadeira. — Vocês dois fizeram tanto pela Academia em todos esses anos. Gostaria de poder fazer mais para retribuir.

— Que tal pagar o aluguel? — perguntou Blumton, rindo para si mesmo enquanto passava mel em um biscoito.

Grey queria esganar o homem. Se havia uma coisa que ele definitivamente não queria naquela noite, era lembrar Emma de que estavam em lados opostos.

— Ela *já* paga o aluguel da Academia — retrucou ele. — O que veremos é a reavaliação do valor.

— Nossa, Grey, que diferença de todas aquelas reclamações que você fez há algumas semanas — comentou Sylvia, gesticulando para Emma e se inclinando na direção dela como se fossem velhas amigas. — Você devia ter ouvido o duque. Grey teimou que a Academia só ensinava jovens a mentir, enganar e prender homens em um casamento, e que a instituição deveria ser queimada.

Ele acabaria esganando metade dos convidados de Haverly até o fim da noite.

— Sylvia, se quer...

Seu discurso foi interrompido pelo barulho de talheres batendo na mesa com força.

— Ele não diria algo assim! — afirmou Lizzy, com uma expressão furiosa. — Isso é pura maldade. Por que está tentando causar problemas?

Sylvia ficou pasma.

— Bom, minha querida, talvez seja melhor perguntar a Sua Graça o que ele *realmente* disse sobre sua escola.

Lizzy o encarou, seus grandes olhos castanhos e redondos praticamente implorando que ele dissesse que Sylvia estava mentindo. Grey desejou que fosse verdade.

— Elizabeth, quando eu cheguei a Haverly, não achei...

— Todos vamos à Academia para aprender coisas que não sabemos previamente — interrompeu Emma. — Gosto de pensar que Sua Graça também aprendeu algo.

Desta vez, quando ele encontrou os olhos de Emma, ela não desviou o olhar. Ela falara pelo bem de Lizzy, claro, mas também tornara possível que ele continuasse trabalhando com as garotas e tentasse ganhar a aposta — o que, no momento, não tinha intenção alguma de fazer.

— Admito que vocês, mocinhas, me surpreenderam. E gostaria de pensar que consegui ensinar alguma coisa para vocês, também.

Emma corou. Ela parecia ter entendido que ele a considerava sua principal aluna. Ótimo. Ele estava louco para continuar as aulas.

— Discursos admiráveis por todos os lados — comentou Blumton.

Durante a refeição, Sylvia e Blumton se revezaram tentando arrancar informações de Emma sobre sua participação na aposta e como ela estava se saindo. Mais preocupante: lady Sylvia parecia fascinada em saber sobre o passado e a criação de Emma a cada frase que a diretora proferia. Emma desconversava de todas as perguntas, exceto as mais fúteis, sem nenhum esforço visível, mas o interrogatório quase fizera Grey quebrar os dentes.

— Sabe, Sylvia, eu estava pensando... — falou ele, após não conseguir mais se controlar. — Quando foi mesmo que você se interessou pelo Tristan?

A boca de Sylvia se fechou de imediato, mas ela abriu um sorriso sereno.

— Temo não saber do que você está falando, Wycliffe, mas o assunto parece um tanto... íntimo.

Ele a encarou.

— É mesmo, não é?

Tristan pigarreou, sua expressão indecifrável exceto pelo brilho nos olhos azul-claros.

— Esta briguinha parece boa, mas acho que precisamos lembrar que a aposta tem mais duas semanas de duração.

— Então talvez seja melhor irmos dançar — disse Grey, aliviado por ninguém ter sido assassinado durante a refeição, e ficou de pé.

Emma e suas alunas saíram tão rápido da sala de jantar que ele teve certeza de ter dito a coisa certa — pelo menos uma vez. Ela passou na frente a caminho da sala de estar, e o aroma cítrico do cabelo ruivo deixou a boca dele seca.

— Sinto muito — sussurrou Grey, segurando o braço delicado de Emma e agradecendo a iluminação escassa do corredor. — As meninas precisavam passar por isso, mas você não.

— Não foi nenhuma novidade para mim, Sua Graça.

Ele olhou por cima do ombro. As meninas e a srta. Santerre estavam andando na frente, e o restante dos ocupantes de Haverly ainda não havia saído da sala de jantar.

— Quero beijar você, Emma — confessou ele baixinho. — Quero passar as mãos pelo seu corpo, sentir você contra o meu...

— *Pare!*

Ele diminuiu o passo, tentando decifrar a expressão dela à luz da lamparina.

— Você me quer de novo, não quer? — afirmou ele. — Eu sei que sim.

— Metade do tempo não sei se estou brava ou atraída por você. Emma corou.

— Atraída... — repetiu ele, rindo. — O sentimento é mútuo.

— Não faça essa cara de felicidade. Eu gostaria de não estar.

Elizabeth apareceu na soleira do salão e puxou a mão de Emma.

— Venha ver!

Grey não teve escolha a não ser entregá-la à pequena. Ele não esperava que Emma reconhecesse uma emoção tão profunda quanto a luxúria. Não era novidade ser desejado por uma mulher, mas a confissão de Emma Grenville o fez se sentir estranhamente... triunfante.

A orquestra havia se realocado para o grande salão de baile. Embora não tivessem tido muito tempo para elaborar uma decoração, os criados de Haverly e os aldeões de Basingstoke haviam feito um ótimo trabalho. Flâmulas e arcos decoravam os pilares e as janelas. O salão ficaria melhor com mais alguns balões, mas o estoque de Hampshire estava baixo.

— Não é maravilhoso? — perguntou Elizabeth, girando.

— É lindo. — Emma mandou as garotas para um dos lados do salão e voltou a encarar Grey. — Obrigada. Elas nunca se esquecerão disso.

— Nem eu — afirmou Tristan, entrando no salão. — Eu nunca teria imaginado. Não é à toa que você não quer se casar, Wycliffe. Você já é um anfitrião esplêndido mesmo sem uma esposa do lado.

Emma encarou Dare, então retornou ao trabalho para reagrupar suas alunas. Grey fez uma careta. Ela provavelmente ouviria a história um dia, mas preferia que não fosse naquela noite — e não enquanto ele continuasse em Hampshire.

— Grey, posso ter a primeira dança?

Henrietta surgiu em sua frente, enquanto Julia cobria a boca para esconder a risadinha pela ousadia da amiga.

— Não, você não pode, srta. Brendale — repreendeu Emma. — Este é um exercício de modos e educação. Você precisa esperar ser convidada para dançar.

— Mas não há homens o suficiente — reclamou Henrietta.

— Temo que você descubra que esta normalmente é a regra, srta. Brendale. — Tristan se aproximou, fazendo uma reverência. — Por isso é sempre bom ter um plano B. Posso ter a honra dessa dança?

Ela fez uma mesura.

— Sim, você pode, lorde Dare. — Ela olhou de soslaio para Grey. — Eu ficaria muito honrada.

Que Deus abençoasse Tristan. Mesmo que ele estivesse tentando impressionar Emma, o visconde havia livrado Grey da primeira dança da noite. Decidindo naquele momento que seria uma valsa, ele se dirigiu em direção à Emma. A diretora, no entanto, estava observando Dare com um sorriso de gratidão pelo homem ter salvado Henrietta de uma situação vergonhosa. Maldito Dare.

Blumton passou por seu lado.

— Você, garotinha. Qual é mesmo o seu nome?

Lizzy ficou na ponta dos pés.

— Elizabeth Newcombe, lorde Charles, mas pode me chamar de Lizzy.

— Você sabe dançar?

— Muito bem, milorde.

— Então vamos.

Ela apertou os lábios.

— Acho que você deveria pedir de uma forma mais simpática.

Blumton revirou os olhos.

— Jesus...

— Lizzy — repreendeu Emma.

A pequena fez uma careta, mas estendeu a mão.

— Está bem, mas não me sinto muito honrada.

Alguém na direção da orquestra soltou uma risada abafada, e os músicos começaram uma dança do interior. Determinado a não ser superado por Blumton, Grey virou-se para Jane.

— Me daria a honra, lady Jane?

Ela fez uma reverência graciosa e aceitou sua mão.

— A honra é toda minha, Sua Graça.

Tio Dennis fez par com tia Regina. Obviamente acostumada com a escassez de parceiros masculinos, Julia agarrou Mary Mawgry pela mão e a puxou para a fila de dançarinos. Alice deu uma olhada para Emma e virou de costas para conversar com Sylvia.

Todas as jovens eram dançarinas habilidosas, e ele sentiu um certo orgulho pela maneira como se comportavam. Elas eram muito animadas, e havia algo revigorante em conversar com uma mulher que poderia dizer algo realmente inesperado.

Ele olhou para Emma, sentada em uma das cadeiras no canto do salão. Quando não o considerava apenas mais um homem grosseiro, ela era de longe a mulher mais revigorante e fascinante que ele já havia conhecido. Talvez ele tivesse cometido um erro ao chamar todas as mulheres de enganadoras idiotas e desesperadas por casamento, mas pelo menos tinha uma razão para o equívoco. Qual era a razão da visão negativa que Emma tinha em relação ao gênero masculino?

Ele fez uma pausa na dança quando um giro do círculo o fez chegar perto da orquestra.

— A próxima música será uma valsa — disse ele, e voltou a dançar com Jane sem esperar por uma resposta.

— Ah, uma valsa seria maravilhoso — afirmou Jane com um sorriso. Eles se separaram, deram um giro e voltaram a dar as mãos. — Você deveria convidar a srta. Emma para valsar — sugeriu ela. — Do contrário, ela não vai se divertir esta noite.

— É uma ótima ideia — concordou ele, aplaudindo mentalmente sua própria esperteza. — E Jane, não diga nada, mas tenho uma surpresinha para você esta noite.

Ela corou.

— Para mim?

Grey deu uma risadinha. A noite estava indo muito bem, e o melhor ainda estava por vir. Ele dançaria com Emma Grenville e conseguiria algumas respostas, ou morreria tentando.

# Capítulo 14

Se Elizabeth não parasse de adicionar floreios e giros na dança, o pobre lorde Charles acabaria quebrando o pescoço ao tentar acompanhá-la.

Emma escondeu um sorriso com a mão. Lizzy era exuberante até demais, mas, quando deixasse a Academia para se tornar uma governanta ou dama de companhia, não poderia mais balançar os braços e girar como um pião. E todos deveriam poder girar sem preocupações uma vez na vida.

Quando a música acabou, ela ficou de pé para reagrupar as alunas. Supostamente, qualquer mau comportamento das meninas seria ruim para Grey, mas ela sabia muito bem que ninguém estava julgando o duque de Wycliffe naquela noite.

— Você me assistiu? — Elizabeth deu outro giro.

— Sim, assisti. — Emma alisou a manga do vestido da pequena. — Apenas tente não matar ninguém, querida.

Ela sentiu um movimento em suas costas e se virou, o pulso acelerado por já saber quem era.

— Sua Graça.

Grey a olhou de cima. Um grande leão da savana brincando com as gazelinhas da Academia.

— Me daria a honra desta dança, Emma? — perguntou ele, estendendo a mão.

Ela ficou vermelha.

— Ah, não. São as meninas que precisam de treino, Sua Graça. Eu não poderia...

Mas ela o observara durante toda a primeira dança, então sua recusa não soava muito convincente.

Ele ergueu uma sobrancelha.

— Achei que você dava o exemplo.

— Sim, mas...

— Então vamos mostrar como é que se faz. Que tal?

Ela estudou os olhos verdes, depois analisou a expressão animada das alunas.

— Ah, está bem, então.

Com sorte, a música seria uma quadrilha ou outra dança interiorana, assim ela não teria que dançar com ele por muito tempo. O toque de suas mãos já era tortura, e estar nos braços dele seria um sofrimento ainda maior...

A orquestra iniciou uma valsa, e Emma sentiu um arrepio quando ele a conduziu para a pista de dança. Seus olhos fecharam quando ele a tocou na cintura e a puxou para mais perto.

— Não faça isso — sussurrou ele.

— Isso o quê?

— Não feche os olhos. Me dá vontade de beijá-la.

Ela abriu os olhos de imediato.

— Bom, não beije.

Ele iniciou a dança.

— Tentarei me controlar. Mas acho que você precisa saber que...

— Por favor, me diga que você não vai passar a valsa inteira falando sobre como deseja me tocar e me beijar.

Ele abriu um sorriso atrevido.

— Já sabemos que você sente atração por mim, então guardarei essa conversa para quando estivermos sozinhos.

A mera menção de ficar sozinha com ele transformava seus joelhos em geleia.

— Você contou algo para lady Sylvia? — perguntou ela. — Algo sobre... o que aconteceu?

— Você está falando sobre a outra noite, quando entrei escondido na Academia e fiz amor com a diretora?

— Grey, por favor — sibilou ela, com a testa franzida.

— Não, não falei nada, e nunca falaria. Por quê?

— Ela está me olhando de forma estranha a noite toda.

— Você não é de Londres. Todos que não possuem uma casa na capital recebem olhares estranhos.

— Não é esse tipo de olhar.

Grey a olhou com um misto de curiosidade e irritação. Ela vira a mesma expressão no rosto dele diversas vezes nas últimas semanas.

— Que tipo de olhar é esse, então? Ou vamos brincar de adivinhar?

— Você também percebeu, ou não a teria impedido de me questionar.

— Talvez eu queira ser o único a questioná-la.

Emma pigarreou.

— Estou tentando não me precipitar. Ela só parece... saber de algo. Sobre nós. E parece não gostar nada da ideia.

A expressão dele ficou séria.

— Você pode ter razão. Vou descobrir.

Ela apertou o ombro dele, afundando os dedos nos músculos duros como pedra.

— Não!

Eles valsaram em silêncio por alguns segundos.

— Vamos fazer assim. — Ele quebrou o silêncio, olhando-a a poucos centímetros de distância. — Eu serei discreto se você me contar algo.

O coração dela deu um pulo. Apesar de ter protestado, Emma esperava que esse "algo" tivesse a ver com o desejo dele de estar com ela de novo. Queria mais aulas com Grey Brakenridge — o maior número que conseguissem encaixar nas duas semanas que ele ainda passaria em Hampshire. Mas ela não queria que ele soubesse o quanto desejava o toque dele. Grey gostava de quando ela era uma mulher forte; e Emma gostava disso, também. Agora, precisava ser mais forte que nunca.

— O que quer que eu conte?

— Você disse que já teve experiências com pessoas desse tipo antes — apontou ele, acenando a cabeça para os convidados de Haverly —, mas certamente não foi na Academia. Onde, então?

Outro tipo de nervosismo dominou Emma.

— Londres.

— Quando você esteve em Londres? Não me lembro de ter visto você antes.

Ela teria lembrado *dele* se o tivesse visto antes. Tinha certeza.

— Londres é uma cidade grande, Sua Graça, e acho que você não teria me notado.

— Eu teria.

Ela respirou fundo, consternada ao perceber que estava se aproximando ainda mais dele. Com sorte, ninguém perceberia aquilo no meio da valsa.

— Eu tinha apenas 12 anos, de todo modo.

A expressão dele ficou sombria.

— Doze? Que tipo de bastardo machuca uma menina de 12 anos?

A voz dele ganhara um tom perigoso, e aquilo a equilibrou um pouco.

— Foi há muito tempo. Ninguém poderia ter feito nada.

— Eu poderia — murmurou ele.

— É mesmo? E o que você teria feito, Sua Graça? Imagino que eu não valesse um minuto de seu tempo.

— Eu teria matado o homem.

Aquilo a fez parar. Algo nas palavras dele indicava que ele realmente mataria alguém, e Emma percebeu que jamais gostaria de ver o duque bravo de verdade.

— Bom, ele morreu há seis anos, então agradeço a oferta, mas…

— Quem era ele?

— Não tem import…

— Quem era? — repetiu ele.

Ela sentiu o corpo ficar mais quente.

— Ele era meu primo de segundo grau, na verdade, e a história não é tão sórdida quanto você pensa.

— Então me conte.

— Se isso vai fazer você parar de xeretar, eu conto. Ele era primo da minha mãe. Quando meu pai faleceu, minha mãe e eu não tínhamos para onde ir, e ele concordou em nos receber. Minha mãe já estava doente e morreu dois meses depois. Enquanto ela estava viva, ele era gentil, atencioso e cheio de promessas sobre como eu teria uma apresentação maravilhosa na sociedade e um dote considerável para atrair um bom marido.

— Ele mentiu — disse Grey.

— Sim, mentiu. Uma semana após o funeral da minha mãe, saí para passear com uma criada. Quando voltei, ele estava me esperando na porta com um saco cheio de roupas. Disse que não faria caridade para uma magricela como eu e que eu era muito jovem para lhe oferecer algo. Ele empurrou a criada para dentro da casa, jogou o saco nos meus pés e fechou a porta. — Emma fechou os olhos por um segundo, e então voltou a encarar os olhos verdes. — Até então, eu nunca tinha percebido que as pessoas mentiam. Loucura, não é? Eu não fazia ideia...

— O que você fez?

— Uma semana depois, fui detida pela polícia por pedir dinheiro na rua e me levaram para uma casa de trabalho[*]. Minha tia Patricia, irmã do meu pai, foi atrás de mim e me encontrou seis meses depois. Nunca saberei como ela conseguiu me achar, mas deve ter custado caro conseguir a informação dos criados do meu primo.

— Quem era ele?

— O conde de Ross.

Só o nome do maldito já lhe dava ânsia, e ela cerrou os dentes.

— Ross. Eu cheguei a conhecê-lo. Se for de algum consolo, dizem que ele morreu de sífilis.

Ela assentiu.

— Ouvi a mesma coisa. Não ficaria surpresa se for verdade.

— Uma casa de trabalho... — sussurrou ele, os olhos brilhando de raiva. — Não consigo nem imaginar.

— Agradeça por isso — respondeu ela secamente.

— É por isso que você se preocupa tanto com Elizabeth? Não quer que ela tenha o mesmo destino que você teve?

— Não me preocupo apenas com Lizzy, embora eu admita que ela é especial para mim. Eu só quero que essas jovens sejam competentes o

---

[*] Casas de trabalho, ou *workhouses*, eram lugares que acolhiam pessoas sem condições de se sustentar e lhes davam moradia em troca de trabalho. (N.E.)

suficiente para não precisarem depender da bondade de ninguém para viver bem.

A valsa acabou. Grey parecia querer continuar a conversa, mas ela já contara mais do que deveria.

Por mais compaixão que ele sentisse naquele momento, ou por mais que o coração dela palpitasse em sua presença, Emma já vira o lado arrogante e orgulhoso do duque. Se a história de que a diretora da Academia da Srta. Grenville havia passado seis meses em uma casa de trabalho se espalhasse, seria melhor ela voltar para uma.

Emma suprimiu um arrepio. Ela não costumava ser tão tola assim. O que estava acontecendo?

— Acho que Lizzy quer dançar com você — falou ela, soltando a mão do aperto quente dele.

— Emma, você tem minha admiração. E minha palavra — afirmou ele, em um sussurro quase inaudível.

Ela engoliu em seco. Para um homem, ele era muito agradável às vezes.

— Agradeço.

Hobbes bateu no chão com sua bengala, e o som ecoou pelo salão como um relâmpago. Ele certamente estava gostando da formalidade da noite, mesmo que tudo aquilo fosse apenas para o benefício de um punhado de garotinhas.

— Sua Graça, senhoritas…

— Emma… — chamou Grey de novo, dando um passo na direção dela. Ele parecia menos confiante, de repente, e ela teve um mau presságio.

— … e senhores, vos apresento…

— Não tire conclusões precipitadas, por favor.

— … o sr. Frederick Mayburne.

Freddie entrou no salão. Ele estava vestido de forma conservadora para seu estilo, e apenas o nó intrincado de sua gravata indicava que ele era um dândi e um libertino. Fora isso, trajava um terno cinza e botas Wellington, e parecia quase tão austero — mesmo que não tão atraente — quanto Grey.

Tentando evitar que seu queixo caísse de espanto e raiva, Emma girou nos calcanhares para encarar Wycliffe.

— O que ele está fazendo aqui? — exigiu ela.

— Precisávamos de mais homens — explicou ele, dando de ombros. — *Eu* achei que ele poderia...

— *Não* vou permitir que ele encurrale a Jane aqui ou em qualquer outro lugar — interrompeu Emma. — Não somos uma agência casamenteira. Somos uma escola com uma reputação a manter. Ninguém mandará suas filhas para cá se souberem que elas estão sendo rondadas por homens que querem comprometê-las antes de serem apresentadas à sociedade.

Grey passou por ela para cumprimentar Freddie.

— Eu não apostaria nisso — resmungou ele ao passar ao lado dela.

Aquilo era demais! Emma segurou a saia nas mãos e marchou até o intruso.

— Você é um solteirão, Sua Graça — apontou ela ao ultrapassá-lo. — Sendo assim, posso garantir que sua opinião não é importante neste assunto.

Freddie a viu se aproximando e deu um passo para trás.

— Boa noite, srta. Emma — cumprimentou ele, sua expressão confiante esmaecendo.

— Saia — ordenou ela.

— Eu fui convidado.

Ainda andando para trás, Freddie deu um olhar esperançoso para o duque.

— Ele não vai dançar com Jane — afirmou Grey atrás dela, mais perto do que ela esperava.

Ela diminuiu o passo, de repente percebendo a cena que estava causando.

— E muito menos vai falar com a Jane.

— Não falarei.

Freddie parou sua fuga perto da porta, o mais longe que poderia ficar dela sem sair do salão.

— E não vai entregar cartas a serem repassadas para Jane a ninguém.

Mayburne balançou cabeça.

— Não irei.

Emma virou-se para Grey.

— Tenho sua palavra?

Ele inclinou a cabeça.

— Você tem minha palavra.

— Ótimo.

Emma preferia que Freddie Mayburne fosse expulso de Haverly, mas deu um último olhar de advertência e voltou para o lado de suas pupilas. Apesar de estar irritada, ela entendia a lógica por trás da presença do jovem. Grey mencionara várias vezes as ameaças do mundo exterior e como suas alunas estavam mal preparadas para enfrentá-las. Freddie era definitivamente uma ameaça, mas tê-lo ali, em desvantagem numérica e sob o olhar vigilante do duque, de Isabelle e dela mesma, poderia ser um bom treino para as meninas.

A orquestra, aparentemente notando o fim da discussão entre os convidados, iniciou outra quadrilha. Lorde Charles convidou Jane, embora Emma suspeitasse que isso tinha mais a ver com o título da jovem do que qualquer impulso cavalheiresco de a proteger das atenções de Freddie.

Ela ouviu o som de botas ressoando atrás de si.

— Srta… Mawgry, me daria a honra desta dança? — perguntou Freddie.

Com a permissão de Emma, Mary fez uma reverência e aceitou a mão do rapaz.

— A honra é toda minha, sr. Mayburne.

— Pode me chamar de Frederick.

— Viu? — O duque roçou os dedos no cotovelo dela. — Não foi tão difícil, não é?

— Você deveria ter me avisado que ele viria.

— Eu não sabia que até libertinos sentem medo de você, srta. Emma. Por um momento, pensei que teria que emprestar uma calça seca para o rapaz.

— Muito engraçadinho. Me diga que pelo menos entende a minha revolta.

— Entendo perfeitamente. E presumo que você entenda por que o convidei esta noite.

— Sim, entendo.

Lizzy estava pulando de um pé para o outro, parecendo que ia explodir a qualquer momento. Grey ergueu uma sobrancelha, os olhos verdes brilhando como esmeraldas apesar da expressão séria.

— Hum. Eu ia convidá-la para dançar, pequena, mas parece que você está tendo uma apoplexia.

A menina o pegou pelo braço e o puxou para a pista de dança.

— Estou honrada. Vamos, Grey!

Emma riu. Quando ele tirava a máscara de arrogância, Greydon Braken-ridge podia ser bastante caloroso e divertido. E, se ele continuasse a dar e manter sua palavra, ela corria o grave risco de gostar muito dele.

— Emma, posso...

Ela se inclinou na direção de lorde Dare quando ele parou ao seu lado.

— Convide a Julia — sussurrou ela.

— ...interromper para convidar a srta. Julia para a quadrilha? — continuou o visconde.

— Ah, sim! — exclamou Julia, praticamente pulando de felicidade.

— Julia, tenha modos — repreendeu Emma.

— A Lizzy não tem modos.

— A Lizzy tem 12 anos, você tem 16.

— Sim, srta. Emma. Obrigada, lorde Dare, eu ficarei muito honrada.

Lorde Haverly havia chamado a srta. Boswell para a dança, e Emma levou Henrietta para as cadeiras na lateral do salão.

— Está se divertindo? — perguntou ela.

— Sim, muito! — Henrietta olhou para lady Sylvia, que estava as observando com uma expressão fria por cima dos ombros de lady Haverly. — Mas acho que as outras senhoritas não gostam de nós.

— E elas provavelmente não gostam mesmo.

Qualquer benefício da dúvida que ela havia considerado dar a Alice e lady Sylvia havia evaporado com a recepção fria que elas ofereceram às meninas. Era sempre melhor ser honesta, decidiu Emma, e voltou a atenção à Henrietta.

— Esta não será a única vez que você será tratada de forma fria por outras mulheres. Infelizmente, na sociedade, toda mulher solteira acha que qualquer outra mulher solteira está em busca de um marido. Logo, você será considerada co...

— Competição — terminou Henrietta. — Foi o que o Grey disse.

— É mesmo? — Interessante... — O que mais ele disse?

— Basicamente o mesmo que você. Mas ele também disse para sempre termos cuidado onde pisamos, pois nunca se sabe quando alguém, homem ou mulher, pode tentar nos derrubar. — Ela riu. — A Julia achou que alguém iria literalmente tentar nos jogar ao chão, então precisei explicar que era uma figura de linguagem.

*Não necessariamente.*

— Bom, este é um ótimo conselho.

Henrietta concordou.

— Também achamos.

Durante a música seguinte, Frederick convidou Henrietta para dançar quadrilha, e Emma — com seus olhos de águia — garantiu que ele não desse um passo na direção de Jane. A jovem era certamente a razão para a presença do rapaz em Haverly, e Emma não esqueceria disso nem sob a presença inebriante de Grey.

Quando o relógio de pêndulo do andar inferior bateu meia-noite e a última música terminou, Emma se afastou de Charles Blumton e aplaudiu.

— A noite foi maravilhosa, mas temo que devamos partir — disse ela com um sorriso, observando Grey e Henrietta se aproximarem.

O duque assentiu.

— Fiquei feliz por sua presença.

A frase parecia ser só sobre a presença dela, mas Emma duvidava que alguém fosse perceber o rubor adicional em suas bochechas já vermelhas pela dança.

— Agradecemos o convite. — Ela pegou a mão do conde quando o homem se aproximou. — Obrigada a você também, lorde Haverly. Você é um homem muito generoso.

— O prazer foi todo meu, Emma. Regina e eu decidimos que faremos isso com mais frequência, para todas as suas alunas.

— Seria uma ótima tradição.

Uma por uma, as meninas agradeceram Wycliffe e Haverly pelo convite, enquanto Emma observava com um sorriso radiante. Apesar de alguns tropeços, as meninas haviam dado orgulho a ela e a si mesmas. Elas também haviam dado orgulho a Grey, mas era o sucesso *delas* que importava.

— Vou acompanhá-las até a porta.

Grey ofereceu o braço. Emma aceitou e eles seguiram as meninas e Isabelle pela escada.

— Que nota você dá para o comportamento de Freddie esta noite? — perguntou o duque em sua voz baixa.

— Ele pisou no meu pé, mas deve ser porque eu o deixo nervoso.

— Você *me* deixa nervoso.

— Como se isso fosse possível...

Como se qualquer pessoa conseguisse desconcentrar o duque de Wycliffe.

— Você ficaria surpresa, Emma — sussurrou ele, e inclinou a cabeça na direção dela.

Na quase escuridão, o gesto pareceu tão íntimo quanto um beijo.

— Grey...

Ele se endireitou com um suspiro.

— Voltando ao Freddie...

— As regras continuam as mesmas. — Ela olhou para Jane, que estava de mãos dadas com Elizabeth. — Ele não tentou planejar nenhuma fuga para um casamento hoje, mas a ideia certamente passou pela cabecinha dele.

— Mas você não está brava comigo por tê-lo convidado?

Emma queria estar brava com ele, mas a noite fora prazerosa demais para ser estragada com uma briga.

— Apenas me avise antes da próxima vez.

Grey assentiu.

— Justo.

Ele estava sendo muito calmo e amigável, e ela só conseguia pensar em poucos motivos que o fariam se comportar. Um motivo, na verdade. Uma centelha de calor acendeu uma fogueira em sua barriga. Se eles fossem pegos, outra visita à meia-noite iria arruiná-la — literal e figurativamente.

Grey não disse nada impróprio enquanto Hobbes segurava a porta para saírem, nem enquanto todos caminhavam para o barouche. Ele apenas ajudou Isabelle e as alunas a subir no veículo, elogiou cada uma por sua dança, ou seu decoro, ou sua coragem em dançar com lorde Charles.

— Você acha que ele vai desistir de usar monóculo? — perguntou Lizzy.

— Duvido. Mas acredito que ele não usará mais em sua presença.

Emma esperou até todas estarem acomodadas para aceitar a mão do duque e subir no veículo.

— Você dará aula amanhã?

Ele apertou os dedos dela discretamente, mas logo soltou sua mão.

— Sim, então nos veremos em breve — respondeu ele, encarando-a.

*Ai, Deus.*

— Boa noite.

O barouche partiu na direção da Academia, e as meninas acenaram para a figura de Grey que desaparecia na noite. Emma olhou para ele apenas uma vez, pouco antes de fazerem uma curva na estrada. Ele estava sorrindo.

---

Grey observou o barouche partir e ficou olhando a estrada até não ouvir mais os cavalos. Ele avisara Emma de seus planos para mais tarde e ela não dissera nada; logo, concordara.

— Sua Graça? — chamou Hobbes da porta.

— Oi?

— A noite está um pouco fria. Não gostaria de entrar?

— Está? Não havia percebido.

Do jeito que Emma fazia seu sangue ferver, ele poderia estar no meio da Rússia no inverno e não sentiria frio. Entretanto, um outro tipo de frio o esperava do lado de dentro, e ele o sentiu de imediato.

— Lady Sylvia, posso ajudá-la?

— Não entendi a graça — disse ela, pegando o braço dele enquanto eles subiam a escada.

— Graça?

— Você e essas menininhas. É tão... incompreensível o motivo para querer passar tempo com elas.

— Estou fazendo isso para ganhar uma aposta. E já que parte da minha tarefa é alertar minhas alunas dos perigos e problemas que as esperam em Londres, agradeço por seu comportamento esta noite.

— Ah... — Ela o encarou por baixo de seus cílios longos. — Sou um perigo ou um problema?

— Os dois.

Ele continuou a subir a escada sem ela.

— Quando estudei em uma escola de boas maneiras em Wessex, nunca tivemos a visita de um duque — continuou ela, seguindo-o. — Nossa diretora teria desmaiado se um homem chegasse perto de nós. Eu também.

Ele manteve o passo.

— Felizmente, você parece ter superado essa aversão.

— Digamos que sim. Achei melhor manter uma mente aberta.

Ela provavelmente mantinha a porta do quarto aberta, também. Semanas antes, Grey teria ficado intrigado, mas naquela noite não se dignou nem a olhá-la pelo comentário.

Grey desejou um boa-noite aos outros. Tristan, Blumton e tio Dennis haviam se acomodado na sala de estar para tomar conhaque, fumar charuto e trocar histórias de pés pisoteados, mas ele tinha outras coisas em mente. Uma coisa, na verdade.

Despindo-se da maior parte de seus trajes formais, ele vestiu uma calça simples e escura. Um colete parecia esforço demais para o curto período que pretendia usá-lo, mas, se cruzasse com alguém, provavelmente notariam que ele estava indevidamente vestido. A nobreza tinha padrões, mesmo em Hampshire.

Depois de vestir o casaco e calçar as botas, ele foi até a porta do quarto, mas parou com a mão na maçaneta. A maioria dos criados havia ido dormir, mas os três homens continuavam na sala de estar. E, embora ele pudesse passar despercebido por eles, Sylvia claramente suspeitava de algo e devia estar à espreita.

Se fosse apenas por ele, Grey não daria a mínima se a mulher o pegasse escapulindo, mas qualquer fofoca ou especulação que ela fizesse acabaria com Emma. Grey coçou o queixo, mudou de direção e foi para a janela. Se Alice conseguira escalar a parede de vestido e meias, ele poderia muito bem chegar ao chão de botas e calça.

A janela já estava aberta para receber o ar fresco da noite. Ele enfiou um pé no peitoril e saiu — e então alguém bateu na porta. Por um momento, permaneceu onde estava, meio dentro e meio fora da janela. Se seu convidado entrasse no quarto e descobrisse que ele não estava, Grey teria que responder perguntas bastante complicadas quando voltasse. Praguejando, voltou para dentro do quarto e tirou o casaco. Se ninguém estivesse prestando muita atenção, ia parecer que ele estava apenas se despindo. Ao passar pela cama, puxou a colcha para baixo com uma das mãos.

— O que foi? — perguntou ele, abrindo a porta.

Freddie Mayburne piscou para ele.

— Eu... Eu só queria agradecê-lo pelo convite.

Ele havia esquecido da existência de Freddie. Grey assentiu.

— Não há de quê. Boa noite.

Ele fechou a porta, mas não deu nem dois passos na direção do casaco quando ouviu outra batida. Grey praguejou mais uma vez e voltou para abrir a porta.

— Pois não?

— Bom, é que, pela conversa que tivemos na semana passada, pensei que você... me ajudaria mais — continuou Mayburne.

— Eu o convidei esta noite.

— Mas nem pude falar com Jane.

Grey encarou o rapaz por um momento. Ele conhecia o tipo de Freddie, mesmo que mal conhecesse o menino. Tirando o fato de que Freddie buscava riqueza, a semelhança entre os dois era muito grande. Ou havia sido. Mas, naquela noite, as palavras de Emma ecoavam em sua mente — ela não tinha percebido que as pessoas mentiam, ou que podiam ser falsas, ou que diziam que queriam o coração de uma mulher quando, na verdade, só queriam seu dote.

— O que Jane sente por você? — perguntou ele.

Frederick franziu a testa.

— Ela é louca por mim, é claro.

— Ah, sim. — Grey se esforçou para não olhar para a janela, que parecia chamá-lo. — Esta noite, você começou a mostrar que é um homem de confiança, de palavra. Depois de amanhã, envie uma carta para a Academia, endereçada à srta. Emma Grenville, perguntando se as meninas que participaram do evento esta noite podem acompanhá-lo em um almoço em Basingstoke.

O rapaz deu um sorriso perspicaz.

— Estou começando a entender como conseguiu sua reputação, Sua Graça.

Grey não sabia se merecia aquele elogio, se é que aquilo fosse um elogio. Ele sabia como seduzir uma mulher, já até perdera a conta de quantas vezes o fizera. Era só elogiá-las, dizer o que queriam ouvir e comprar presentinhos, se necessário, para conseguir levá-las para a cama.

Mas o problema agora era maior. Primeiro porque ele conhecia Jane. Por ter virado seu professor e interagido com ela, Grey agora se sentia... um tanto protetor em relação à menina. E segundo porque não queria comprometer sua situação com Emma. Ela não era apenas uma mulher que ele queria levar para a cama, embora quisesse fazê-lo de novo. E muito. Mas ela se tornara algo mais. A diretora era muito complicada, e para conhecê-la e entendê-la, ele precisava descobrir o que a motivava. Se não conseguisse fazer isso, era impossível esperar que ela retribuísse seu interesse e afeto.

— Sua Graça?

Grey voltou a atenção ao presente. Se passasse a noite inteira pensando nela, não teria tempo de ir vê-la.

— Sim?

— Boa noite.

— Boa noite.

Grey fechou a porta de novo e ouviu os passos de Freddie na direção da escada. Ele pensaria sobre a questão de Jane e Frederick depois.

Após trancar a porta, vestiu o casaco de novo e voltou à janela. Graças às pedras e aos canos do lado externo, não demorou muito para alcançar o chão. Mas, quando seus pés tocaram a grama, ele parou. Pegar o Cornualha era o mais lógico, mas os cavalariços ainda deviam estar pelo estábulo por conta da partida tardia de Freddie.

— Maldição — resmungou ele.

Andar cerca de três quilômetros no escuro não era nada atrativo, ainda mais considerando que ele teria que voltar da mesma forma.

Ir dormir estava fora de questão. Ele sofrera a noite toda com o cheiro do cabelo de Emma, o toque de sua mão, o som de sua voz. A única coisa que o impediu de arrastá-la para um quarto desocupado e despi-la fora o pensamento de que ele a teria em seus braços antes do amanhecer.

Mas que desgraça, ele era um duque! Não deveria ter que sair escondido, evitar criados, selar o próprio cavalo e muito menos andar no meio do mato à noite para uma escapadela. Ela que deveria ir até ele. Grey suspirou com irritação. Emma nunca faria algo do tipo, e ele sabia muito bem que não conseguiria ficar sentado, esperando.

Decidindo que alguns minutos de atraso seriam preferíveis do que seis quilômetros a pé, ele caminhou de um lado para o outro nas sombras até a última luz do estábulo ser apagada. Grey normalmente admirava a diligência, mas naquela noite teria ficado feliz se todos os cavalariços tivessem ido beber ou dormir horas antes. Finalmente, ele esgueirou-se pela porta e pegou Cornualha, apanhando o material necessário para selar o animal do lado de fora.

Ele olhou na direção da casa enquanto montava no cavalo. A sala de estar ficava do lado oposto da mansão, e todas as janelas que davam para o estábulo estavam escuras. Entretanto, só por garantia, cavalgou Cornualha em um trote tranquilo até chegarem ao fim do caminho que levava à mansão. Assim que se afastaram o suficiente, ele incitou o alazão a ir mais rápido.

A lua estava meio cheia e quase diretamente acima de sua cabeça, sua luz forte o suficiente para iluminar a estrada. Em certo momento, avistou Freddie à frente na estrada e, xingando, diminuiu a velocidade de Cornualha para não trombar com o rapaz.

Ao se aproximar dos muros cobertos de hera que cercavam a Academia, ele percebeu que todas as luzes da escola também estavam apagadas, mas não ficou surpreso. A hora de as meninas certinhas irem dormir já havia passado fazia tempo. Grey sorriu para si mesmo. Emma não era tão certinha quanto gostava de pensar.

De pé na sela, ele se impulsionou para alcançar o topo do muro e pulou para o outro lado. Emma precisava mesmo colocar alguns cães em patrulha noturna para proteger as alunas. Invadir a escola era muito fácil. Por outro lado, ele não queria ser perseguido por cachorros enquanto corria na grama iluminada pela lua até as sombras do prédio.

A porta principal estava trancada com um cadeado, mas a terceira janela que ele empurrou abriu facilmente. Grey entrou em uma das salas de aula e fechou a janela atrás de si. Não seria nada bom se o vento da noite espalhasse papéis por todo o lugar.

Em silêncio, andou pelo corredor principal e, em seguida, subiu as escadas para o primeiro andar. Tudo estava calmo e quieto, o que era encorajador.

Ela certamente sabia que ele estava a caminho, mas nenhuma professora amazona apareceu em seu caminho, e o trol parecia estar onde quer que passasse a noite.

A porta do escritório de Emma estava fechada, mas não trancada. Grey entrou, e o leve cheiro cítrico no ar o deixou imediatamente duro. A sala parecia diferente sem a mesa, mas a única coisa que o preocupou era que ela também não estava lá.

— Emma? — perguntou Grey em um sussurro, aproximando-se da porta do quarto dela.

A porta se abriu.

— Pensei em dormir em outro lugar hoje à noite — falou ela em tom baixo.

O longo cabelo ruivo caía em ondas sobre os ombros delicados. Ela não vestia o robe, mas estava de camisola e pés descalços, uma das mãos na porta.

— O que fez você ficar? — indagou ele, precisando de todo o seu autocontrole para não a agarrar.

Ela inclinou a cabeça, estudando-o, e ele parou de respirar. Grey nunca se deixara afetar por uma mulher daquela forma antes. Lentamente, ela deu um passo à frente e colocou a mão espalmada contra o peito dele.

— Eu decidi ficar por causa disso... — murmurou ela, deslizando o corpo contra o dele e entrelaçando os dedos em seu cabelo antes de roçar os lábios aos dele.

Grey passou os braços pela cintura fina, puxando-a com mais força contra seu corpo. Com um gemido, ele aprofundou o beijo, saboreando o calor intenso dela.

— Não tenho uma mesa no momento — lembrou ela, inclinando a cabeça para trás e expondo a curva do pescoço para a boca dele.

Ele acariciou a pele macia com lábios e língua, ofegando quando ela tremeu em seus braços.

— A cama vai servir.

Ela sabia o que fazer dessa vez. Ele tirou o casaco enquanto ela abria seu colete e soltava a gravata.

— Você não me sufocou dessa vez.

Ele a beijou de novo, abrindo a boca para que ela o explorasse languidamente.

— Sou uma ótima aluna — respondeu Emma, enquanto passava as mãos por baixo da camisa dele.

— Estou vendo.

As mãos dela desceram por seu peito até o fecho da calça dele.

— Pronta para mais uma lição?

Ela riu, escorregando ainda mais as mãos.

— *Você* está.

Ele sorriu e pegou a mão dela para girá-la, deixando-a de costas para ele. Então, a puxou para um abraço.

— Você ainda não sabe sobre algumas coisas... — sussurrou ele ao cabelo dela, aproveitando para tirar sua camisola.

— Então me ensine — pediu ela ofegante, apoiando-se nele quando a camisola escorregou para sua cintura e ele tocou seus seios.

Grey fechou os olhos e se deixou levar pela sensação do corpo dela contra o seu, dos mamilos rijos contra seus dedos. Ele queria satisfazê-la, ensiná-la e fazê-la desejar apenas ele. Queria ser o único homem a tocá-la daquela maneira, o único a arrancar um gemido de prazer dos lábios dela.

Ele a pegou nos braços e a carregou até a pequena cama, onde mal cabia uma pessoa. Após deitá-la, deslizou para o seu lado, beijando e acariciando a pele macia. Quando ela empurrou seu ombro, ele permitiu que ela o virasse de costas. Emma arrancou sua camisa e então se abaixou para passar a língua sobre seus mamilos, como ele fizera.

— Isso também é gostoso para você? — perguntou ela, seu cabelo como uma cortina vermelha ao seu redor.

— Sim. Gosto de sentir suas mãos e sua boca em mim — afirmou ele, movendo a mão para o espaço entre eles, para onde ela estava úmida, quente e pronta para recebê-lo.

Emma arqueou as costas e se entregou aos dedos dele.

— Espere — ofegou ela. — Também quero que seja bom para você.

Ele riu.

— Já está bom para mim.

Ela deslizou o corpo no dele até chegar aos seus pés para arrancar as botas e, em seguida, o libertou da calça. Ofegante, ela jogou a peça para fora da cama e retomou sua exploração. Enquanto as mãos dela acariciavam sua masculinidade com receio e delicadeza, Grey apertou a mandíbula e se esforçou para manter o controle.

Quando a língua dela tocou a ponta de seu membro, ele praticamente sibilou e se apoiou nos cotovelos para vê-la melhor.

— Emma.

Foi o que ele conseguiu dizer em um rosnado trêmulo. Ela o encarou sob seus belos cílios, a diretora certinha em sua versão mais devassa.

— Gosto de você assim... — sussurrou ela, a respiração quente contra a pele fervente de seu membro o deixando cada vez mais perto da insanidade. — Não tão arrogante.

— Vem aqui — ordenou ele, puxando-a para cima. — Antes que você me mate.

Com a ajuda dele, ela colocou uma perna de cada lado de seu quadril e então, lentamente, afundou nele com um gemido estremecido.

O calor apertado de Emma quase o fez perder o controle. Apoiado nos cotovelos, ele a beijou até ela se acomodar em cima dele.

— Mostre-me como se faz — pediu ela.

Grey colocou as mãos em sua cintura e mostrou como ela deveria se mexer.

— Assim.

Ela repetiu o movimento, gemendo de novo quando ele acompanhou o ritmo.

— Você tinha razão sobre meus livros. Eles nunca conseguiram descrever isso.

Ele deu uma risada suave e percorreu o corpo quente dela com as mãos. Nem os livros nem sua própria experiência poderiam descrever Emma. Ela era única. Consumia todo o seu foco, toda a sua atenção, e o deixava sem fôlego.

— Emma — gemeu ele.

— Ah, Grey...

Ela começou a se mover mais rápido, então ele a sentiu apertar e pulsar em torno de seu membro antes de desmoronar sobre o corpo dele.

Empenhando-se para ter mais alguns segundos de controle enquanto pontos brancos piscavam em sua visão, ele a segurou pela cintura para levantá-la e sair de dentro dela. Emma ergueu o corpo, cobrindo as mãos dele com as suas, e seus olhos brilharam quando ela o encarou.

— Não.

Grey rugiu e jogou a cabeça para trás, apertando-a contra si enquanto gozava com força dentro dela.

— Emma... — disse ele quando conseguiu recuperar a fala, ainda bravo e ofegante e completamente atordoado. — Por qu...

Ela cobriu sua boca com a dela.

— Porque sim — sussurrou ela, esticando-se ao lado dele.

"Porque sim" não parecia a melhor resposta para uma diretora inteligente. Mas, se ela estivesse sentindo metade da confusão de emoções que ele estava, Grey consideraria a resposta como boa o suficiente. Por enquanto.

# Capítulo 15

EMMA SE ESPREGUIÇOU E ABRIU um olho, encontrando dois olhos verde-claros a encarando. Que coisa peculiar... Ela não estava assustada, muito menos surpresa. Pelo contrário. Pela primeira vez, sentiu como se o mundo finalmente estivesse no eixo.

— Bom dia.

O mundo desmoronou.

— *Dia?* — ofegou ela, jogando a coberta para o lado e se sentando na cama em um pulo. — O que você está fazendo aqui ainda? Ai, não!

Com uma expressão divertida e muito calma para o seu gosto, Grey também se sentou e a puxou pela cintura.

— Ainda não amanheceu. Nosso segredo ainda está seguro, Em.

Ela respirou fundo. O pequeno relógio em sua mesinha de cabeceira estava praticamente ilegível, o que era um bom sinal.

— Quatro e treze — ela finalmente leu. — Eu dormi?

— Aham.

— E você?

— Não.

Ele desceu as mãos por seu corpo lentamente, de forma carinhosa, íntima e possessiva. Emma voltou as pernas para a cama para aconchegar-se nele.

— Você não está cansado?

— Estou. — Ele beijou seu ombro antes de encará-la e erguer uma sobrancelha. — Está tentando me mandar embora?

— Os funcionários acordam antes das seis.

Ela desejou não ter dormido, e ele sim, para que pudesse estudá-lo sem o escrutínio dos olhos verdes, que sempre pareciam saber o que ela estava pensando e sentindo.

Grey colocou o único travesseiro da cama contra a cabeceira e recostou-se, e o cobertor deslizou por seus quadris.

— Você precisa de uma cama maior — falou ele, pensativo, colocando um braço atrás da cabeça.

— Eu gosto da minha cama.

Emma queria abaixar ainda mais a coberta e examinar novamente suas partes masculinas, mas então certamente ele não sairia antes de ser descoberto.

— Metade da minha perna fica para fora — afirmou ele, balançando os pés para demonstrar.

— Você é gigantesco.

— Obrigado.

A risada leve e devassa dele fez o sangue dela ferver. Ele devia estar sentindo a mesma coisa, pois o lençol se levantou.

— Venha aqui.

— Grey, eu preciso dormir. Tenho uma aula logo cedo.

Ele sentou-se novamente, passando as mãos por sua cintura e puxando-a para que colocasse a cabeça em seu peito.

— Eu também tenho uma aula logo cedo — disse ele, fazendo cafuné em sua cabeça. — Durma. Vou embora daqui a pouco.

Hum, aquilo era bom. Não era à toa que até suas amigas que haviam jurado nunca se casar confessavam gostar daquele tipo de carinho. Emma fez uma careta. Ela não era casada. Aliás, ninguém estava mais longe do casamento que ela.

— Emm? Eu estava pensando...

O coração dela parou, apenas para voltar em um ritmo acelerado. Por mais que ele fosse bom em adivinhar o que ela estava pensando, ele com certeza não sabia ler mentes.

— No... no que você estava pensando?

— Vou desistir.

Ela piscou, saindo do devaneio do conto de fadas em que duques se casavam com diretoras e viviam felizes para sempre em velhos monastérios.

— Desistir?

— Da aposta.

Emma encarou o olhar sério e pensativo dele.

— Por quê?

— Porque não quero forçar o fechamento da Academia da Srta. Grenville.

Parte dela estava comovida e radiante, mas outra parte estava um tanto... irritada.

— Isso é bom — disse ela. — Você aprendeu algo.

Ele franziu a testa.

— Achei que ia ficar feliz de ouvir isso.

— Ah, eu estou feliz.

Ela se sentou. Ele se sentou.

— Não, você não está.

— Estou sim. Mesmo. É que... — *Cale a boca, Emma,* disse a si mesma. *Não teste a sua sorte.* — É muito gentil da sua parte dizer isso. Obrigada.

A testa dele franziu mais ainda.

— O que foi, então?

*Desgraça.*

— Suas aulas para as alunas até agora foram incrivelmente sinceras e prestativas, dada sua posição na sociedade.

— Dada minha posição... — repetiu ele, em um tom mais perigoso.

— Você tem uma perspectiva única, admito. Mas realmente acha que ser um homem o torna um professor melhor do que eu para ensinar às garotas como lidar com a sociedade?

Ele a encarou em silêncio por um longo momento.

— Você acha que vou perder a aposta? — perguntou ele, incrédulo.

Ela manteve seu olhar.

— Você já perdeu. Acabou de desistir.

— Mudei de ideia.

Foi a vez dela de franzir a testa.

— Você não pode fazer isso!

Ele sorriu, sensual como o pecado.

— E para quem você vai reclamar? — Grey beijou seu pescoço. — Quando diria que essa conversa aconteceu? Você deveria aprender a apenas ser grata de vez em quando.

— E eu acho que você deveria ir embora — retrucou ela, desejando que mulheres educadas pudessem esbofetear pessoas em certas ocasiões. — Bom, se você não desistiu, então a noite de ontem também não aconteceu.

Ainda parecendo inabalável, ele ficou de pé: uma visão gloriosa na luz do alvorecer.

— Você diz isso agora, mas pode ter dificuldade de se convencer disso depois. — Ele jogou suas roupas na cama e começou a vestir a calça. — Eu conheço você, Emma. Você me quis. E ainda me quer.

Ele podia estar certo, mas ela certamente não concordaria com ele.

— Eu já disse, Grey, eu estava curiosa. E, graças a você, não tenho mais motivos para ser sentimental.

Ela pegou a camisola e a vestiu rapidamente, desejando que ele parasse de fazer aquela expressão convencida. A ideia de perder a virgindade fora tanto dela quanto dele, então ele não tinha motivos para ficar se gabando.

— Você certamente não é o único homem em Hampshire — continuou ela com escárnio. — Aliás, não é nem o único homem em Haverly.

Grey chegou à cama tão rápido para agarrá-la pelos ombros que ela não teve nem tempo de piscar.

— Este é um jogo completamente diferente, Emma — rosnou ele. — Um que você não vai querer jogar comigo.

— É um jogo que só você pode aproveitar, então, Grey? — questionou ela, levantando o queixo apesar de seu controle estar por um fio.

Ele a encarou por um longo momento.

— Eu não joguei com ninguém desde que a conheci. — Ele a soltou, pegou seu casaco e as botas e foi até a porta. Com a mão na maçaneta, parou. — Ah, a propósito, Mayburne vai convidar você e as meninas para um almoço nos próximos dias. Diga não.

Ele saiu do quarto sem esperar uma resposta. Segundos depois, a porta do escritório abriu e fechou. Emma ficou ouvindo por mais alguns minutos, e então se afundou na cama. Grey estava com ciúme ou havia terminado o que tinham? Ele havia feito algum tipo de promessa a ela?

Mas que tipo de promessa ele poderia fazer?

— Maldição — resmungou ela.

Já que obviamente não conseguiria mais dormir, Emma se vestiu e acendeu as lamparinas do escritório. Uma pequena mesa estava no lugar da antiga escrivaninha, o relatório de Haverly empilhado bem no meio do tampo.

Com um suspiro, ela se sentou e leu o que havia escrito. Ainda era um rascunho, mas o plano parecia bom. A necessidade de um custo inicial para reformas e despesas a preocupava, além das pequenas semelhanças com os planos de Grey.

Uma lágrima escorreu pelo rosto de Emma. Ela deveria ter deixado que ele desistisse, pelo bem da Academia. Não importava que gostasse da competição, ou que desgostasse da ideia de Grey ir embora de Hampshire, ou que o duque ainda fosse arrogante o suficiente para acreditar que só ele poderia determinar o resultado da aposta.

Outra lágrima caiu no relatório e ela a enxugou, soltando um suspiro impaciente. Todas as falas enigmáticas de Grey só provaram que era impossível confiar nele, que ele se importava mais com o próprio orgulho e conforto do que com qualquer outra coisa. Mais do que se importava com ela, certamente.

Apesar de seus esforços para esquecer da existência daquele homem tolo e estúpido, ela ficou quieta e melancólica durante todo o café da manhã e a distribuição da correspondência do dia. Mas o duque de Wycliffe não era tolo nem estúpido, afinal, e por isso ela não conseguia pensar em mais nada.

— Emma?

Isabelle estava sentada em sua frente e segurava uma carta aberta. Henrietta estava ao seu lado, completamente pálida.

— O que foi? — perguntou Emma, endireitando-se e se sentindo grata pelo problema que tiraria sua mente de Grey Brakenridge.

A professora lhe entregou a carta.

— Temos um desastre.

—⟋ɯ⟍—

Tobias andava de um lado para o outro na frente do portão quando o barouche que levava Grey se aproximou. Tristan estava sentado à sua frente, embora o visconde sabiamente tivesse evitado qualquer tentativa de conversa fiada naquela manhã.

— Sua Graça, estão lhe esperando — cumprimentou o trol, sua cara mais azeda que de costume.

— Já era de se imaginar — resmungou Tristan.

Esperado ou não, apenas Lizzy estava na frente do prédio quando Simmons parou o barouche. A pequena correu assim que o veículo parou e pegou a mão de Grey antes que os pés dele tocassem o chão.

— Estamos com um problemão — disse ela, puxando-o para a porta.

O peito dele apertou enquanto ele seguia a aluna com Dare em sua cola.

— Emma está bem?

Maldição! Ele não deveria ter se oferecido para desistir da aposta e então mudado de ideia daquela maneira, ainda mais quando sabia que nunca tiraria a Academia dela.

— Xiu! — disse Elizabeth, praticamente correndo em direção à escada. — Não posso contar aqui, mas é muito ruim.

*Será que ela estava grávida?* Ele fora um completo idiota na noite anterior, mas tentou focar no presente. Mesmo se Emma estivesse grávida, não seria possível saber ainda. E, se isso acontecesse, ele simplesmente se casaria com ela.

Grey quase tropeçou e precisou segurar no corrimão para não cair. *Casar?* De onde aquilo tinha surgido? Sim, ele gostava da companhia dela — quando não queria estrangulá-la —, e sim, quase teve um infarto ao pensar em Emma nos braços de outro. Mas não sabia dizer quando isso se transformara num pensamento matrimonial. Duques não se casam com diretoras. Além disso, ele não ia cair naquela armadilha de no...

— Rápido! — apressou Lizzy, puxando a mão dele de novo e o levando para dentro do escritório de Emma.

Quando ele entrou, seu olhar imediatamente encontrou Emma. Ela estava andando, as mãos cruzadas às costas, a expressão cansada e sombria. A culpa era dele. Grey decidiu naquele instante que a maldita aposta havia acabado. Ele teria encerrado o assunto na noite anterior, se ela não o tivesse irritado com sua independência arrogante e falta de gratidão.

— O que aconteceu? — perguntou ele.

Emma pulou de susto antes de encará-lo com seus grandes olhos cor de mel.

— Lizzy, obrigada. Poderia nos dar licença para conversarmos em particular?

— Devo sair também? — indagou Tristan, enquanto Elizabeth fazia uma reverência e saía do escritório.

— Eu... na verdade, realmente preciso falar com Sua Graça em particular.

O visconde assentiu e abriu a porta que Lizzy havia fechado.

— Estarei no corredor.

Assim que ficaram sozinhos, Grey cruzou a sala até ela.

— Conte-me.

Emma juntou as mãos e respirou fundo.

— Henrietta recebeu uma correspondência do pai. — Ela puxou uma folha de papel dobrada do bolso. — Na carta ele... informa Henrietta que ouviu alguns rumores perturbadores sobre... — Ela pigarreou. — Sobre a "sua diretora estar envolvida em uma conduta extremamente imprópria". — Uma lágrima escorreu por seu rosto. — Ele também ordena que Henrietta arrume suas coisas, pois ele virá buscá-la na sexta-feira.

Grey queria xingar e socar algo, mas se controlou. Emma já estava chateada o suficiente.

— Por que Henrietta contaria algo para a família? — perguntou ele. — E por que ela diria que você fez algo impró...

— Ela garantiu que nunca mencionou nada sobre a aposta.

— Bom, ela deve ter falado algo! De que outra forma Brendale saberia?

— Não me importo em *como* ele soube!

— Eu...

— Você não entende? A Academia está arruinada! Lizzy e as outras alunas bolsistas... o que será delas?

Ela soluçou. Sem pensar duas vezes, Grey a puxou para seus braços. Ela cedeu em seu abraço, o corpo frágil tremendo com a intensidade do choro.

Pela primeira vez, Grey não sabia o que dizer.

— Ele é apenas um homem estúpido, Emm — sussurrou ele contra o cabelo dela. — Não importa o que ele acha que sabe. Não tem certeza de nada, ou teria vindo pessoalmente em vez de mandar uma maldita carta.

Seu choro e os tremores o assustavam, e de repente ele percebeu que faria de tudo — *de tudo* — para consertar a situação.

— Podemos arrumar isso. Não se preocupe, Emm.

Ela bateu um punho no peitoral dele.

— A mãe da Henrietta é a maior fofoqueira de Londres. Metade da alta sociedade já deve estar falando sobre como aquela diretora estúpida de Hampshire está... está "envolvida em uma conduta extremamente imprópria". E eu estou mesmo! Eu não deveria estar dirigindo uma escola!

— Você não fez nada de errado com as meninas. Nada.

Ela levantou o rosto para fitá-lo.

— Acho que o sr. Brendale já tem uma opinião formada.

— Nada aconteceu além de uma correspondência idiota — falou ele, limpando as lágrimas dela com o polegar. — Só precisamos pedir que Henrietta responda ao pai dizendo que ele está completamente enganado.

— Não. Eu não pedirei que minhas alunas mintam.

— É claro que não — respondeu Grey, fazendo uma cara feia. Aquela seria a opção mais fácil, mas era óbvio que ele não podia esperar que Emma fosse contra todos os princípios que havia ensinado às alunas, já que realmente acreditava neles. — Mas você não pode desistir sem lutar.

— Não vejo uma maneira de lutar sem... prejudicar ainda mais minhas alunas.

Grey a estudou por um momento enquanto uma ideia se formava em sua cabeça.

— Somente Brendale se manifestou até agora, certo?

— Por enquanto, sim. Aposto que haverá mais...

— E apenas para dizer que ouviu boatos de que você não está se comportando de maneira adequada?

— Isso.

— Então pronto.

— Do que está falando?

— Ele não sabe da aposta.

Emma franziu a testa.

— E você acha que ele descobrir sobre uma aposta minha com o duque de Wycliffe vai *melhorar* a situação?

— Até onde suas alunas sabem, a aposta é o único motivo para minhas visitas à Academia. Vamos pedir que Henrietta explique isso ao pai e que o convide para vir aqui analisar tudo pessoalmente.

O olhar dela ficou ainda mais desconfiado.

— E como isso vai resolver algo?

— Eu fiz uma aposta com você. E eu *nunca* perco. *Nunca.*

Por um momento, ele achou que Emma fosse chutá-lo nas partes baixas, mas a expressão dela amenizou.

— Continue.

— Bom, eu obviamente forcei você a aceitar a aposta. Afinal, como uma mulher poderia me contrariar?

— Grey...

— Um momento.

Ele foi até a janela e voltou. A ideia era brilhante. Bom, talvez não exatamente brilhante, mas era mil vezes melhor que ver Emma de coração partido e chorando.

— Que tipo de cavalheiro gostaria de fazer com que o duque de Wycliffe perdesse uma aposta? — continuou ele. — E para uma mulher, ainda por cima. Além de ser praticamente um crime, decerto não seria... saudável para quem decidisse interferir.

A porta se abriu.

— De repente, o escritório ficou silencioso. Vocês não se mataram, não é? — perguntou Tristan, entrando na sala.

O tom de voz suave do visconde não enganou Grey por um segundo sequer. O amigo estava preocupado com Emma. Sua irritação começou a subir, e Grey ficou no meio dos dois.

— Os pais de Henrietta acham que Emma transformou a Academia em algum tipo de escola da indecência.

Emma ficou pálida e afundou na cadeira.

— Está tudo arruinado — disse ela, escondendo o rosto nas mãos.

— Não, não está, pois pensamos em um plano.

— Não pensamos, não — afirmou Emma, levantando o rosto para encará-lo.

Ele parou no caminho até ela.

— Sim, pensamos.

— Não, não *pensamos. Você* falou alguma baboseira sobre usar a aposta para manter a Academia aberta, mas não vai funcionar.

Ele cruzou os braços.

— Por que não?

— Você pretende ganhar ou perder a aposta? — perguntou ela no mesmo tom que usaria com as alunas.

— Eu...

— Porque depois que todos souberem da aposta, encerrá-la vai provar que os boatos estavam certos e arruinar a Academia. Se você ganhar a aposta, vai custar à escol...

— Eu vou perder — disse ele, desafiando Emma a contra-argumentar.

— Você vai perder? — repetiu ela, com ceticismo.

— Isso.

— De propósito?

— Sim.

— Bom, mesmo que eu pudesse engolir meu orgulho e ignorar o fato de que você vai perder, quer planeje ou não, ainda não entendo como minha vitória resultaria em algo positivo para a situação.

— Eu farei com que o resultado seja positivo.

— Você é arrogante demais.

— Eu nunca estou errado.

Ela assentiu.

— Você vai precisar alterar essa frase para "quase nunca" depois de sua derrota proposital. E todos em Londres saberão que você perdeu, mas não que perdeu de propósito.

Grey estreitou os olhos.

— Como eu já sugeri antes, você poderia simplesmente ser grata e ficar calada.

Emma ficou de pé e deu um passo na direção dele.

— Só quero ter certeza de que você tem total noção de que pessoas, principalmente outros homens, podem rir da sua cara.

— Correndo o risco de levar um soco... Ela está certa, sabe? — falou Tristan após um momento de silêncio.

— Eu sei. — Para sua surpresa, a ideia de virar motivo de chacota não o incomodava. — O mais importante é provar que Emma não teve a oportunidade de fazer nada de inapropriado se passou todo o tempo acompanhando as aulas e criando um plano de gerenciamento brilhante.

— Esse é um argumento bem fraco — apontou Emma.

— Um passo de cada vez. Primeiro, pedimos para Henrietta escrever uma resposta ao pai. Depois, fazemos todas as minhas alunas convidarem seus pais. Não temos nada a esconder, e isso pelo menos nos dará dez dias para pensar em algo melhor.

—ᴍ—

De uma forma estranha, Emma estava se sentindo melhor quando Grey e Tristan partiram da Academia. Alguma coisa naqueles olhos verdes passava... confiança.

— Emm, você está bem? — perguntou Isabelle da porta do escritório.

— Ainda não. Ai, Isabelle, como pude ter sido tão, mas tão burra?

— O pai da Henrietta é o verdadeiro burro da história, por acusá-la de coisas tão horríveis.

Os olhos de Emma lacrimejaram de novo. Se todos soubessem o quão culpada ela era...

— Não posso culpar ninguém além de mim mesma. *Eu* sou a diretora da Academia e *eu* sou a responsável por qualquer desastre que aconteça aqui.

— Quando Sua Graça estava partindo, ele disse que cuidaria de tudo — contou a professora de francês. — Talvez você devesse deixá-lo cuidar de tudo. A aposta foi ideia dele, afinal.

— Ah, sim. Seria maravilhoso, não é? O duque de Wycliffe, famoso por sua nobre benevolência para com todas as damas, vindo ao meu resgate.

Isabelle levantou as palmas.

— E por que não?

— Porque nem a benevolência, nem a nobreza vão continuar existindo depois que a Academia virar motivo de vergonha pública. Vamos depender apenas de quem *sempre* quis o melhor para a escola. E temo que existam apenas nós mesmas nessa lista.

— Então você tem um plano em mente?

Emma afundou na cadeira.

— Ainda não, mas logo terei.

Como Grey havia dito, revelar a aposta aos pais das alunas provavelmente daria a eles dez dias para traçar um plano. Pela primeira vez, ela desejou que o correio de Londres não fosse tão rápido e confiável. Eles poderiam alegar que nunca haviam recebido a carta do sr. Brendale, mas era provável que ninguém acreditasse. E se os pais das alunas não acreditassem que a única coisa que existia entre Wycliffe e Emma era uma aposta, eles levariam as cinco meninas para casa. Então, aos poucos, os pais das outras alunas fariam o mesmo.

Quanto a Grey, ela simplesmente se recusava a depositar todas as suas esperanças nas promessas dele, por mais nobres e generosas que fossem. Ela conhecia o suficiente sobre os homens para saber que qualquer sentimento temporário que o duque pudesse ter por Lizzy — e por ela — seria precedido pela preocupação com a própria posição e por seu orgulho. Eles eram amantes, sim; mas ele já tivera amantes antes e, pelo que Vixen dissera, nunca as mantivera por muito tempo.

Ela voltou os pensamentos ao presente.

— Vou dar uma caminhada.

Um longo passeio ajudaria a clarear sua mente dos pensamentos sobre Grey, pelo menos por alguns minutos. Deus sabia que ela tinha coisas mais importantes para se preocupar.

Acenando para Tobias, que parecia aflito, ela passou pelos portões e começou a subir a estrada em direção a Basingstoke. É claro que podia escrever de volta para o sr. Brendale e informá-lo de que nada de desagradável estava acontecendo, mas ninguém acreditaria em suas alegações de inocência. Portanto, precisava aceitar que Londres saberia que o duque de Wycliffe havia entrado nos corredores da Academia da Srta. Grenville, e com a permissão dela. Tudo bem. Era um fato.

A parte lógica de seu cérebro, a parte que Emma não estava usando o suficiente nos últimos tempos, começou a acordar aos poucos. Ela andou mais rápido e continuou pensando na próxima etapa do problema. Qualquer repreensão por sua idiotice viria das famílias de suas alunas. Ela não conseguiria impedir isso, então precisava contra-atacar.

*Mas como?* Bem, obviamente seria necessário o apoio de um nobre para neutralizar a ira de outro nobre. Wycliffe foi seu primeiro pensamento, mas ela logo afastou a ideia. Ele estava muito envolvido com ela e com a Academia para que seus protestos de inocuidade tivessem muito crédito.

Quando a ideia finalmente lhe ocorreu, Emma não pôde acreditar que tinha demorado tanto para pensar nela. Duas de suas amigas mais queridas, ambas graduadas da Academia, haviam se casado com nobres notáveis nos últimos tempos. A condessa da Abadia de Kilcairn e a marquesa de Althorpe eram forças a serem reconhecidas.

Ao chegar à cidade, Emma foi direto para o escritório de sir John — ou, mais especificamente, para a escrivaninha do homem. Então, ela se permitiu um sorriso leve e esperançoso. Que as meninas escrevessem suas cartas e que Wycliffe continuasse seus planos. Ela chamaria seus próprios reforços.

# Capítulo 16

TIO DENNIS HAVIA MELHORADO NO xadrez. Grey estava sozinho no escritório do conde, observando as peças no tabuleiro próximo à janela. Faltava apenas um movimento, ou no máximo três, caso tentasse atrasar o inevitável ou contra-atacar, para Grey perder a rainha. Se Dennis gerenciasse sua propriedade com a mesma habilidade com a qual jogava xadrez, ninguém estaria no meio daquela confusão.

— As alunas enviaram as cartas? — perguntou Dare ao entrar no cômodo, sem se incomodar em bater.

Grey fez uma careta e movimentou seu único bispo. Antes adiar o inevitável e esperar um milagre do que desistir.

— Sim. Por mensageiro especial ainda hoje de manhã.

— Então você pretende mesmo continuar com a aposta?

— É o único jeito que vejo de salvar a Academia. Se tem uma ideia melhor, gostaria de ouvi-la.

Tristan sentou-se na escrivaninha.

— Você já ouviu e aprendeu bastante coisa nas últimas semanas. Quando chegamos, você estava pronto para atear fogo na Academia da Srta. Grenville e na srta. Emma Grenville.

De fato, todo aquele aprendizado o deixara encantado. Não só por Emma, mas por toda a maldita escola.

— Posso ter me precipitado sem saber todos os fatos... — admitiu ele, observando enquanto Alice e Sylvia subiam no faetonte de Haverly acompanhadas de Blumton para seu passeio vespertino pelo campo.

— Só por curiosidade... — disse Tristan, mexendo no peso de papel de pato na mesa. — O que você fará se não for capaz de impedir o estrago na reputação de Emma?

Grey o encarou.

— Isso não vai acontecer.

— Porque você já declarou vitória? Mesmo que Brendale e os outros pais esperem pelo fim da aposta antes de invadir a escola, será apenas porque eles esperam que Emma perca. Boatos maldosos são melhores que fatos, e eles podem ter os dois.

— Não sou idiota, Tris. Pelo menos isso vai nos dar alguns dias até pensarmos em outra solução.

— E Emma?

O duque encontrou o olhar de Dare, sentindo o calor do ciúme subir por seu corpo pelo tom possessivo do visconde.

— O que tem ela?

— Não pude deixar de notar um item do seu vestuário pendurado na porta do quarto dela. A menos que ela tenha recebido a visita de outra pessoa com uma gravata de seda com um broche de safira.

Grey fechou os punhos e precisou se conter para não atravessar a sala, socar Dare e explicar que nenhum outro homem tinha a permissão de tocar Emma além dele mesmo.

— Sugiro que não repita esta observação a mais ninguém — rosnou ele.

Tristan fez uma cara ofendida.

— Nunca. Mas a questão é: os boatos são verdade, não são?

— Cuide da sua vida, Dare, e eu cuidarei da minha.

— Certo, mas quem contou para Brendale? Emma jura que não foi Henrietta.

Grey negou com a cabeça.

— Emma recebeu outra carta esta manhã, do pai de Jane. Ele ouviu os mesmos boatos.

— Ele escreveu diretamente para a Emma?

— Sim, e foi ainda menos educado em sua escolha de palavras do que Brendale.

Emma não havia chorado com a segunda carta, mas sua aceitação silenciosa de toda culpa na situação o deixara ainda mais perturbado que as lágrimas.

O visconde pigarreou.

— Gostaria que soubesse que, apesar de você estar tentando dar uma de herói sozinho, estou disponível para ajudá-lo a salvar a Academia, caso precise.

De fato, Grey queria fazer tudo sozinho e provar a Emma que ela poderia confiar nele. Mesmo assim, ficou aliviado com a oferta do amigo.

— Obrigado, Tris. Talvez eu aceite…

O faetonte voltou sacolejante até a frente da casa. Grey fez uma careta e olhou pela janela enquanto seus convidados retornavam. Ele já tinha problemas o suficiente para resolver durante a tarde sem a presença de curiosos. Em seguida, uma carruagem apareceu atrás do faetonte, seguida de outro veículo. A carranca de Grey se intensificou.

— Mas que diabo? — resmungou ele, dando espaço para Tristan olhar pela janela.

— Brendale? — indagou o visconde.

— Ele teria ido direto para a Academia, e não deveria chegar até a manhã de sexta-feira.

Um criado abriu a porta da carruagem da frente. Um delicado sapato enfeitado de pérolas apareceu na porta, seguido por um segundo sapato e um vestido de musselina azul, e ainda mais pérolas. Uma mão enluvada branca surgiu, e o criado segurou seus dedos quando a mulher pisou no chão. O chapéu azul conservador mexeu com o vento e expôs o rosto da passageira.

— Jesus — sussurrou Tristan.

Grey cerrou os dentes e praguejou antes de se dirigir à porta principal. Ele parou no degrau mais alto.

— O que diabo você está fazendo aqui?

— Também estou feliz em vê-lo, filho.

Por um segundo, Grey sentiu como se tivesse 5 anos de idade, logo depois de empurrar a prima Georgiana no lago de Wycliffe Park. Franzindo a testa, ele desceu o resto dos degraus para segurar a mão da mulher.

— Mãe — cumprimentou ele, beijando uma das bochechas pálidas.

— Assim está melhor, Grey.

— Pensei que ainda estivesse em Londres.

Ela lhe deu um beijo no rosto.

— Mas é claro. Você ficou ainda mais furtivo com a idade. Nunca imaginei que encontraria você em Hampshire.

Ele ofereceu o braço para acompanhá-la para dentro da casa.

— Foi exatamente por isso que decidi vir.

— Imaginei.

Os dedos finos da mãe encontraram o braço de Tristan, que estava tentando se esconder atrás de um dos pórticos da entrada.

— Dare, leve minha acompanhante.

— Boa tarde, Sua Graça — cumprimentou ele com uma reverência. — Quem seria sua acompanhante?

— Quem você acha que é, lorde Dare? — perguntou uma segunda voz feminina.

Grey segurou o riso quando Tristan endureceu. Sua mãe claramente pretendia torturar tanto ele como o amigo.

— Prima Georgiana — disse ele.

A jovem alta e de cabelo loiro encaracolado preso em um penteado atraente no topo da cabeça fez uma reverência, graciosa como sempre, trajando um vestido verde suave que combinava com seus olhos.

— Grey. Que maravilhoso você ter decidido atrapalhar a temporada.

— Estou surpreso por você ter se permitido ser arrastada para cá.

Os olhos verde-claros desviaram-se para Tristan antes de retornar a ele.

— Não foi por escolha minha.

O visconde pigarreou.

— Bom, se me dão licença, acho que vou me afogar no lago dos patos.

Georgiana abaixou-se para pegar uma pedra.

— Aqui — falou ela, entregando a rocha para Dare. — Vai ajudá-lo.

Enquanto Tristan escapava, Grey voltou sua atenção para as mulheres recém-chegadas.

— Mãe, o que está fazendo aqui? — sussurrou ele, observando enquanto Sylvia e Alice se aproximavam para cumprimentar sua prima.

A duquesa inclinou-se no braço dele.

— Eu pensei que você fosse pedir Caroline em casamento. Imagine minha surpresa quando, em vez disso, você some sem dizer nada a ninguém ao mesmo tempo que Caroline diz que está doente e foge para a proprie-dade do pai em York.

Ela não sabia metade da história.

— E quem lhe contou que eu ia pedir a mão de Caroline?

— A própria Caroline, é claro. Você nunca me conta nada.

— Principalmente quando não há nada a ser contado. Nunca tive a intenção de me prender àquela maldit...

— Então é verdade.

— O que é verdade?

— Onde estão Dennis e Regina? — perguntou a duquesa, permitindo que o filho a levasse pelos degraus, ignorando sua pergunta.

— Eles foram para Basingstoke depois do almoço — afirmou ele, guiando a mãe para dentro da casa e instruindo Hobbes a preparar dois quartos para as novas convidadas. Se ela não queria responder, ele poderia esperar.

A mãe continuou segurando o braço dele de forma leve durante o passeio pela mansão e por toda a conversa do grupo, e não o soltou nem quando ele a levou para o quarto de hóspedes.

— Georgiana, poderia perguntar se alguém em Haverly sabe como preparar chá de hortelã?

— Eu mesma posso preparar, tia Frederica.

Com um olhar de soslaio para Grey, a jovem desapareceu pelo corredor.

A duquesa entrou em seus aposentos.

— Grey, abra a janela para mim.

Ele obedeceu, e não ficou nem um pouco surpreso quando ela usou a oportunidade para fechar a porta. Os criados haviam empilhado meia dúzia de baús do outro lado do quarto. Era óbvio que a duquesa pretendia ficar por um bom tempo.

— Está bem, sou todo ouvidos — afirmou ele, encostando-se no pa-rapeito da janela.

A duquesa tirou o chapéu com delicadeza.

— Georgiana ouviu boatos de que você despiu Caroline no meio da chapelaria do Almack, não gostou do que viu e a mandou embora.

— Ficar nua foi ideia dela, mas tirando essa parte, a história é verdade.

— Então você fugiu para Hampshire? Isso não é do seu feitio.

— Eu saí de Londres porque estava cansado dessas malditas mulheres que acham que é necessário enganar, armar arapucas e mentir para conseguir subir no altar. — Ele fez uma careta. — Eu já havia decidido voltar para dizer ao primo William que, por mim, ele pode ficar com o título e todas as dores de cabeça que vêm junto, porque nunca vou me casar.

A mãe estreitou os olhos.

— Então por que você não voltou?

— Porque eu fiz uma aposta — explicou ele. — Uma que pretendo vencer.

— Uma aposta? Não foi isso que ouvi.

— E o que você ouviu, então?

— Que você está tendo um casinho com a diretora da escola para garotas. Você e Dare, na verdade. Que estão dividindo a mulher.

Grey xingou alto.

— Isso não é *nem* perto... — rugiu ele, e fechou a janela com força quando notou os jardineiros o encarando com surpresa. — *Maldição!*

— Você já usou esse xingamento, querido.

Ele precisava contar aquilo para Emma. A fofoca era pior do que ele havia pensado, e a situação era muito mais séria. Eles não precisavam apenas acalmar alguns pais preocupados, mas toda Londres, que estava destruindo a reputação de uma mulher incrível e de uma ótima escola.

— Grey? Você está resmungando.

Ele se forçou a focar no presente. Tinha que consertar as coisas. Se Grey precisava contar a verdade horrível sobre os rumores, ele também queria dizer que descobrira de onde eles vinham, que havia dado um jeito nisso e que tudo ficaria bem.

— Onde você ouviu isso?

A mãe sentou-se na beirada da cama.

— Em todo lugar.

Ele foi até ela.

— Começou em algum lugar — retrucou ele. — Quem lhe contou?

— Grey...

— *Quem?*

— Georgiana me contou.

A duquesa parecia assustada e ele não podia culpá-la; ele já tivera casos complicados antes e nunca ficara irritado com as fofocas e os exageros sobre eles.

— Peço licença, então, mãe. Preciso falar com Georgiana.

Ele desceu a escadaria em busca da prima. Georgie era uma das poucas mulheres que conseguia tolerar, mas, em seu humor atual, era melhor que a prima usasse sua famosa inteligência para descobrir quem havia começado os boatos.

— Sua Graça — disse Hobbes, interceptando-o no fim da escada. — Estava indo encontrá-lo para informar que você tem visita.

Grey parou.

— Visita?

— Sim, Sua Graça. Levei o grupo para a biblioteca enquanto ia encontrá--lo para saber se você estaria disponível.

*Que maravilha.* O grupo era provavelmente composto do sr. Brendale e outros pais de alunas da Academia.

— Você viu alguma arma? — perguntou ele, virando-se para a direção da biblioteca.

— Arma? N... não, Sua Graça. Não vi nenhuma arma.

Grey abriu a porta da biblioteca e entrou. Então, parou de supetão.

Suas alunas — todas as cinco — estavam em um semicírculo de frente para a porta. Elas podiam não estar armadas, mas pareciam determinadas em sua missão.

— Onde está a acompanhante de vocês?

— Nós escapamos. — Lizzy deu um passo à frente e as outras acompanharam, praticamente como um batalhão militar. — Por que todos estão tentando machucar a srta. Emma?

Por um segundo, Grey imaginou como Haverly ficaria se todas as mulheres que já tivesse insultado ou tratado mal aparecessem para tirar satisfação. O lugar já estava ficando cheio...

— Estou com um pouco de pressa no momento. Explicarei tudo mais tarde.

Jane sacudiu a cabeça.

— Não. Queremos saber agora. Se não nos contar, não vamos ajudá-lo a vencer a aposta.

Por Deus, as garotas estavam tentando chantageá-lo!

— É complicado.

Lizzy fechou os punhos e o encarou com os olhos marejados.

— Minha mãe me escreveu e disse que a srta. Emma é uma... meretriz despudorada, e que ela deveria saber como evitar libertinos. Você disse que era um libertino do bem, Grey.

Fitando os olhos castanhos e inocentes de Elizabeth Newcombe, ele sentiu vontade de confessar tudo, mesmo sem saber ao certo o que confessaria.

— Lizzy, não posso contar nada agora. Eu gostaria de poder, mas não posso.

— Então não queremos mais falar com você. Não gostamos mais de você.

— E, por favor, não volte para a Academia — adicionou Jane.

Ao seu comando, as meninas se alinharam para sair.

— Como quiserem. — Ele assentiu e abriu a porta. — Vocês vieram andando?

— Sim.

— Então vou pedir que preparem o barouche.

Desta vez, foi Mary Mawgry que o encarou.

— Não, obrigada, Sua Graça. Preferimos andar.

— Está bem, eu entendo.

Georgiana se encostou na porta enquanto as meninas marchavam pelo corredor em direção à saída.

— O que foi isso?

— Eram minhas alunas — disse ele, e foi até a janela.

Ele não conseguia ver a entrada dali, e fez uma careta ao perceber que sentiria falta das pequenas. Mas tudo ficaria bem. Elas não o odiariam para sempre.

— "Eram"?

— Acho que elas me dispensaram.

— Ah.

Grey virou-se para encarar a prima, que tinha uma expressão divertida.

— Que fique entre nós.

Ela assentiu.

— Certamente. Sua mãe disse que você estava me procurando.

Ele gesticulou para que ela entrasse e fechasse a porta.

— Preciso saber quem você acha que começou os rumores sobre Emma Grenville e eu.

— E sobre Dare. Não esqueça que ele é parte do *ménage à trois*.

— Georgie, eu sei que você não gosta do Tristan, mas isso não tem nada a ver com ele. Por favor.

Georgiana o estudou por um tempo com os olhos verdes e reflexivos.

— Ouvi de uma meia dúzia de pessoas. Já que somos parentes, todos acharam que eu podia confirmar a história.

— Georgie...

— Estou chegando lá, Grey. A conversa mais interessante que tive foi com uma mulher que mal conheço, a sra. Hugh Brendale, creio eu. Ela disse que recebeu uma carta horrível da própria filha sobre a diretora. Pedi para ver a carta e ela me mostrou mesmo, a tolinha. A carta era anônima, claro, mas veio franqueada de Hampshire.

Ele estreitou os olhos.

— Só membros do Parlamento podem franquear... — De repente, tudo fez sentido. — Veio daqui. De Haverly.

— Foi a minha conclusão.

— Obrigado, Georgiana.

Ela foi até ele para beijá-lo na bochecha.

— Você sempre me diverte tanto, primo.

— Ah, mas eu ainda nem comecei.

Ele não havia franqueado nenhuma correspondência além da sua e duvidava que Tristan o tivesse feito. Como nem Dennis, nem Regina enviariam cartas condenando Emma, o tio deveria ter franqueado cartas para Blumton, Alice ou Sylvia. E ele tinha uma ideia muito boa de quem fora responsável por tudo.

⁓⧟⁓

— Vocês acham que fomos muito cruéis com ele? — perguntou Julia, quase tropeçando ao olhar para trás pela milésima vez.

Elizabeth fechou a cara. Ela sentia o mesmo, mas era culpa de Grey.

— Todas concordamos em deixar claro que estamos bravas com ele.

— Mas ele disse que explicaria tudo. Nem sequer demos uma chance para ele.

— Você só fala isso porque está apaixonada por ele — acusou Lizzy, enfiando as mãos no bolso da sua pelica antes de continuar andando.

— Não estou, não! Retire o que disse, Lizzy!

— Não.

— Parem com isso! — disse Mary, passando o braço pelo ombro de Elizabeth. — Eu estou quase apaixonada por ele e também estou brava. Vocês sabem o que dizem por aí. É por causa da presença de Grey na Academia e do que comentam que ele está… fazendo com a srta. Emma.

— Isso é horrível — lamentou Jane. — Deve ter algo que podemos fazer por ela.

Elas fizeram a curva da estrada e pararam. Lorde Dare estava deitado no meio da estrada, com os braços atrás da cabeça e os olhos fechados.

— Será que ele está morto? — perguntou Julia.

Elizabeth revirou os olhos.

— Por que ele estaria morto?

Mas, só por garantia, ela pegou um graveto e cutucou o visconde nas costelas.

Ele gritou e pulou, ficando de pé como se atingindo por um raio.

— Jesus amado!

Tentando abafar seu próprio grito de susto, Lizzy manteve o graveto levantado entre eles.

— Achamos que você estava morto!

— Bom, eu não estava — retrucou ele, massageando as costelas.

— Por que raios você estava deitado no meio da estrada?

Ele olhou na direção de Haverly e tirou a poeira do casaco.

— Se querem mesmo saber, estava esperando uma carruagem aparecer para ganhar uma carona até uma estalagem decente onde eu possa ficar indecentemente bêbado.

— Nenhuma carruagem passa por aqui, a não ser que você esteja indo para Haverly.

Lorde Dare suspirou.

— O que estão fazendo aqui, aliás? Onde está Emma?

Elizabeth de repente se lembrou que o visconde era amigo de Grey e correu para tapar a boca de Jane antes que ela respondesse.

— Espere um pouco. De que lado você está?

— Isso depende — afirmou ele. — Qual lado vai vencer?

— O nosso.

— Então estou do lado de vocês. O que estamos disputando?

— Não estamos disputando nada. Dissemos para Sua Graça que, se ele não quer nos contar por que todos estão tentando machucar a srta. Emma, então não queremos mais ser alunas dele.

O visconde ficou em silêncio por um momento.

— Ah. E o que a Sua Graça disse?

— Não quisemos saber.

Ele assentiu.

— A srta. Emma sabe que vocês deram um ultimato para Wycliffe?

Lizzy achou que era melhor Jane responder àquela pergunta, então deu um passo para trás.

— A srta. Emma já tem muita coisa para se preocupar.

Lorde Dare franziu a testa, mas gesticulou para que continuassem o caminho até a Academia, se colocando entre Elizabeth e Jane. Elizabeth não confiava muito nele, embora gostasse de como ele tentara explicar o perigo das apostas, mesmo sem sucesso.

— Hum… — disse ele. — Embora eu queira garantir que estou do lado de vocês, não acho que saibam de toda a situação. — Ele olhou na direção de Haverly mais uma vez. — Talvez eu corra o risco de perder parte do meu corpo, mas contarei a história terrivelmente verdadeira sobre um nobre cínico cujos olhos e mente foram abertos pelo amor e de uma fofoca maldosa que ameaça destruir tudo.

Aliviada por finalmente alguém ter se oferecido para explicar as coisas, Lizzy pegou a mão do visconde.

— Essa história tem um final feliz?

Lorde Dare riu.

— Não faço ideia. Talvez possamos ajudar com isso.

—⁓—

Emma odiava esperar. Andar de um lado para o outro e torcer as mãos parecia extremamente inútil, mas ela não conseguia pensar em nada de útil para fazer no momento. Barrar os portões e colocar canhões no jardim parecia um exagero para a chegada dos pais das alunas, embora acertar um tiro ou dois certamente seria bem satisfatório.

Mas ela não estava preocupada consigo mesma, nem com a maioria das alunas bem-nascidas. Elas teriam casas para voltar, e Emma provavelmente conseguiria encontrar trabalho como governanta em algum lugar. Estava mais preocupada com Elizabeth Newcombe e algumas outras alunas cujas vidas ela havia prometido melhorar.

A srta. Perchase subiu as escadas correndo.

— Srta. Emma, elas voltaram!

— Graças a Deus!

Seguindo a srta. Perchase até o corredor principal, Emma encontrou as cinco alunas desaparecidas no saguão, rodeadas por metade das residentes da Academia e sendo bombardeadas com perguntas. Ela mesma tinha algumas perguntas para as meninas.

— Onde vocês estavam?

— Fomos até Haverly — disse Jane, erguendo o queixo.

— Até Haverly? Para quê?

— Preferimos não dizer.

Lizzy estava olhando intensamente para ela, mas Emma não tinha ideia do que a garotinha estava procurando. Ela olhou para a multidão curiosa, então gesticulou para as cinco meninas entrarem em uma das salas privadas.

— Vocês sabem quantas regras quebraram? — perguntou ela, fechando a porta. — Vocês podiam ter se machucado! Ou se perdido! O que eu faria se isso acontecesse?

— O lorde Dare nos acompanhou até aqui — explicou Mary em seu tom baixo —, mas o Tobias não o deixou entrar.

— Estamos bem — afirmou Julia. — A Lizzy tinha um graveto.

— Não queríamos causar mais problemas — garantiu Jane. — Só queríamos cuidar de um assunto.

— E vocês não vão me falar que assunto é esse?

— Não.

Ela odiava essa parte do trabalho de diretora.

— Muito bem. Acho que todas vocês precisam refletir sobre o que fizeram e sobre o que seus pais e esta escola esperam de suas alunas. Para o quarto, agora. Vocês jantarão lá. Não quero vê-las até o café da manhã.

— Sim, srta. Emma.

Olhando para os próprios pés, as meninas saíram da sala em fila e subiram as escadas para seus aposentos.

Então elas não queriam contar o que estavam fazendo... Emma não podia culpá-las por sua relutância em confiar nela considerando as trapalhadas que andava fazendo, mas ela ainda era a diretora. Precisava descobrir o que estava acontecendo. Além disso, odiava com todas as suas forças ficar sentada esperando. Subiu as escadas, para pegar seu xale e seu chapéu, e voltou correndo para o saguão.

— Srta. Perchase, volto em breve — disse ela, saindo do prédio sem esperar uma resposta.

É claro que sua pressa não tinha relação alguma com o fato de que não via Grey desde o dia anterior. Como diretora da Academia, ela precisava saber de tudo o que estava acontecendo. Se o seu coração palpitava, era apenas porque estava preocupada, não porque estava ansiosa para beijá-lo.

Com toda a sua pressa, Emma não olhou para trás, então não viu cinco carinhas sorridentes espiando pela janela do primeiro andar.

# Capítulo 17

EMMA ANDOU RÁPIDO PELA ESTRADA. Não importava o que as meninas queriam dizer a Wycliffe; elas não podiam se dar ao luxo de ter mais problemas. As supostas heresias de Emma já eram ruins o suficiente, então qualquer coisa que as alunas fizessem de errado a partir de agora seria dez vezes pior.

Ela diminuiu o passo ao avistar a mansão. Havia duas carruagens novas atrás do estábulo, e Emma conteve um arrepio nervoso. Mais pessoas e, sem dúvidas, mais boatos. Ela tinha imaginado que precisaria discutir com um punhado de pais raivosos, não enfrentar um exército inteiro.

Hobbes abriu a porta antes que ela tivesse a chance de bater, e ela sorriu para o homem.

— Boa tarde. Eu... gostaria de ter uma palavra com Sua Graça, se ele estiver disponível.

O mordomo assentiu.

— Se não se importar, vou deixá-la no escritório de lorde Haverly enquanto descubro se o duque está disponível.

Ela queria perguntar sobre os novos convidados de Haverly, mas agora, mais que nunca, precisava agir como embaixadora da Academia. Por mais insegura que se sentisse por estar ali com todas as fofocas horríveis se espalhando como fogo em palha seca, ainda tinha um papel a cumprir. Por isso, manteve as mãos cruzadas na frente do corpo e seguiu o mordomo até o escritório para esperar por Grey.

Por hábito, ela caminhou até a mesa de jogos. Lorde Haverly, obviamente sentindo a derrota iminente, colocara seu último bispo na linha de frente como uma distração. No entanto, Emma estava com sede de vitória, e aquela parecia mais certa do que qualquer outra coisa em sua vida até então. Ignorando o plano de seu adversário, ela tirou um peão branco com sua torre e se posicionou para o golpe de misericórdia.

— Eu estava me perguntando como tio Dennis aprendeu a pensar em mais de três jogadas a frente de um dia para o outro.

Grey fechou a porta atrás de si e cruzou a sala até ela. Emma levantou o rosto, e seu pulso começou a palpitar instantaneamente. Com delicadeza, ele desfez o laço de baixo de seu queixo e tirou o chapéu. Ela deu um suspiro trêmulo com o toque.

Equilibrando o chapéu na ponta dos dedos, ele abaixou a cabeça e a beijou na boca. Emma sentiu um choque que percorreu seu corpo todo, mas também percebeu algo estranho. Então, deu um passo para trás e torceu o nariz.

— Você está com bafo de conhaque.

— De uísque, na verdade.

— Você está bêbado?

— Ainda não. Você me interrompeu.

Ela não conseguia decifrar sua expressão.

— Quer que eu vá embora?

— Não.

Ele a beijou de novo, de forma leve e lenta, como se fosse a primeira vez. Ela queria derreter em seus braços fortes. Mas algo estava diferente... o beijo estava mais profundo, calmo e centrado. Enquanto suas línguas se encontravam com mais ardor e uma quentura se espalhava por seu corpo, Emma se perguntou se ele havia trancado a porta. Afinal, embaixadoras não deveriam ser pegas beijando duques.

— Você tem novos convidados — disse ela, finalmente se afastando.

Grey manteve uma mão em seu cotovelo, impedindo-a de se afastar muito. Aquilo a deixou ainda mais excitada, embora a presença dele já fosse o suficiente.

— Apenas minha mãe e minha prima.

— Achei que estivesse se escondendo.

— Fui descoberto. — Ele encostou a testa na dela. — A situação é terrível. Da próxima vez, manterei minha boca fechada e meus olhos abertos, Emma. Prometo.

Ela engoliu em seco. Por que ele estava prometendo coisas? Ele nunca fizera isso antes...

— Tenho tanta culpa no cartório quanto você — afirmou ela, agradecida por sua voz não soar trêmula. — Mas não estou aqui para analisar níveis de culpa. Suas alunas me contaram que vieram até Haverly esta manhã, mas não disseram o porquê.

— Sim. Elas disseram que me consideram culpado por todo e qualquer boato e que, a menos que eu explicasse o que estava acontecendo, não queriam mais meus serviços.

Emma olhou para o chão e conteve um sorriso. Por Deus, como ela amava aquelas meninas.

— E o que você disse a elas? — perguntou, levantando a cabeça de novo.

— Nada. Quanto menos elas souberem, melhor. — Ele suspirou. — Mas precisamos pensar em algo para dizer. Não posso perder a aposta sem minhas alunas.

— Perdendo ou ganhando, não vejo uma saída para esta situação.

Ele a fitou.

— Acho que tenho uma solução.

Ela segurou a manga de seu casaco.

— É mesmo? Qual?

Grey ficou em silêncio por alguns segundos, apenas estudando seu rosto. Seja lá qual fosse sua solução, ele parecia estar falando sério. Emma o agarrou pela lapela e o sacudiu levemente.

— *Fale*. Qual é a sua solução?

— Casam...

A porta se abriu e uma mulher com ares de superioridade e o cabelo preto arrumado em um penteado chique entrou na sala. Os dedos de Grey apertaram um pouco o cotovelo de Emma, mas ele logo a soltou.

— Mãe — cumprimentou ele.

Ela parou no meio da sala e pousou o olhar inquisitivo em Emma.

— Então você é a diretora que está servindo Dare e meu filho durante a temporada — disse ela.

O duque falou algo baixo e curto como resposta, mas Emma não ouviu. Toda Londres, até a *mãe* de Grey, achava que ela era uma devassa. A Academia estava arruinada. Pontos brancos começaram a piscar em sua visão, e ela conseguia ouvir o barulho de seu sangue pulsando pelo corpo. Então, tudo ficou preto.

—ᏖᏞᏖ—

Grey ouviu Emma perder o fôlego e se virou a tempo de segurá-la antes que ela caísse no chão. Com o coração galopando, ele a segurou no colo e saiu do escritório, mal notando a mãe no caminho.

— Hobbes! — gritou ele, subindo dois degraus de cada vez na escada. — Preciso de sais aromáticos! E mande chamar um médico!

Ele mal ouviu a comoção da casa atrás de si, pois toda a sua atenção estava no corpo amolecido em seus braços. Inferno! Ele fizera aquilo com Emma — ele, sua estupidez e seu egoísmo. Deveria ter contado a notícia a ela antes que um estranho usasse a informação para machucá-la.

Praguejando, chutou a porta de seu quarto, soltando a madeira das dobradiças. Então, carregou Emma para dentro e a colocou na cama com os braços tremendo.

— Emm? — sussurrou ele, tirando uma mecha de cabelo vermelho da frente do rosto delicado. — Emma?

— Saia da frente — disse sua mãe, pegando um pote de sais aromáticos de um mordomo ofegante que quase esbarrou em outro na soleira da porta.

Atordoado, Grey abriu espaço enquanto a mãe se inclinou sobre Emma, afrouxou o laço de sua pelica e segurou o pote sob o nariz da diretora. Depois do que pareceram horas, mas devem ter sido apenas segundos, os olhos de Emma se abriram. Passado um momento, ela respirou fundo e, em seguida, afastou o pote de sais aromáticos para longe de seu rosto com a mão.

— Jesus! — exclamou ela com voz rouca, tossindo enquanto se sentava.

— Fique deitada — ordenou Grey, finalmente conseguindo respirar.

Os olhos cor de mel encontraram os dele, mas logo se desviaram.

— Besteira. Fiquei com um pouco de calor por conta da caminhada que fiz até aqui. Estou bem.

Mais passos soaram pelo corredor e Grey soube que o maldito Tristan estava chegando sem nem precisar olhar para a porta.

— Emma? — chamou o visconde, abrindo caminho pela plateia de criados e convidados que havia se formado na entrada.

— Lorde Dare — disse ela, ficando ainda mais pálida.

Olhando para a mãe de Grey em clara humilhação, Emma apressou-se para a beirada da cama.

— Sua Graça, poderia solicitar que alguém me leve para a Academia? Sinto que fiz muito esforço. Eu deveria ter vindo com a Pimpinela, mas o dia estava tão gostoso e...

— É claro — falou Grey, segurando-a pelo cotovelo, mas ela se soltou.

— Talvez Hobbes possa me ajudar — sugeriu ela, com a voz trêmula.

— Você deveria ficar aqui — insistiu Grey, alarmado mais uma vez. — Pelo menos até se sentir melhor.

Ou pelo menos até ele ter tempo de explicar que havia uma maneira de consertar tudo, para que ninguém mais pudesse insultá-la de novo e sair impune.

— Vou me sentir melhor na Academia — afirmou ela secamente, ainda evitando seu olhar. — Gostaria de partir agora, se possível.

Com um rápido olhar para Grey, Hobbes ajudou Emma a se levantar. Ao chegarem ao corredor, Grey notou que a multidão de criados havia diminuído perceptivelmente — e com tal velocidade que sua mãe decerto estava envolvida. Ele iria agradecê-la mais tarde, depois de expressar sua raiva pela língua solta dela.

Dare desceu correndo a escada na frente e segurava a porta do faetonte aberta quando eles chegaram à entrada principal. Emma se apoiou no mordomo até o cavalariço segurá-la pela cintura e ajudá-la a subir no veículo.

Incapaz de se conter, Grey se aproximou do faetonte enquanto o cavalariço dava a volta no veículo para subir no assento.

— Emma, por Deus, não saia daqui assim — sussurrou ele.

Ela ainda evitava seu olhar e fingiu estar ocupada prendendo o chapéu que um lacaio havia trazido.

— Por favor — continuou ele. — Eu prometo que tudo...

— Não faça promessas que não conseguirá cumprir — respondeu ela baixinho, em um tom sombrio. — Nunca esperei muito de homens. Tenha um bom dia.

O dia estava tudo menos *bom*, e piorava a cada momento. Ele fizera a mulher de que gostava desmaiar e permitira que ela partisse num faetonte, *sem uma acompanhante*, com outro homem.

— Sua mãe requisita sua companhia, Sua Graça — informou Hobbes, ofegante e com o rosto vermelho. — Ela está no escritório do conde.

O mordomo provavelmente nunca tinha visto tanto caos em um só dia durante todo o seu tempo na mansão.

— Obrigado, Hobbes. E beba um pouco de conhaque.

— Obrigado, Sua Graça.

A mãe de Grey estava sentada na escrivaninha do escritório lendo uma carta quando ele entrou e fechou a porta.

— Aquilo foi imperdoável — disse ele.

— Você poderia ter mencionado isso para mim antes da chegada dela a Haverly — respondeu a mãe, ainda lendo a carta.

— Eu não achei que você precisasse que *eu*, de todas as pessoas, a alertasse contra repetir fofocas ou ferir o sentimento de alguém.

Ela olhou para cima.

— Desculpe, querido, mas por acaso você acabou de dizer que uma mulher tem sentimentos?

Ele se apoiou na porta.

— Que baita modo de provar um argumento…

A duquesa suspirou.

— Eu sei que devo desculpas à srta. Emma. Ela não é nada do que eu esperava.

Grey fez uma cara feia. Fosse lá o que aquilo significava, ele não gostava nada. E nem sob tortura ele alimentaria as suspeitas da mãe com qualquer tipo de resposta.

— Você me chamou aqui, mas se o que procura é companhia enquanto lê suas cartas, vou chamar Georgiana — afirmou ele, mudando de assunto.

A mãe voltou a ler a carta.

— Não estou lendo minhas cartas. Estou lendo as suas.

— *O quê?*

Grey só conseguia olhar para a mãe. Ele sabia exatamente que cartas ela estava lendo, é claro; a duquesa não perderia tempo investigando suas correspondências de negócios. Ela devia ter notado as cartas em sua mesinha de cabeceira enquanto Grey estava distraído com Emma.

— Do mesmo jeito que permito que você se intrometa na minha vida, também sou muito capaz de mantê-la fora dela — ameaçou ele, estreitando os olhos.

Ela dobrou a carta novamente.

— Por Deus, Greydon. Como eu poderia saber que você gosta mesmo dela? Você nunca deu a mínima para os seus casinhos. Praticamente largou Caroline nua no meio de um salão de baile. É claro que preciso ler suas cartas. Você nunca me *conta* nada. — Ela se endireitou na cadeira. — Que tal começar a fazê-lo agora?

— O que tenho a dizer é que as coisas ficaram um tanto... complicadas — desconversou ele. — Pedirei uma última vez para que fique fora disso.

A duquesa ficou de pé.

— Embora eu possa fazer o que me pede, duvido que outros nobres serão tão pacientes. — Ela foi até a porta e lhe entregou a carta. — A diretora terá uma multidão raivosa atrás dela em poucos dias. Na verdade, ela mesma os convidou para a Academia, pelo que ouvi. E temo que eles sejam bem menos diplomáticos do que eu fui.

— Eu sei. — Grey abriu a porta, então hesitou. — Talvez eu precise que uma mulher... fale a favor dela.

— Não prometerei nada enquanto não conversar direito com ela.

— Justo.

Agora ele precisava garantir que Emma se dignasse a falar com um deles depois da confusão daquela tarde. Quase conseguira sugerir que Emma se casasse com ele para acalmar os boatos, mas agora ela provavelmente não acreditaria nele.

Pelo menos ele tinha parte de um plano de batalha. E a primeira ordem do dia era separar os inimigos dos aliados. Só então poderia se aproximar da bela donzela e descobrir se ela permitiria que ele a salvasse.

Focado nisso, Grey foi procurar Sylvia. Ele a encontrou quando ela estava saindo para um passeio no jardim. Pelo que ele soubera, a mulher não gostava do ar do campo; obviamente tinha ouvido que ele estava de olho nela.

— Permita-me acompanhá-la — disse ele, oferecendo o braço.

Lady Sylvia assentiu com um sorriso charmoso.

— Você está galante hoje.

— Eu não apostaria nisso.

Guiando-os além da bifurcação que levava ao jardim de flores silvestres, Grey os manteve em direção ao parque e ao lago distante. Empurrá-la na água estava começando a parecer a melhor ideia que tivera o dia todo — exceto se casar com Emma, é claro.

— Ah. Talvez você possa me responder uma pergunta, então.

Ele ergueu uma sobrancelha.

— Que pergunta?

— Por que estamos andando rápido neste passeio tão agradável?

Eles estavam *mesmo* andando rápido em direção ao lago. Respirando fundo, ele diminuiu o ritmo.

— Isso depende de como você responderá três perguntas minhas.

— Pergunte, Grey.

— Primeiro, para quem você enviou duas cartas na última semana? As que você convenceu meu tio a franquear.

Sylvia olhou rápido de soslaio para a casa, como se quisesse ver se mais alguém estaria fazendo um passeio naquela tarde.

— Minha nossa, você faz perguntas muito pessoais. Primeiro sobre minha relação com o lorde Dare, e agora sobre minha correspondência privada. Vou começar a acreditar que está com ciúme, Grey.

*Nem se você fosse a última mulher do mundo.* Mas sua postura evasiva confirmou as suspeitas.

— Segundo — continuou ele em tom frio, guiando-os pelo caminho sinuoso até a colina —, por que você mandaria *qualquer* tipo de carta quando, se bem me lembro, me prometeu antes de sairmos de Londres que não revelaria nossa localização para ninguém?

Ele conscientemente manteve as perguntas focadas nele, e não em Emma. Ele já causara problemas suficientes para ela sem adicionar lady Sylvia Kincaid à lista.

As bochechas de porcelana da mulher empalideceram sob a maquiagem.

— Ah, minha nossa. Alguém nos entregou? — Ela colocou a mão sobre o coração, fingindo inocência muito melhor que Alice. — Espero que não pense que escrevi para a duquesa ou lady Georgiana, pois garanto que não o fiz.

Grey parou para encará-la. Ele ficou em silêncio, observando-a enquanto ela olhava dele para o lago próximo e de volta, sua expressão de inocência em conflito com a de quem percebia algo terrível.

— Grey...

— Pois não?

— No que está pensando?

— Estou decidindo qual será minha terceira pergunta. — Ele cruzou os braços. — A primeira opção que vem à minha mente é: *você sabe nadar?*

Sylvia deu um passo para trás.

— Você não pode estar falando sério.

— O que a faz acreditar que não estou?

— Isso é um ultraje! Qualquer um teria feito a mesma coisa, eu só tive a ideia primeiro, até porque Alice tem a inteligência de uma salamandra. Uma mulher precisa lutar pelos próprios interesses.

Emma dissera a mesma coisa, mas por razões completamente diferentes. E por mais satisfatória que fosse a ideia de empurrar Sylvia no lago, ele teria problemas para justificar isso à diretora e a si mesmo.

— Lady Sylvia, arrume suas malas. Uma de minhas carruagens levará você de volta para Londres na próxima hora. Se a vir novamente, não terei a cortesia de perguntar se você sabe nadar antes. Saia da minha frente.

Ela abriu a boca, olhou para o lago de novo e rapidamente virou-se para a mansão. Grey a observou entrar antes de fazer o caminho de volta. Outro convidado de Haverly também precisava voltar para Londres antes que ele tentasse falar com Emma de novo.

Alice estava no piano tocando algo sombrio de Bach. Ela nunca foi muito discreta, embora ele tivesse gostado disso no início.

— Alice?

Ela olhou para cima, perdendo a sequência das notas.

— Sylvia acabou de passar por aqui. Você também vai me mandar embora, suponho?

Poucas semanas antes, ele simplesmente responderia "sim" e mostraria o caminho da rua. Agora, ele hesitou, procurando uma maneira diplomática de respondê-la. Afinal, ela cumprira sua parte do relacionamento. Ela era o que era; qualquer insatisfação da parte de Grey era culpa dele mesmo. Emma Grenville era uma professora ainda melhor do que ele imaginara, se o fizera considerar os sentimentos de Alice Boswell.

Grey deu de ombros.

— Nós dois sabemos que você ficará mais feliz em Londres. E não tenho dúvida de que encontrará um... amigo mais agradável do que fui para você.

— Não seja simpático agora — fungou ela, segurando as saias para ficar de pé. — Eu não ficaria nem que me pedisse.

— Então por que veio para Hampshire?

— Gosto do seu dinheiro. E espero um presente muito lindo quando você voltar para Londres. Algo brilhante.

— Conte com isso.

— Ótimo.

Enquanto Alice subia para chamar sua criada e fazer as malas, Grey foi ao estábulo. Emma ainda estaria com raiva e magoada, mas ele precisava explicar algumas coisas.

—⁓⁓—

Emma observou enquanto o faetonte partia da Academia e Tobias fechava os portões. Quando o veículo desapareceu na estrada, ela se jogou no degrau mais alto da entrada e afundou a cabeça nos braços cruzados.

Isabelle apareceu correndo pela porta principal.

— Emma, o que aconteceu?

— Ai, Isabelle, que manhã...

A professora de francês se sentou ao seu lado.

— Conte-me.

— As alunas de Wycliffe fugiram e não me disseram o motivo de terem ido visitar Sua Graça, então fui a Haverly perguntar.

— Mas é claro.

— Mas, quando cheguei, a duquesa de Wycliffe e seus acompanhantes haviam acabado de chegar de Londres.

— *Mon dieu!* Os... boatos?

— Aparentemente, sim — disse Emma, ficando com o humor ainda pior ao se lembrar do ocorrido. — De qualquer forma, decidi que, como embaixadora da Academia, eu deveria usar a oportunidade para causar uma boa impressão.

Ela ficou em silêncio. Sua mente e seu coração ainda não estavam prontos para encarar o que de fato havia acontecido no escritório do lorde Haverly. Ela realmente não podia se culpar por desmaiar. Ouvir a duquesa dizer aquelas coisas... Fora quase tão ruim quanto ser mandada para as ruas de Londres doze anos antes.

— Continue — falou Isabelle. — Você é a embaixadora da Academia para Haverly.

Emma levantou a cabeça, viu a curiosidade e a preocupação nos olhos da amiga, e abaixou o rosto de novo.

— A embaixadora desmaiou.

Silêncio.

— Você disse... desmaiou?

— Sim. Quando abri os olhos, estava no quarto do duque, com a duquesa segurando sais aromáticos embaixo do meu nariz. Será que algo conseguiria ser pior que isso? — lamentou Emma, a voz abafada em seus braços. — Será que existe algo mais que possa fazer para arruinar a Academia?

— Calma, ainda precisamos ver o desdobramento dessa situação — falou Isabelle de forma enigmática.

Emma se endireitou e viu o olhar da amiga voltado para os portões da frente. Ela olhou, também, e seu coração deu um salto. Grey estava montado em Cornualha, discutindo com Tobias. O porteiro obviamente não queria deixá-lo entrar, e o duque decerto não aceitaria a negativa.

Ela queria que ele entrasse, para que pudesse gritar com ele por não ter lhe contado o quão horríveis os boatos haviam se tornado, uma vez que obviamente sabia de tudo. Qual era o maldito plano dele, afinal? Humilhá--la ainda mais?

Tobias olhou para ela por cima do ombro, com uma expressão suplicante, e com um pequeno suspiro ela acenou com a cabeça. O pobre faz-tudo não deveria ter que suportar o fardo da sua ingenuidade. Evidentemente impaciente, Grey guiou Cornualha para a frente assim que os portões se abriram.

— Isabelle — chamou Emma, ficando de pé —, solicito uma palavra em particular com Sua Graça.

— Tem cert...

— Sim, tenho.

Grey a alcançou quando Isabelle fechava as pesadas portas duplas da Academia atrás dela. Emma gostava de seu lugar no degrau mais alto, porque, quando Wycliffe desmontou e caminhou até ela, eles tinham praticamente a mesma altura.

— Emma, você não pode achar que...

— Espere um momento, Sua Graça — ordenou Emma, ficando surpresa com o próprio tom frio. — Não espero que pense em mim ou me olhe de forma diferente de como encara outras mulheres, mas teria sido decente da sua parte ter se dado ao trabalho de me contar que até sua mãe...

— Eu ia contar — interrompeu ele, fazendo uma careta. — E não tenho intenção alguma de deixar que mais alguém a machuque. Nunca mais.

— E como você propõe que isso aconteça?

A escolha de palavras de Emma o fez engolir em seco. Ela não parecia receptiva a *qualquer* proposta que ele pudesse oferecer — e, à luz dos argumentos dela, a ideia quase parecia uma saída covarde. Na verdade, era praticamente um atalho para consertar as coisas, pois a deixaria sob a proteção de seu nome. Ele devia a ela mais que isso.

— Emma, ainda temos tempo de consertar tudo.

— *Você* ainda tem tempo — rebateu ela. — Ninguém se importa se você sai da linha. — Ela alisou a saia. — Nada disso é útil e, para ser honesta, sua presença aqui também não é. Por favor, vá embora.

Ele a encarou por um momento, olho no olho. Então, com um leve aceno de cabeça, montou em Cornualha.

— Está bem, Emma. — O cavalo trotou, e ele puxou as rédeas para controlar o animal. — Mas não importa se você já desistiu. Eu não desisti.

Ela não respondeu, então ele virou-se para o portão. Ao mesmo tempo, a porta da escola se abriu e Elizabeth Newcombe disparou como um raio para a escada.

— Gr... Sua Graça!

Ele parou e olhou por sobre o ombro.

— Srta. Elizabeth?

Emma observou a aluna mais nova da Academia marchar até o cavalo e entregar um pedaço de papel dobrado para Grey.

— Queremos esclarecer nossa posição — explicou, de forma tão perfeita que ela certamente devia ter decorado a frase.

Grey pegou o papel e o guardou no bolso. Antes que ele dissesse algo, Lizzy já havia voltado à escada e pegado a mão de Emma.

Então ele acenou com o chapéu, deu um toquinho em Cornualha e partiu. Tobias fechou o portão com um estrondo que ecoou como um mau agouro.

— Devíamos tomar chá — falou Lizzy, olhando para ela. — Porém, não posso sair do meu quarto.

Emma enxugou uma lágrima que escorreu em sua bochecha.

— Tomaremos chá amanhã — disse ela.

Isso se o coração dela não parasse até lá. No momento, não apostaria em suas chances de sobrevivência.

# Capítulo 18

Mulheres.

Grey preferia a época em que apenas considerava todas como armadilhas para homens disfarçadas com vestidos bonitos e perfumes. Ele obviamente cometera um erro grave e agora estava pagando por isso.

No período de uma manhã, dissera à mãe que não tinha absolutamente nenhuma intenção de se casar. Então, a mulher com quem ele estava começando a pensar que gostaria de passar junto o resto de sua vida o rejeitara antes mesmo que Grey tivesse a chance de pedi-la em casamento. Para piorar, suas alunas o dispensaram, mitigando qualquer chance que ele tinha de perder a aposta com um pingo de dignidade.

Havia imaginado que ser o duque de Wycliffe garantiria que a bagunça com a Academia seria resolvida facilmente. Bastariam algumas palavras bem escolhidas e, como mágica, os problemas desapareceriam. No entanto, sua arrogância ricocheteara com força bem na sua cara. Pior ainda, ele havia agravado a situação de Emma com seu erro. Ela era a mulher mais altruísta, generosa e misericordiosa que ele já conhecera, e no momento ela mal conseguia encará-lo.

Grey praguejou. Conseguir o que queria sempre foi tão fácil que metade do tempo parecia não valer o esforço. Naquele momento, porém, não conseguia nem respirar quando pensava na possibilidade de nunca mais ver Emma. Agora que conseguir o que queria não era uma questão de orgulho ou conforto, mas de sua capacidade de continuar vivendo, ele não tinha ideia do que fazer.

O duque quase passou direto pelo cavalo preto que pastava na sombra perto do lago com patos. Tristan estava encostado em uma árvore, os braços cruzados sobre o peito e um charuto preso entre os dentes.

Grey não estava nada disposto a conversa fiada e, com um aceno rígido, apressou Cornualha pelo caminho. Antes de sair de vista, Tristan se abaixou e ergueu uma garrafa que estava a seus pés.

— Tenho uísque — afirmou ele, soltando uma nuvem de fumaça.

Um minuto depois, sentado em uma das pedras na margem do lago e com um charuto em mãos, Grey tomou um longo gole de uísque.

— Ainda bem que você existe, Tris.

— Peguei essa garrafa no minuto em que vi sua prima — explicou o visconde com o charuto entre os dentes. — Sua família me odeia, não é?

— Georgiana deve ter se oferecido para vir quando descobriu que você estava comigo.

— Duvido. — Aceitando a garrafa de volta, Tristan deu um gole. — Brincadeiras à parte, o que diabo está acontecendo com você?

Ser criticado também era uma experiência nova, da qual ele gostava apenas quando partia de Emma.

— Por quê?

Tristan deu de ombros.

— Se eu tivesse o que você tem, não estaria aqui, sentado e bebendo com alguém como eu.

Grey o estudou enquanto pegava a garrafa de novo.

— E o que eu tenho, exatamente? Todos sabemos que fui um completo idiota e que agora estou pagando o preço.

— É muito bom ouvi-lo admitir isso. Por acaso você recebeu alguma carta nas últimas horas?

Grey franziu a testa e puxou o bilhete de Lizzy do bolso. Ainda desconfiado de Dare, ele abriu a carta.

— Algo de interessante?

Grey leu a curta mensagem duas vezes. Na caligrafia caprichosa de Jane, dizia apenas:

— "Queremos ajudá-lo a perder." — Ele levantou a cabeça. — E suponho que você tenha algo a ver com isso.

— Posso ter contado a elas uma coisa ou duas. — Terminando o uísque, Tristan se levantou. — Você causou isso, Grey. Conserte as coisas.

— Estou tentando — resmungou ele. — E não preciso que me diga o que eu fiz de errado.

— Bom, se decidir que precisa de mim para alguma coisa, estou disponível. — O visconde montou na sela. — Pode me considerar seu padrinho em um duelo.

O charuto e o uísque pareceram ajudar a limpar os pensamentos de Grey. Sua principal tarefa era obviamente salvar a Academia. A aposta havia se tornado uma preocupação secundária. A vitória ou derrota de Emma não faria nenhuma diferença, pois ela já havia sido julgada e condenada por metade de Londres.

Se ela aceitasse seu pedido de casamento, ficaria protegida. E ele se casaria com Emma Grenville; o como e o quando viriam depois. No entanto, Grey não tinha ideia de como os pais das alunas da Academia veriam essa união. Ele não via nenhuma maneira possível de a Academia sobreviver a tudo aquilo. Quisera fechar o lugar no primeiro momento, mas, agora que mudara de ideia, parecia provável que teria sucesso em seu plano inicial.

Ele voltou ao escritório do tio para escrever uma resposta rápida às alunas, agradecendo a generosidade e a cooperação e sugerindo um encontro logo pela manhã. Incluí-las no plano seria complicado, já que não podia correr o risco de expô-las a mais escândalos, mas Grey também não queria que as meninas tivessem raiva dele — e, de fato, precisava de ajuda. Além disso, não tinha muito tempo.

—m—

— Não! Absolutamente não!

O pequeno escritório de Emma estava abarrotado de alunas e seus protestos.

— Mas nós *prometemos*, srta. Emma — alegou Lizzy com uma expressão séria.

— Ele me disse que vocês o dispensaram. Não precisam vê-lo de novo. Já temos muitos problemas.

— Exatamente — falou Jane. — E agora precisamos consertá-los.

— O problema não é de vocês para terem que consertá-lo. É meu.

Por mais que apreciasse o esforço das alunas, Emma era responsável pelo futuro das meninas.

Elizabeth contornou a escrivaninha recém-reparada.

— Eu não tenho para onde ir — disse ela. — Quero ficar aqui. Você precisa nos deixar ajudar.

Uma lágrima rolou pela bochecha de Emma. Ela havia arruinado tudo, especialmente para a pequena Lizzy.

— Elizabeth, você não pode consert...

— Uma promessa é uma promessa — falou uma voz calma da direção da porta.

Emma pulou da cadeira.

— Alexandra! — ofegou ela, sentindo o mais puro alívio invadir seu corpo ao ver a mulher loira e alta na porta. — Senhoritas, por favor, peço que nos deem licença por um momento.

— Mas combinamos de encontrá-lo *esta manhã* — insistiu Lizzy.

— Um atraso de cinco minutos não é considerado rude — informou ela, empurrando as meninas para a porta.

— Pode pedir para alguém dizer a Tobias que Lucien tem permissão para entrar? — solicitou Alexandra, assentindo enquanto as meninas faziam uma reverência.

— Lizzy, Jane, peçam para o Tobias deixar o lorde Kilcairn entrar e tragam-no aqui.

— Sim, srta. Emma.

Assim que Henrietta fechou a porta, Emma correu para abraçar a condessa.

— Você está radiante, Lex — disse ela, com a voz embargada e os olhos lacrimejando.

— Me sinto muito desajeitada — afirmou Alexandra, acariciando a barriga redonda quando Emma a soltou do abraço apertado.

Agora que a ajuda havia chegado, Emma não sabia exatamente como explicar tudo — provavelmente porque não tinha nenhum motivo lógico para nada do que fizera desde a aparição de Wycliffe.

— Vocês chegaram rápido.

— Eu já estava com as malas arrumadas desde que ouvi os boatos. Quase perdemos sua carta ao partir de Londres. Vix e Sin devem chegar até o meio-dia. — Lady Kilcairn tirou o xale e o dobrou no encosto de uma cadeira. — Emma, não sei o quanto você ouviu, mas...

— Eu ouvi o bastante — explicou ela, ficando abatida novamente.

— Como isso aconteceu? — Alexandra sentou-se com cuidado em uma das cadeiras duras do escritório. — Ninguém que conhece você pensaria que...

— Não vamos falar dos detalhes, Lex, por favor. Eu só... não sei o que fazer.

Alexandra a encarou.

— Nunca ouvi você dizer isso antes.

— Ando repetindo muito isso nos últimos dias. Não sei o que deu em mim, e não tenho explicações para nada.

Alguém bateu na porta, e ela foi abri-la. Lizzy e Jane, com olhos arregalados, cercavam um homem esguio e alto vestido completamente de preto. Suprimindo um sorriso, ele acenou para ela.

— Suas guardas são praticamente amazonas.

— Milorde. — Emma deu espaço para o conde da Abadia de Kilcairn entrar no escritório. — Obrigada, senhoritas. Não saiam da escola sem mim.

— Ai, que infortúnio — resmungou Elizabeth enquanto fechava a porta.

Kilcairn foi até o outro lado do cômodo para olhar pela janela.

— Depois de todos os boatos que ouvi e do carisma do seu porteiro, eu esperava encontrar um ambiente mais *boudoir*.

— Lucien, não piore as coisas — alertou Alexandra. — Seja útil.

— Posso tentar se alguém me disser o que está acontecendo, afinal. — Ele se sentou no parapeito da janela. — E é melhor avisar ao porteiro simpático que o Althorpe está chegando. Aposto que o humor dele estará pior que o meu quando chegarem.

— Farei isso.

Emma abriu a porta de novo e encontrou metade do corpo estudantil espiando no corredor — como se cinquenta meninas curiosas conseguissem espiar discretamente. Ela instruiu Henrietta e Julia a avisar Tobias e ordenou que o restante das alunas sumisse dali antes de voltar ao escritório.

— Vocês ficariam mais confortáveis em uma das salas de estar?

— Na verdade, desde que saímos de uma estalagem esta manhã, estive pensando naquelas poltronas antigas que sua tia mantinha em uma das salas. Elas ainda estão lá?

— É claro. Não deveria nem ter pedido para que subissem aqui.

Outra lágrima escorreu pelo rosto de Emma. A tia Patricia nunca permitiria que uma bagunça como aquela acontecesse.

— Hum... — refletiu Lucien com um olhar ameaçador na direção de Haverly. — Parece que vou mesmo precisar atirar em Wycliffe.

— Não até ouvirmos o que a Emma tem a dizer, Lucien.

Alexandra deu um tapinha no ombro do marido.

A Academia vinha em primeiro lugar, lembrou Emma a si mesma. As alunas e a Academia. Sua vergonha não importava. Sua felicidade não importava. Mas, às vezes, desde que ela conhecera Grey, Emma desejava que importassem, sim.

Eles foram ao andar de baixo e se acomodaram na sala de estar mais próxima. Com um suspiro, Alexandra afundou-se na poltrona mais antiga e macia do cômodo. Lucien riu e pegou uma almofada para a esposa, e então acomodou-se no braço de uma poltrona próxima para entrelaçar suas mãos. Por conhecer a reputação de homem perigoso do conde, Emma ficou surpresa com a mudança. O amor parecia ser capaz de fazer milagres para todos, menos para ela, e lamentou a constatação.

— Certo, estou o mais confortável que estarei no próximo mês — anunciou Alexandra. — Conte-nos o que aconteceu.

Suspirando, Emma contou tudo, começando com o acidente de carruagem de Wycliffe e terminando com a nota que ele enviara às meninas. Ela deixou de fora apenas as partes que envolviam beijos e corpos nus. Afinal, essas coisas importavam apenas a ela, e era tarde demais para sua reputação. Pedira ajuda para salvar a Academia — não seus sonhos destruídos de respeito próprio e de Greydon Brakenridge.

— E por causa disso as fofocas decidiram que você era Dalila e Jezebel ao mesmo tempo? Parece que tem algo faltando na história... — concluiu o conde quando ela terminou.

— O que está insinuando? — perguntou ela, tentando não corar e sabendo que havia falhado miseravelmente.

A porta da sala abriu com um estrondo e um furacão de cabelo preto e olhos violeta prendeu Emma em um abraço.

— Onde está esse maldito Wycliffe? Eu mesma vou atirar nele!

O duque estava mais encrencado do que imaginava. Um homem de cabelo escuro e dois ou três anos mais novo que Kilcairn, mas com o mesmo porte, entrou na sala em seguida.

— Emma, seu porteiro é mais raivoso do que eu me lembrava — disse ele, acomodando o pacotinho envolto num cobertor que carregava.

— Lorde Althorpe — cumprimentou ela, fazendo o máximo de uma reverência que conseguiu com Vixen ainda pendurada nela. — E este deve ser o Thomas.

O marquês sorriu, trocando sua expressão de ameaçadora para amável em segundos.

— Isso mesmo.

Ele estendeu o pacotinho e lady Althorpe soltou Emma para segurá-lo.

— Thomas, conheça sua outra madrinha — falou ela com um sorriso.

Emma olhou para dentro do pacotinho e viu dois olhos grandes e castanhos piscando com sono. O pequeno Thomas Grafton, o mais novo visconde Dartingham, bocejou e esticou as mãozinhas no ar.

— Nossa, Victoria, ele é perfeito.

— Até ficar com fome — apontou o marquês, também com um sorriso no rosto. — O choro dele consegue fazer as janelas tremerem.

Vixen riu.

— É indescritível. — Então, os olhos violeta ficaram sérios. — Creio que perdemos os detalhes da história, mas parece que foi uma aposta com Wycliffe que começou toda essa bagunça?

Emma suspirou. Por dois minutos, ela conseguira esquecer tudo ao sentir a felicidade de ver as amigas de novo. Mesmo que, no fundo de sua mente, olhar para o pequeno Thomas a fizesse pensar em como seria a aparência de um filho dela com Grey.

— A aposta e a... interpretação de alguém sobre nossos encontros — admitiu ela, afastando os devaneios ridículos de sua cabeça.

— Pode resumir os pontos importantes? — Victoria entregou o filho para Sinclair e abraçou Emma de novo. — Não aguento vê-la tão devastada.

— Também quero ouvir tudo novamente — afirmou o conde.

— Durante o almoço, talvez?

— Almoço? — Emma piscou, confusa. — Já é tarde assim?

— Estou faminta — disse Alexandra. — Apesar de sempre estar esses di...

— Ai, não! — Ela disse às meninas que teria uma resposta em cinco minutos, e já haviam se passado muitos cinco minutos. — Volto logo!

— Emma?

— Só um momento.

Ela correu para o corredor abandonado e verificou a sala onde tinham as aulas de elegância social na ausência de Wycliffe, mas as meninas não estavam lá. Com um pânico crescente, correu para a porta da frente. Se elas tivessem se aventurado novamente, sem escolta, até Haverly, ninguém acreditaria que a escola era nada além de um refúgio para mulheres espevitadas e fáceis, sendo ela mesma a pior de todas.

Quando chegou aos jardins, parou de supetão. Um grupo de alunas estava no portão conversando com alguém do lado de fora. Tobias estava acompanhando tudo de cara feia.

— Senhoritas, o que estão fazendo aqui fora? — perguntou ela enquanto se aproximava a passos rápidos.

— Estamos tendo o nosso encontro — afirmou Lizzy. — Não fizemos nada que você disse que não podíamos.

Ela precisava urgentemente começar a ser mais específica em suas instruções.

— Quando eu falei que vocês não podiam sair da escola, pensei que estava implícito que também não poderiam conversar com ninguém de fora.

— Emma, elas estão apenas tentando ajudar — falou uma voz rouca e masculina do outro lado do portão.

Emma fez uma careta e tentou ao máximo impedir um arrepio em sua espinha.

— Da última vez que nos falamos, sua intenção era perder a aposta, Sua Graça.

— E ainda é.

Grey apoiou-se contra o portão, os olhos verdes seguindo cada movimento dela.

— Estive pensando sobre a situação. Com os boatos sobre minha... decência, não posso permitir que minhas alunas se comportem mal ou pareçam ridículas, e certamente não permitirei que elas mintam. O desserviço a elas seria maior que qualquer benefício à Academia.

— É sobre isso que estamos conversando — disse Jane com um semblante sério. — Não somos tolas, srta. Emma.

— Sei que não. Estou apenas... muito esgotada.

— É por isso que estamos ajudando — insistiu Elizabeth, a que mais tinha a perder, e deu um sorriso motivador para Emma. — Vai ficar tudo bem.

Ela forçou um sorriso para a aluna, esperando que ele parecesse mais genuíno do que ela sentia.

— Espero que sim. — Olhando de soslaio para Grey, já que não tinha força o suficiente para encontrar os olhos dele, ela esfregou as mãos. — Só mais dez minutos, e então vocês entrarão para almoçar.

— Emma — chamou Grey, antes que ela pudesse escapar —, elas me contaram que você chamou ajuda.

— Sim, pensei que trazer alguns apoiadores da Academia seria bom.

— Quem?

— Você precisará esperar até o fim da semana, Sua Graça.

O duque agarrou as grades do portão.

— Quem está aí com você? — perguntou ele, em tom de exigência.

Era tarde demais para ele ser ciumento, mas a parte de Emma que sabia que toda aquela situação só existia porque ela se importava com ele não deixou passar a oportunidade de ficar quite.

— Homens não podem ficar na Academia, como você bem sabe — falou ela. — O marquês de Althorpe e o conde da Abadia de Kilcairn ficarão no Leão Vermelho.

Ele estreitou os olhos.

— Althorpe e Kilcairn.... A reputação deles não fará muito pelo bom nome da Academia. Reconsidere sua ideia.

— Eles já prometeram ajudar. — Ela pausou, considerando se deveria continuar, mas a mágoa que sentia a incentivou. — Acho que você não é qualificado para me auxiliar quando o assunto é.... minha honra.

Ele apertou os lábios e a encarou por um momento.

— Senhoritas, nos deem um minuto de privacidade, por favor — pediu ele, seu olhar fazendo Emma sentir-se presa ao chão.

— Está bem, contanto que esse tempo não conte como nossos minutos — reclamou Lizzy, e liderou o grupo, incluindo um Tobias relutante, para longe.

— Venha aqui — disse Grey.

Emma colocou as mãos às costas, não se sentindo nem um pouco segura mesmo com um portão fechado entre eles. Seu corpo reagiu instantaneamente à proximidade dele, mesmo que ela se sentisse brava e magoada.

— Ficarei aqui, obrigada, embora não tenha como a situação piorar.

— Não quero gritar. Você pode dar dois passos pelo bem da Academia, não?

Então agora ele estava tirando vantagem da preocupação dela pela escola. Emma fez uma careta, mas deu dois passos na direção do portão.

— Pelo seu bem, é melhor que isso tenha relação com a Academia.

— Então agora eu me tornei um cínico?

Os olhos verdes buscaram os dela de novo, embora Emma não soubesse o que ele esperava ver.

— Já disse antes que não o culpo por nada disso. Eu culpo a mim por ter me comportado de maneira imprópria.

Aquilo não era exatamente verdade, pois ela o culpava *sim*, mas não pelo que ele achava. Grey a fizera desejar coisas que ela nunca havia pensado que existiam antes de ele aparecer em sua vida.

Ele chegou mais perto das barras de ferro, ainda as apertando.

— Eu gostaria que você me culpasse, Emma.

Ela prendeu a respiração.

— Por quê?

— Porque assim eu teria uma chance de me redimir. Se me deixar de fora da situação, não sei como fazer para voltar para ela.

— Você não pode voltar. — Ela pausou, mas algo na expressão quase vulnerável e preocupada dele a fez continuar. — Não gosto de jogos, Grey. Não sei se você estava jogando quando ficamos… juntos, mas sei qual foi o resultado. E sei o quanto ele vai custar. Falarei com os pais das alunas no sábado. *Eu* vou resolver isso, porque a responsabilidade é minha.

— Eu não estava jogando nada com você, Emm. Talvez bem no começo, mas faz um bom tempo que isso mudou. — Ele estendeu a mão e segurou a frente de seu vestido antes que ela pudesse protestar. Com a mesma velocidade, ele a puxou para o portão. — Me dê a chance de ajudá-la. Por favor, Emma.

— Não, Grey — disse ela, em uma voz trêmula.

— Por favor — repetiu ele, sua voz rouca e quase inaudível.

— Se gosta da sua mão, Wycliffe, sugiro que solte a srta. Emma.

Ela não tinha ouvido a chegada deles, mas Althorpe estava alguns metros atrás dela, acompanhado de Kilcairn. Em uma luta um contra um, Grey facilmente superaria qualquer um deles, mas, com os dois juntos, Emma não apostaria muito nas chances do duque.

Alarmada, ela assentiu.

— Está bem — sussurrou rapidamente. — Uma única chance. Agora me solte.

Ele continuou a segurando por alguns batimentos cardíacos, mas a soltou.

— Só preciso de uma. — Ele deu um sorriso que iluminou seus olhos e se afastou do portão. Só então encarou os dois nobres. — Estou disponível a qualquer momento para quando vocês quiserem vir para cima.

Althorpe tirou o casaco e o jogou no chão.

— Agora parece o momento perfeito.

— Não!

Emma levantou a mão para impedir o marquês, ao mesmo tempo que Lucien segurou o homem pelo ombro.

— Não na frente das crianças — sussurrou ele, mantendo o olhar cinzento e frio em Wycliffe. — Mas em breve.

Emma se virou de costas para Grey e acenou para que os dois homens a seguissem até o prédio. Surpreendentemente, eles obedeceram.

— Eu prometi que ele teria dez minutos com as alunas — explicou ela quando Kilcairn ergueu uma sobrancelha.

Vixen e Alexandra estavam no topo da escada da entrada principal, observando enquanto Emma voltava cercada por Lucien e Sinclair. Quando estava quase chegando, Emma olhou por cima do ombro para o portão.

— O que você acha? — perguntou Alexandra baixinho.

— A mesma coisa que você — respondeu Vixen, aconchegando Thomas em seu ombro. — Nossa Emma está apaixonada.

— Aham — disse Alexandra, sorrindo, enquanto voltavam ao saguão. — E já era hora.

# Capítulo 19

Hobbes, de seu posto ao lado da entrada principal, parecia estar considerando se aposentar.

— Sua Graça, lady Sylvia Kincaid e a srta. Boswell partiram para Londres há cerca de meia hora, e lorde Dare está aconselhando Frederick Mayburne na sala de bilhar.

— Por que ele precisa de conselhos?

— Ele não me disse, Sua Graça.

O mordomo parecia aliviado com o fato.

Grey suspirou. Já tinha muito trabalho a fazer e apenas dois dias de prazo. Entretanto, por mais impaciente que estivesse para começar seus planos, ele não queria deixar alguém imprevisível como Freddie Mayburne solto por aí sem supervisão.

Na sala de bilhar, Tristan estava em um canto quando Freddie se inclinou e deu uma tacada tão forte que arranhou a superfície aveludada da mesa.

— O que está acontecendo? — perguntou Grey.

— Para começo de conversa, ele está destruindo a mesa de bilhar. — Tristan apoiou-se em seu taco. — Não sabia o que fazer com ele.

Freddie ergueu a cabeça.

— Ah, Wycliffe. Ouvi dizer que você estava ocupado.

Grey estreitou os olhos.

— O que exatamente você ouviu?

Se havia uma coisa que ele não precisava era daquele idiota espalhando ainda mais boatos sobre Emma.

— Apenas que você estava galgando a escola e levantando saias enquanto o resto de nós não podia nem passar pelo portão. Não tinha ideia de que estava me aconselhando sobre Jane enquanto estava praticando na direto...

Arrancando o taco das mãos de Tristan, Grey bateu a madeira na mesa.

— *Já basta!* — rosnou ele.

Freddie pulou de susto e começou a recuar para a porta.

— Já basta por agora, mas duvido que você vá continuar em Hampshire por muito mais tempo. E parece que a dama de ferro irá embora ainda mais rápido. — Ele apoiou seu taco na parede. — O que me deixará aqui, sozinho em Hampshire, com Jane.

— Saia dessa casa — rugiu Grey, avançando na direção do rapaz. — Se eu o vir em qualquer lugar perto da Academia, vou garantir que seja castrado.

Abrindo a porta com força, ele empurrou Freddie para o corredor e quase acertou Georgiana.

Freddie tropeçou no caminho para a escada.

— Esse é o ponto, Wycliffe. Você não estará aqui — disse ele em tom desafiador.

Quando passou por Georgiana, ela o chutou na canela.

— E eu vou garantir que todos pensem que você já foi castrado — acrescentou ela.

Grey não soltou o taco de bilhar até ouvir a porta da frente bater.

— Maldição — resmungou ele.

— Você acha mesmo que essa era a melhor maneira de se livrar dele? — indagou Tristan, aparecendo ao seu lado.

Não era, mas Grey só podia torcer para que o rapaz sentisse medo o suficiente para ficar longe de Jane até que ele alertasse a jovem sobre o maldito.

— Vai servir por agora.

— Hum — disse Georgiana, pensativa. — Castrados. Você é um, não é, lorde Dare?

— Ainda não — respondeu Tristan, e voltou para dentro da sala.

Grey nunca entendera o que havia acontecido para causar tamanha animosidade entre Tristan e Georgiana, mas certamente devia ter relação com a infame aposta de "Beijar Georgie" de anos antes, que Dare havia vencido. Era melhor não deixar um na companhia do outro por um longo período.

— Georgie?

Ele ergueu uma sobrancelha. Ela sorriu e foi até a sala de música, onde tia Regina estava tocando piano.

— É só uma brincadeirinha entre amigos — comentou ela.

Georgiana e Dare estavam mais próximos de inimigos sanguinolentos que amigos, mas ele gostava da palavra. Era o que ele e Emma haviam se tornado: amigos. Ele gostava de conversar com ela e de aprender sobre suas opiniões, tanto quanto gostava de aprender sobre o corpo dela. Quando tudo aquilo acabasse, não conseguia pensar em nada mais prazeroso que passear com Emma pelos jardins do Wycliffe Park e conversar sobre plantações ou qualquer outra coisa. Grey deu um sorriso pequeno e sombrio. Por Deus, ele estava mesmo ansiando por domesticidade — e, mais ainda, por Emma Grenville.

— Hobbes, estou indo para Basingstoke — disse ele ao descer a escada. — Volto em breve.

— Sim, Sua Graça.

A meio caminho da porta, ele parou. Emma estava certa sobre algo: Grey já causara problemas o suficiente e, embora não se importasse com o que pensavam dele e de suas ações em específico, importava-se com o fato de isso machucar Emma.

— Não diga a ninguém para onde fui — ordenou.

O mordomo assentiu de novo.

— Sim, Sua Graça.

— Ah, a menos que seja a srta. Emma perguntando.

— Sim, Sua Graça.

Hobbes provavelmente pensou que ele tinha perdido o juízo, mas estava errado: Grey tinha perdido o coração. E qualquer que fosse o resultado daquela bagunça, precisava ter certeza de que não perderia a srta. Emma Grenville e que a Academia não fecharia.

O sir John Blakely pareceu surpreso em vê-lo entrar em seu pequeno escritório.

— Boa tarde — cumprimentou Grey, sentando-se em uma das cadeiras em frente à escrivaninha.

— Sua Graça. Que visita inesperada.

Tirando as luvas de cavalgar e colocando-as dentro do chapéu, Grey assentiu.

— Um pouco incomum, talvez, mas preciso de sua ajuda. Meus advogados estão todos em Londres, como você apontou anteriormente, e você é o único por essas bandas.

— Como posso ajudá-lo?

Até então, estava indo tudo bem. Dada a amizade entre sir John e Emma, ele não sabia se o advogado seria solícito.

— Preciso de duas coisas. Ou três, dependendo de sua recomendação.

— Sou todo ouvidos.

— Primeiro, gostaria da sua estimativa de qual é o custo de uma aluna em um ano de Academia. Livros, refeições, matrícula, roupas etc.

O advogado fez uma cara surpresa de novo e demorou um pouco para responder.

— Bom, eu já fiz esses cálculos antes para... alunas selecionadas. A informação decerto não é sigilosa, então suponho que eu possa informar os números sem quebrar a cláusula de privacidade da Academia. O custo de um ano para uma aluna é de aproximadamente duzentas libras.

— E o tempo de curso recomendado é de três anos, certo?

— Sim, embora possa variar de um a quatro anos.

E alunas como Lizzy Newcombe certamente precisariam continuar estudando até completarem 18 anos.

— As taxas são pagas de forma adiantada a cada ano?

— Geralmente sim, embora seja possível negociar um pagamento mensal. Você gostaria de enviar alguém para a Academia? — O advogado franziu a testa. — Embora com base na sua... aposta, imagino que não.

Grey assentiu.

— Gostaria que você escrevesse um documento solicitando a transferência de duas mil libras da minha conta em Londres para a Academia da Srta. Grenville, para pagar pelos estudos de até dez jovens de escolha do conselho docente. Este valor deverá ser transferido anualmente pelos próximos dez anos.

O advogado o encarou, boquiaberto.

— Eu... isso é... extremamente generoso da sua parte, Sua Graça. Eu achava que você não gostava nem um pouco da Academia.

— Eu não gostava, mas mudei de ideia.

Sir John era inteligente o bastante para não o questionar.

— Entendo. Você... hum... tinha um segundo tópico que gostaria de discutir?

— Sim. Gostaria de criar uma segunda conta no valor de vinte e cinco mil libras. Essa...

— Calma — interrompeu sir John, derrubando o lápis. — Você disse 25 *mil* libras?

— Isso mesmo.

Grey sabia que a quantidade de dinheiro e poder que tinha chocava e impressionava muitas pessoas, mas crescera com tudo aquilo, e ter dinheiro era apenas um meio para um fim. Queria subir em um cavalo branco e resgatar Emma e sua amada Academia, mas no momento ainda estava angariando forças.

— Muito bem. Vinte e cinco mil libras. Para, hã, o quê?

— Para uma poupança para a Academia, e os ganhos serão usados para melhorias, consertos e suprimentos.

Algo caiu no chão atrás dele.

— Por quê? — Veio a voz surpresa de Emma da direção da porta.

Grey praguejou ao ficar de pé.

— O que está fazendo aqui?

— Vim devolver alguns livros de pesquisa do sir John — gaguejou ela.

— O que raios você pensa que está fazendo?

— Esta é uma conversa de negócios privada que não é da sua conta — rosnou ele, marchando até ela.

— Se é sobre a Academia, é *sim* da minha conta. — Emma colocou as mãos na cintura e o encarou com um olhar ameaçador. — E eu exijo saber que tipo de jogo você está jogando.

— Não estou jogando nada. Apenas percebi que minhas opiniões sobre a Academia eram baseadas em informações errôneas e estou tentando ajeitar as coisas.

Ela não pareceu nem um pouco impressionada.

— Isso não é como fechar a porta do estábulo depois que os cavalos já escaparam, foram capturados, abatidos e transformados em sapato, enquanto o estábulo pegou fogo?

— Você estava guardando essa para mim, não é?

— Não se atreva a achar isso engraçado. Se eu já não fui clara o suficiente antes, permita-me repetir: não se meta nos meus problemas.

— Então você vai recusar uma ajuda para a Academia só porque ela vem de mim?

— Não *há* mais Academia. Ou não haverá, depois de sábado.

Ele abriu a boca para responder, mas logo a fechou quando lembrou da presença de sir John.

— Vamos para fora.

— Não vou fazer cena e ser alvo de mais fofoca e escândalo ao ser vista com você na rua.

Inclinando-se na direção de Emma, Grey segurou o queixo dela. Até brava ela corou, e o corpo dele reagiu instantaneamente.

— Preciso falar com você — falou ele em voz baixa. — Em particular e sem gritos.

Ela o encarou por alguns segundos antes de recuar das mãos dele.

— Sir John, perdoe-me por pedir isso, mas você se importaria…

O advogado ficou de pé.

— Estarei na padaria se precisarem de mim — disse ele, e saiu do escritório levando seu chapéu.

Emma cruzou os braços.

— Está bem, Grey, fale logo.

Pelo menos ela não estava mais o chamando de "Sua Graça".

— Recebeu mais alguma carta? — perguntou ele, desconversando e tentando acalmá-la.

— Apenas algumas respondendo ao convite. A mãe da Lizzy recusou, mas os pais das outras quatro alunas chegarão no sábado de manhã. Pelo visto, virão todos juntos.

Grey estremeceu. Uma tropa para linchar Emma.

— Sinto muito.

— Não precisa pedir desculpas.

— Preciso, sim.

— N... — Ela se interrompeu. — Jogar dinheiro em cima da Academia é parte das suas desculpas?

— Não, é parte do meu aprendizado. — Ele deu um passo à frente. O momento era péssimo para o pedido, mas também não era justo deixá-la pensando que não havia saídas quando havia outro jeito de salvá-la. — Comecei a contar parte do meu plano outro dia. Posso continuar?

Emma deu de ombros.

— Já que insiste.

Na verdade, ela estava extremamente irritada por ele estar ali e por ele ter tentado fazer algo de bom para a Academia. Emma tinha a intenção de ficar brava com qualquer coisa que ele falasse para que pelo menos pudesse encará-lo sem chorar.

— Muito bem. — Grey foi até a porta para trancá-la antes de encarar Emma de novo. — Meu plano.

Ela fez uma careta.

— Sim, seu plano. Qual é? Mas fique sabendo que não acredito em milagres, sou muito velha para...

— Case comigo.

Emma se engasgou.

— *O quê?*

Ele sorriu.

— Seria um ótimo final para tudo isso, você precisa admitir.

Ela não conseguia acreditar no que estava ouvindo. Ele não podia ter falado o que acabara de falar. Não o homem que havia jurado aos quatro ventos que nunca chegaria perto de um altar.

— Mas is-isso não faz sentido algum — gaguejou ela, a pulsação latejando em seus ouvidos. Esperava não desmaiar de novo.

— Faz todo o sentido.

Grey abaixou-se para beijá-la, mas ela foi mais rápida e colocou uma mão no peito dele e o empurrou. Não era o suficiente para evitar o beijo se ele realmente insistisse, mas ele parou.

— Eu... não!

Grey fez uma careta.

— E por que não?

— Eu disse que cuidaria do problema. Sua oferta é... muito generosa, mas fiz minhas próprias escolhas, Grey, e elas não estavam atreladas a nenhuma promessa. Você não precisa se... sacrificar por mim.

Emma estava falando rápido e dando desculpa atrás de desculpa, pois se parasse de falar teria tempo de perceber que Grey Brakenridge a havia pedido em *casamento* — a coisa mais gentil e generosa que já lhe havia acontecido.

— Você está recusando meu pedido? — perguntou ele, incrédulo.

— Claro que estou. Grey, sou a diretora de uma escola para meninas, pelo amor de Deus! E você é...

Ele cobriu a boca dela com a mão.

— Por favor, não me lembre que sou um duque de novo. Eu já sei disso.

— Mas é a verdade! — retrucou ela, destapando a boca. — Você *é* um duque, e um homem sem respeito algum por mulheres, ainda por cima. Como eu...

— Você não acredita mais nisso — falou ele em um tom mais suave.

— Você supõe coisas demais.

— Nunca faço isso. — Grey acariciou a bochecha dela com os dedos e ela estremeceu. — Mas sei, no entanto, que não temos muito tempo, então deixo a escolha para você: vamos discutir nosso futuro casamento ou os planos para salvar a Academia?

Por acaso ele estava tentando confundi-la? Porque estava funcionando.

— A... a Academia.

Grey assentiu.

— Foi o que pensei.

Tudo estava acontecendo rápido demais para Emma entender alguma coisa. Queria discutir sobre por que Grey parecia determinado a se casar com ela, e queria que ele a segurasse em seus braços fortes e fizesse todos os seus problemas e preocupações desaparecerem. Mas ela escolhera a Academia, e ele aceitou sua decisão.

*Concentre-se, mulher!*

— Você não pode perder a aposta — ela se forçou a dizer. — Se as meninas ficarem com uma imagem ruim, foi a Academia que falhou, não você.

— Estive pensando nisso. Vou me distanciar do processo de ensino.

— Como?

Ele abaixou-se de novo e, desta vez, conseguiu dar-lhe um beijo leve.

— Vamos deixar claro que, na verdade, foi a srta. Perchase que deu as aulas, enquanto eu estava apenas falando besteira e causando problemas.

— Assim as garotas ainda ficam com uma boa imagem e você perde a aposta...

Ela não resistiu e, ficando na ponta dos pés, o beijou de novo. Ele não tinha pedido a sua mão em casamento de verdade, tinha?

— E depois?

— E depois eu confesso que, após forçá-la a aceitar a aposta, percebi que não tinha chance alguma de ensinar às alunas tão bem quanto você. Quando os boatos completamente infundados começaram, nós dois ficamos chocados e ofendidos, e por isso decidimos que os pais deveriam comparecer à escola para avaliar o progresso das alunas. E, apenas para provar que somos pessoas honráveis, vou me casar com você.

— Para provar... — Emma inspirou, tentando ocultar a decepção. — Acho que isso pode funcionar para as meninas, mas como o seu casamento com a diretora vai impedir um escândalo? Não tem medo de parecer um tolo?

Ele deu um sorriso doce.

— Só me importo com a opinião de uma pessoa no mundo e, se ela estiver feliz, eu estarei feliz.

Ela engoliu em seco, sentindo seu coração vibrar com esperança.

— É muito gentil da sua parte, mesmo que não queira fazer isso de verdade.

— Permita-me convencê-la, então.

Ele capturou sua boca em um beijo intenso e quente. Antes que se desse conta, Emma estava sentada no colo de Grey, que se sentara na cadeira de sir John.

— Isso é gostoso — afirmou ela, enquanto ele beijava seu pescoço.

— Por Deus, Emma, não consigo manter as mãos longe de você — sussurrou ele, trilhando um caminho em seu pescoço com a boca.

— Eu gosto das suas mãos.

Com as palavras, uma das mãos grandes deslizou pela frente de seu vestido para apertar seu seio. Quando os dedos dele acariciaram seu mamilo sensível, ela ofegou e arqueou as costas. Em resposta, ele endureceu sob suas coxas.

— Isso parece uma questão de honra e culpa para você, Emma?

O sussurro quente e suave em seu ouvido a fez estremecer novamente. Enquanto uma mão continuava tocando e acariciando seu seio, a outra desceu por suas coxas e começou a levantar sua saia.

— Grey! — exclamou ela.

— Xiu. Você não quer que ninguém nos ouça, não é?

Não, ela definitivamente não queria que fossem interrompidos. Ela desejava a união de seus corpos e sentia falta de Grey a cada segundo que passava longe dele. Depois de sábado, a aposta estaria acabada e não haveria mais razão — ou desculpas — para que ele continuasse em Hampshire.

O que quer que ele tivesse dito sobre se casar com ela, provavelmente era apenas consequência da culpa e luxúria que sentia. Ele a segurou pela cintura para levantá-la e puxar seu vestido para cima dos quadris. Um segundo depois, sua feminilidade exposta encaixou-se no colo dele.

E Emma era grata pela luxúria de Grey, pois amava ser o foco da atenção e desejo do duque. Por mais que às vezes ficasse zangada com a arrogância dele, ela o amava, e aqueles poucos encontros deliciosos faziam tudo parecer certo. Assim que ele voltasse à realidade, Grey perceberia que eles nunca poderiam se casar, mas pelo menos ela teria a lembrança daqueles momentos.

As mãos grandes acariciaram e apertaram o interior de suas coxas nuas, tão quentes e habilidosas que a deixaram ofegante de desejo.

— Grey — sussurrou ela.

— Incline-se para a frente.

Emma agarrou a borda da mesa e fez o que ele pediu, enquanto ele abriu os botões da calça. Então, as mãos dele em sua cintura a guiaram e ela se sentou novamente, sentindo-o deslizar duro e quente em seu interior. Unidos pelo prazer, os dois encontraram um ritmo perfeito, e Emma sentiu como se seu corpo estivesse pegando fogo.

Eles chegaram ao ápice em uníssono, e Emma não conseguiu conter um suspiro profundo e satisfeito quando as mãos em sua cintura a puxaram para um abraço apertado.

— Talvez quando toda essa bagunça estiver resolvida e eu encontrar um emprego… em outro lugar, você possa me visitar de vez em quando — falou ela, virando-se para beijá-lo. — Assim poderíamos continuar nossas aulas.

Ele congelou no meio do beijo.

— O quê?

— Não seria algo danoso, não é? O estrago já está feito. Eu gosto de ficar com você, e não é como se eu tivesse muitos pretendentes.

Grey a segurou pelos ombros e a afastou um pouco.

— Você tem um pretendente muito disposto!

— Mas isso não faz sentido — insistiu ela.

— Emma — disse ele em um tom profundo —, eu descobri recentemente que, às vezes, não fazer sentido é a única coisa que faz sentido. — Ele endireitou-se na cadeira e abaixou a saia dela. — Você é a diretora da Academia. E eu quero que seja minha esposa.

— Mas…

— Apenas pense sobre isso. — Ele fez uma cara feia enquanto enfiava a camisa amassada para dentro da calça. — Ou melhor, não pense. Você já pensa demais.

Enquanto ela o encarava, tentando entender suas frases incompletas e resmungos, Grey se inclinou e a beijou de forma lenta e possessiva.

— Verei você no sábado às dez — continuou ele, reorganizando a mesa e a cadeira em suas posições originais. — Esteja preparada para qualquer coisa.

Então, abriu a porta e saiu, fechando-a atrás de si. Piscando confusa, Emma sentou-se na cadeira novamente.

— Minha nossa — sussurrou ela, tentando ajeitar o cabelo que parecia ter soltado do penteado.

O que seu coração queria e o que sua mente sabia ser possível estavam cada vez mais longe um do outro. Ele alegou que a queria não apenas por uma noite, e não apenas por prazer, mas para o resto de suas vidas.

Mas será que ele a amava de verdade — o suficiente para aceitar se tornar alvo de risos e piadas de seus colegas? E a mãe dele, que a considerava uma prostituta?

Levantando-se, Emma se dirigiu para os fundos do escritório de sir John. Uma pequena bandeja com algumas garrafas estava em uma mesinha bagunçada. Ela procurou por um momento, encontrou um copo e o conhaque e se serviu. Sentia que precisaria de mais alguns copos até o fim da semana.

# Capítulo 20

As CARRUAGENS CHEGARAM CEDO. EMMA observou enquanto estacionavam e ela arrumava o laço em seu vestido mais conservador e simples. Quatro veículos e quatro pares de pais, que desembarcaram no caminho de pedrinhas da Academia. A garoa da madrugada havia evoluído para uma chuva constante, como se o céu sentisse empatia pelo drama de sua vida.

Conforme ela observava, mais duas carruagens e então uma terceira apareceram na estrada. Emma franziu a testa.

— Quem será?

Mais problemas, sem dúvida. Ela não conseguia imaginar mais ajuda chegando tão tardiamente.

A porta do escritório abriu.

— Emma?

— Aqui — respondeu ela, sentando-se na penteadeira para arrumar o cabelo em um penteado discreto.

As mãos de Emma tremiam tanto que ela mal conseguia segurar a escova de cabelo, mas estava determinada a parecer profissional.

Isabelle entrou pela porta.

— Temos um problema.

— Mais um?

— Temo que sim. Mais pais estão chegando, mesmo os de alunas que não estavam envolvidas na aposta.

Emma assentiu.

— Não estou surpresa. O problema não é a aposta, sou eu.

— Besteira. Você não tem culpa nenhuma nisso tudo.

Ela tinha, mas sua prioridade era garantir que a reputação das alunas continuasse intacta. Não importava qual era o plano de Grey, ela não podia deixar o futuro da Academia nas mãos do destino.

Até os pais que não compareceriam ao evento enviaram cartas falando mal de seu julgamento e questionando sua sanidade, e Emma sabia que, se não restasse mais nenhuma maneira de salvar a escola da tia, ela teria que renunciar ao cargo de diretora. A ideia a deixava tão enjoada de culpa e preocupação que era difícil considerá-la, mas, se isso fosse a exigência dos pais, ela o faria.

Emma respirou fundo.

— Bom, querida, vamos reunir as alunas e mostrar aos pais delas tudo o que conquistamos.

Levantando o fichário pesado que continha sua parte da aposta, Emma liderou o caminho para a sala onde as alunas de Grey estavam reunidas. As meninas queriam concluir a aposta, provar que os ensinamentos da Academia eram melhores que os de Grey. Elas naturalmente não percebiam que a aposta era importante apenas porque dava a ela e Grey uma razão legítima para serem vistos na presença um do outro — assim como o plano de gerenciamento de Haverly era pertinente apenas porque provava que ela estivera ocupada com outras coisas que não o duque de Wycliffe, por mais que tivesse trabalhado duro no plano e estivesse orgulhosa do resultado.

A parte mais terrível de tudo aquilo era que suas alegações de inocência seriam falsas. Ela *estava* tendo um caso com Grey e, mesmo com todo o desastre, não queria desistir dele. Desde a traição de seu primo, quando ela tinha apenas 12 anos, Emma odiava mentir, e tinha se esforçado para incutir o mesmo sentimento em suas alunas. Seria hipocrisia de sua parte mentir para salvar a Academia.

— Srta. Emma, estou usando meu vestido mais profissional — anunciou Lizzy.

Emma entrou na sala atrás da professora de francês e viu Lizzy dar um giro.

— Você está adorável — disse ela, forçando um sorriso. — Todas vocês estão.

— Daremos o nosso melhor, srta. Emma — garantiu Jane, segurando sua mão. — É uma promessa.

— Sei que vão. Vocês são ótimas alunas, e damas ainda melhores.

Emma tinha tentado explicar que elas estariam defendendo a própria reputação e a da Academia, e que tudo o que seria dito sobre a própria Emma era um assunto completamente diferente. Não era exatamente verdade, pois não adiantaria nada a situação financeira da escola ser resolvida graças a Grey se a Academia da Srta. Grenville não tivesse mais alunas. Ela tentara não colocar um peso muito grande sobre os ombros das meninas e esconder o próprio nervosismo, mas aquilo tudo ainda parecia uma tarefa muito grande para as pequenas.

— Grey já chegou? — perguntou Lizzy. — Não podemos fingir que ele é um tolo se ele não estiver aqui.

Com os nervos à flor da pele, Emma olhou para o relógio mais próximo.

— A reunião só começa em alguns minutos — falou ela no tom mais calmo que conseguiu.

A porta da sala se abriu com um rangido e ela saltou, virando-se com a mão no peito. Seu coração acelerado esperava que fosse Grey, mas foi apenas o rosto pálido da srta. Perchase que apareceu pela fresta.

— Suas amigas estão aqui, srta. Emma — informou ela em tom estridente. — Fiz como você pediu e as coloquei no refeitório com os pais das alunas.

— Obrigada, srta. Perchase. Vamos descer já, já.

A professora de latim balançava a cabeça, nervosa como uma galinha.

— Eles... está um pouco... tenso no salão — guinchou ela.

Emma ficou ainda mais nervosa.

— Obrigada — repetiu ela, dessa vez com uma voz trêmula.

Andando de um lado para o outro enquanto as garotas conversavam nervosamente, Emma conseguiu resistir à vontade de olhar para o relógio até que o maior deles bateu dez horas. Grey disse que estaria lá, mas não havia sinal dele. Ela engoliu em seco. Talvez ele tivesse mudado de ideia sobre ajudá-la. Ela havia avisado sobre o escândalo que aquilo poderia causar, e talvez ele finalmente tivesse ouvido.

Emma endireitou os ombros e foi para a porta. Ele a havia abandonado, mas, até aí, não era a primeira vez que fora abandonada na vida. Uma lágrima escorreu, e ela a enxugou com impaciência. Isso queria dizer que ele havia sugerido que se casassem da boca para fora... Bom, ela ouvira dizer que homens eram capazes de todo tipo de coisa quando estavam no auge da paixão. No fim, o bom senso aparentemente havia prevalecido.

— Srta. Emma, você está bem? — indagou Lizzy, pegando sua mão.

— Sim, estou.

Seu coração estava despedaçado e ela estava prestes a perder a Academia, mas Emma ainda podia ajudar as alunas — ou esperava conseguir fazê-lo, pelo menos. Ela encarou as meninas.

— Bom, com ou sem Sua Graça, precisamos prosseguir com o plano. Sigam-me, senhoritas.

—⟶ᴟᴟ⟵—

— Não sei. — Grey fez uma careta para seu reflexo no espelho. — Tem certeza de que não tenho nada mais respeitável para vestir?

O olho esquerdo de Bundle tremeu.

— Não aqui em Hampshire, Sua Graça.

Grey olhou para o relógio em cima da lareira: 9h15. Ele já deveria estar na Academia, mas, se chegasse muito cedo, provavelmente não conseguiria se manter longe de Emma.

Ele queria pegar a diretora no colo, carregá-la até uma carruagem e partir com ela em direção a Gretna Green. Se eles parassem apenas para trocar os cavalos, chegariam à Escócia e à igreja mais próxima antes que ela conseguisse escapar.

Ele marchou até a janela molhada pela chuva que dava para o jardim.

— Você pediu para que Hobbes preparasse minha carruagem, certo?

— Pedi, Sua Graça.

A porta se abriu com um estrondo.

— Por Deus, Grey! Até uma noiva já estaria pronta!

Tristan fechou a porta atrás de si.

— Eu *estou* vestido. O atraso é apenas estratégico.

— Os pais das alunas já devem ter chegado. Tem certeza de que não quer aparecer antes para amenizar o clima?

Grey não estava se sentindo muito amigável ou mediador. Aquelas pessoas tinham insultado Emma e mereciam sofrer. Por outro lado, eram os pais de suas alunas, meninas de que ele passara a gostar.

— Não acho que somos os mais indicados para amenizar o clima — resmungou Grey, parando para notar que Dare vestia um casaco azul-marinho e botas polidas. — Aliás, Tris, acho que você nem deveria ir.

O visconde fez uma cara feia.

— E por que não?

— Por causa dos boatos... — Grey parou e olhou para o valete. — Saia.

— Sim, Sua Graça.

Assim que Bundle saiu e fechou a porta, Grey cruzou os braços.

— Porque os boatos são sobre a conduta imprópria de Emma com você.

— E com você — retrucou Tristan. — Pelo menos os boatos sobre mim são infundados.

— Mas a aposta me dá uma razão legítima para ter uma relação com Emma e a Academia. Sua presença vai apenas causar mais suspeita sobre...

— Está bem, está bem — resmungou Dare, jogando as mãos para o alto. — Mas é melhor me contar tudo o que acontecer lá.

— Contarei.

*Provavelmente...*

O barulho da água batendo na janela chamou sua atenção novamente quando ele deu uma última olhada no espelho. Ele supôs que parecia tão discreto quanto um homem com mais de um metro e noventa conseguiria parecer.

— A chuva está ficando mais forte — apontou Tristan, seguindo-o pelo corredor e pela escada. — A estrada vai estar uma desgraça.

— São apenas três quilômetros. Acho que sobrevivo.

— Tem certeza de que...

— Fique aqui, Dare — interrompeu Grey.

— Ficarei, mas contra a minha vontade.

Grey acenou para Hobbes quando chegaram ao saguão.

— Se minha mãe perguntar, diga que não sei quando voltarei.

O mordomo continuou parado com a mão na maçaneta.

— Er, Sua Graça?

Grey foi invadido pelo medo. Emma não fugiria, não é? Ele ainda nem dissera que a amava!

— O quê? O que foi?

— Hã... a carruagem, Sua Graç...

— Pedi para deixá-la pronta — interrompeu ele, fazendo uma careta.

Grey pegou seu relógio de bolso. Precisava ir para a Academia. Emma já deveria estar se perguntando sobre ele.

— E eu a preparei, Sua Graça. Mas é que...

— *O que foi, desgraça?*

— A duquesa e lady Georgiana partiram com a carruagem, Sua Graça.

O coração de Grey quase parou.

— Para onde? — perguntou ele entredentes.

— Elas não disseram. — Hobbes mexeu em seu lenço de pescoço. — Presumo que foram para a Academia, Sua Graça.

— É, eu também presumo. — Grey começou a praguejar.

— Pedi para prepararem uma das carruagens da duquesa, se esperar um pouc...

— Sele Cornualha. Já! Não tenho tempo a perder.

— Sim, Sua Graça.

Hobbes abriu a porta e saiu com Grey em sua cola. Maldita duquesa! Será que ela estava tentando atrasá-lo, para impedi-lo de defender Emma? Se aquele era seu objetivo, ela estava longe de ter sucesso. Ele tinha os próprios planos.

—⁓—

Com as meninas, Isabelle e a srta. Perchase a seguindo, Emma alcançou o fim da escada e virou no corredor em direção ao refeitório. Um tipo diferente de medo a dominou, um que não tinha nada a ver com a ruína de sua reputação e da Academia, mas tudo a ver com o receio de nunca mais ver Grey Brakenridge. Nunca mais ouvir sua voz, ver seu rosto, sentir seu toque. Ela preferia a morte. Quisera independência e, bom, agora teria.

A porta da sala de estar do outro lado do corredor se abriu.

— Srta. Emma.

Uma mulher alta, magra e de cabelo preto com alguns fios grisalhos estava na porta, seus olhos escuros fixados em Emma.

Emma virou-se para encará-la com um susto. Tentando controlar a turbulência de pensamentos em sua cabeça, fez uma reverência.

— Sua Graça.

— Não tinha certeza se ia se lembrar de mim, considerando que você estava inconsciente durante a maior parte de nosso primeiro encontro.

A elegante duquesa a olhou de cima a baixo, e as meninas começaram a cochichar atrás dela.

— Sim, eu me lembro. Eu… agradeço por sua ajuda.

A duquesa apertou os lábios.

— Considerando que minhas palavras fizeram você desmaiar, seu agradecimento é generoso demais.

Lizzy deu um passo à frente.

— Você fez a srta. Emma desmaiar? — perguntou ela.

— Calma, Elizabeth. Foi apenas um mal-entendido.

Frederica Brakenridge ergueu uma sobrancelha em uma expressão que fez com que Emma se lembrasse de Grey, e seu coração doeu.

— Um mal-entendido? — repetiu a duquesa. — Isso é o que veremos ainda.

— Sua Graça, agradeceria muito se pudéssemos continuar essa conversa mais tarde — sugeriu Emma.

Por Deus, ela já tinha muito com o que se preocupar no momento. Interpretar insultos e a própria presença da duquesa na Academia teriam que ficar para depois.

— Se nos der licença, temo que estejamos com a agenda cheia…

— Sim, eu sei. Mas isso só vai levar um momento.

Frederica deu um passo para o lado, indicando que Emma deveria entrar na sala.

— Se possível, srta. Emma.

Tudo o que ela não precisava era que a mãe de Grey a chamasse de prostituta na frente das meninas.

— Está bem. Senhoritas, esperem por mim no saguão, por favor.

A duquesa de Wycliffe a seguiu para dentro da sala e fechou a porta.

— Você criou uma comoção notável, querida.

— Eu aceitei participar de uma aposta que, infelizmente, chamou mais a atenção do que eu esperava — corrigiu Emma, tentando manter a postura ereta. — Grande parte da culpa de tudo isso é minha.

— Mas não toda.

Frederica Brakenridge cruzou a sala para se sentar em uma das poltronas próximas à janela. A duquesa não convidou Emma para se juntar a ela. Emma preferia ficar perto da porta, de qualquer forma. Não tinha certeza do assunto da conversa, ou por que a duquesa estava sentada na sala como se fosse dona de tudo, mas, por Deus, a mulher podia ter um pouco mais de compaixão. Seus nervos já estavam em frangalhos.

— Não, nem toda a culpa é minha. Mas, no momento, tudo o que posso fazer é lamentar meu péssimo julgamento e tentar salvar o que posso da reputação da Academia.

— E quanto à sua reputação?

— Não tenho ilusões sobre o futuro da minha reputação. Apenas não desejo que o que possa ou não ter feito atinja minhas alunas ou a escola.

— E qual dos dois é? Fez ou não fez?

Ela tentou conter uma careta e pensou ter se saído bem, pois sentiu apenas o olho esquerdo tremer.

— Como eu disse, isso não significa nada hoje, Sua Graça. — As perguntas pessoais estavam começando a incomodá-la. — E, se me permite a ousadia, Sua Graça, por que minhas questões a interessam?

A duquesa se acomodou na poltrona, esticando as mãos nos braços do assento.

— *Você* me interessa, Emma Grenville. Algo em você intrigou meu filho o suficiente para fazê-lo ficar em Hampshire por um mês inteiro.

— Tem certeza de que fui eu? — perguntou Emma, tentando não corar.

— Sim. Ele é famoso por se cansar da sociedade e desaparecer por uma semana ou dez dias com amigos e… distrações, até que elas também o cansam e ele volta. Mas, desta vez, meu filho não voltou para Londres. A pergunta é: "Por quê?". Ou melhor: "Por que não?".

Pelo que Emma sabia, ele podia estar a meio caminho de Londres naquele exato momento. Ela engoliu em seco. A conversa era mais fácil quando estavam discutindo sua reputação. Por mais que o dia não reservasse nada de bom, Emma não queria começar a mentir — não àquela altura, e não para a mãe de Grey. Mas desviar do assunto era outra coisa...

— O duque teve a ideia da aposta. Presumo que ele não goste da ideia de perder.

A duquesa assentiu com um leve sorriso.

— É verdade.

De repente, o som de murmúrios ressoou pelo corredor. Emma pulou de susto. Ela não queria que as meninas confrontassem os pais sem sua presença para amortecer os golpes.

— Com licença, Sua Graça, mas, como sabe, preciso cuidar de muitas coisas hoje.

— Mas é claro. — A duquesa de Wycliffe ficou de pé. — Apesar do que meu filho possa dizer, não sou tão obtusa quanto ele pensa. E não sou tão insensível, como ele gosta de me acusar. Você emana confiança, Emma. É uma surpresa agradável.

Emma piscou, confusa.

— Temo que ainda não tenha entendido o motivo desta conversa, Sua Graça.

— Bom, você tem um tempo curto para entender tudo. Permita-me apontá-la na direção correta. Você nasceu em uma família de laços nobres, não é?

Ela odiava esse tipo de pergunta, mas já a ouvira dezenas de vezes dos pais de possíveis novas alunas para saber como respondê-la sem hesitação.

— Sim, Sua Graça. Mas meus pais morreram quando eu era jovem e fui criada pela minha tia.

— Na Academia da Srta. Grenville.

— Sim, Sua Graça.

— Uma mulher educada — sussurrou Frederica, tão baixinho que Emma pensou que não deveria ter ouvido. — Outra surpresa agradável.

Emma estava tonta com tantos pensamentos em sua cabeça. Então, pigarreou e gesticulou para a porta.

— Peço licença, Sua Graça, mas...

— Sim, eu sei. A aposta. — Frederica abriu a porta, olhando para Emma enquanto o fazia. — Obrigada por conversar comigo, srta. Emma. Acho que a julguei mal.

— Eu... obrigada.

A duquesa sorriu.

— Não me agradeça ainda.

Olhando uma última vez para ela, a duquesa desapareceu pelo corredor em direção ao refeitório.

O que raios acabara de acontecer? Se a duquesa estava procurando por alguma pista sobre o comportamento estranho do filho, Emma não tinha nada para colaborar. Esperava e precisava de Grey na Academia naquele momento, para que pelo menos sentisse que não estava completamente sozinha.

Mas era óbvio que ela estava sozinha, e nem a presença de suas alunas, Alexandra e Vixen mudaria isso. Tudo estava nas mãos de Emma, e era hora de enfrentar aquela situação.

Tremendo dos pés à cabeça, a diretora se reuniu de novo com as meninas para liderar o grupo até o refeitório.

— Bom dia — disse ela ao entrar no cômodo, dando início ao rugido de acusações e vozes exaltadas.

———m———

Grey abaixou a cabeça contra a chuva forte. Mesmo com seu casaco, ele estaria encharcado até os ossos quando chegasse na Academia. Mas isso não importava, contanto que chegasse a tempo para proteger Emma dos lobos.

Ele passaria uma impressão muito mais respeitável se estivesse seco e em sua carruagem, mas estava disposto a parecer apenas intimidador. O plano que ele e as meninas haviam criado era bom, contanto que Emma colaborasse, e ele revisou sua parte enquanto cavalgava.

Algo na clareira à esquerda chamou sua atenção. Grey desviou o olhar bem quando um galho pesado balançou com a potência de uma catapulta e o atingiu no rosto. Atordoado, ele perdeu o equilíbrio e caiu de Cornualha, batendo no chão com tanta força que apagou instantaneamente.

Ele deve ter ficado desacordado por menos de um minuto até abrir os olhos para a chuva incessante. Grey ficou deitado por um momento, tentando respirar enquanto tudo girava ao seu redor. Quando finalmente conseguiu se sentar e tocar a cabeça, sua mão voltou ensanguentada. A corda que havia segurado o galho serpenteava no vento alguns passos atrás.

— Maldição — murmurou ele.

Aquilo era uma armadilha, mas nenhum assaltante ou assassino surgiu do meio das árvores. Não havia nada além dele e da chuva.

E nenhum cavalo, também. Grey sacudiu a cabeça para tentar focar, e então viu um cavalo e um cavalheiro desaparecendo na curva da estrada, seguidos por Cornualha. Ele não conseguia enxergar nada do cavalheiro, mas reconheceu o cavalo.

— Aquele desgraçado do Freddie Mayburne — rosnou ele, limpando sangue e chuva dos olhos.

O rapaz era mais sórdido e mau-caráter do que ele imaginara. E um pouco mais inteligente também. Com Emma arruinada e Grey ausente para defendê-la, Freddie poderia atacar, insinuar que a reputação das garotas também fora destruída e se oferecer generosamente pela mão de Jane, pois, apesar de tudo, ele a amava e admirava profundamente.

O pai dela não gostaria nada daquilo, mas o marquês de Greaves era um homem muito prático. Quem iria querer uma filha que não conseguiria arranjar um casamento pegando poeira em casa quando uma oferta havia sido feita?

Olhando a estrada lamacenta e esburacada com uma careta, Grey cambaleou para ficar de pé, tirou o máximo de lama de seu casaco que conseguiu e partiu em direção à Academia o mais rápido possível. O tempo estava acabando.

———✦———

— Exijo uma explicação do porquê de a senhorita ter permitido a entrada do duque de Wycliffe na Academia e, acima de tudo, do porquê de ele ter tido contato com nossas filhas.

O marquês de Greaves estava de frente para Emma, encarando-a com um olhar raivoso. Ele obviamente fora escolhido como o porta-voz do grupo de pais, embora isso não impedisse que o restante deles continuasse resmungando e lançando olhares ameaçadores para ela.

Emma manteve o queixo levantado. Ela era capaz de enfrentar qualquer coisa pelo bem das meninas.

— O duque de Wycliffe propôs uma aposta com condições completamente decorosas. Ele foi supervisionado em todos os momentos e as alunas nunca ficaram sozinhas sem uma acompanha...

— E por que, srta. Emma, você concordou em participar dessa aposta em primeiro lugar?

Alexandra e Vixen estavam próximas, ao lado de seus respectivos maridos, mas Emma manteve sua atenção no marquês.

— O motivo é bem simples, lorde Greaves. Vencer a aposta permitiria que a Academia custeasse os estudos de meninas menos afortunadas, dando-lhes a chance de um futuro melhor.

Hugh Brendale, o pai de Henrietta, deu um passo à frente para se juntar a Greaves.

— A Academia não é lugar de meninas menos afortunadas! Não matriculei minha filha aqui para que ela se associasse a caipiras e empregadas! E isso não explica nem um pouco sua própria conduta.

Emma sentiu as bochechas queimarem.

— O que quer que tenha sido alegado sobre minha pessoa não tem importância, contanto que entendam que suas filhas e a reputação delas não foram afetadas.

— É claro que tem importância! Você é a diretora! — Greaves avançou e segurou o braço de Jane. — Minha filha será apresentada à sociedade de Londres no próximo ano, e o que todos dirão? Que ela foi educada por uma Jezebel em Hampshire que cuidava de uma casa de prazeres disfarçada de escola!

— Isso é tudo mentira! Eu nunca...

— Retire o que disse! — gritou Elizabeth.

— Lizzy — sibilou Emma.

— A srta. Emma nos ensinou a nunca ser rude com os outros — continuou a pequena. — E você está sendo muito rude.

— É assim que você ensina às mulheres seu lugar na sociedade? Sou um marquês, menina, e você é apenas uma... criança. Não fale comigo a menos que eu tenha perguntado algo.

— Acho que a criança tem um argumento válido — afirmou Lucien Balfour, sua expressão fria como uma nevasca. — Vamos manter a discussão civilizada.

Greaves fez uma careta.

— E eu acho que passamos do nível de civilidade quando abri uma carta que detalha o testemunho de que a srta. Emma Grenville fornicou com o duque de Wycliffe e o visconde de Dare.

— *Mon dieu* — disse Isabelle, enquanto a srta. Perchase se engasgava e desmaiava.

— O problema é mais sério que isso, senhoras e senhores.

Emma virou-se quando Freddie Mayburne entrou no refeitório, seguido por um Tobias tão irritado que parecia prestes a comer o próprio chapéu. O jovem parecia desarrumado, mas provavelmente devia ter confrontado Tobias para conseguir entrar.

— Freddie! — ofegou Jane, ficando pálida.

— Frederick Mayburne — ele se apresentou, fazendo uma reverência ao marquês. — Você deve ser lorde Greaves. É uma honra conhecê-lo, milorde.

— Eu tentei impedi-lo, srta. Emm…

— Está tudo bem, Tobias — sussurrou ela. — Por favor, volte ao seu posto.

— Sim, senhorita. Menino maldito. — Resmungando baixinho, o porteiro saiu do refeitório.

Freddie estendeu a mão e, após um momento, Greaves a sacudiu com uma expressão ainda mais raivosa.

— É assim que você protege suas alunas, srta. Emma? Deixando que homens estranhos entrem na Academia quando quiserem?

— Eu não deix…

— Se me permite, milorde — interrompeu Freddie. — Eu não costumo visitar as alunas, mas as circunstâncias de hoje são incomuns.

— E são mesmo — concordou Hugh Brendale.

— Eu sempre defendi a Academia — continuou Freddie, olhando para Emma com desdém. — Mas, ao ouvir os boatos, que garanto terem sido um choque para mim, entrei em contato com diversas fontes em Londres para buscar algum tipo de confirmação.

— Você é um grande mentiroso, Freddie! — disparou Lizzy.

— Fique quieta, Elizabeth — alertou Emma.

Não havia muitas escolas que ofereciam bolsas para alunas. Se a Academia fechasse, a educação de Lizzy — e seu sonho de se tornar uma governanta — iria por água abaixo.

— Para minha surpresa — continuou Freddie, sem se abalar —, descobri que a srta. Emma já não era o modelo mais exemplar de cidadã muito antes deste lapso recente.

— Explique-se, sr. Mayburne.

— Com prazer. Parece que a srta. Emma Grenville passou meses em uma casa de trabalho.

Alexandra cobriu os olhos, enquanto Vixen se engasgou e precisou segurar o marido.

Emma queria desesperadamente juntar-se à srta. Perchase e desmaiar, e só ficou de pé por pensar no bem das meninas. Ela podia fugir e se tornar uma eremita quando tudo aquilo acabasse; não havia futuro para ela, de qualquer maneira.

— De fato, minha infância não foi a mais afortunada — disse ela.

— No entanto, não vejo como isso influencia minhas habilidades como professora. Até agora, meu trabalho como diretora da Academia da Srta. Grenville teve sucesso e aprovação.

— Não exatamente — retrucou Greaves. — Você só é diretora há dois anos. Neste tempo, nenhuma das alunas que se formaram sob sua tutela arranjou um bom casamento. Nem o duque de Wycliffe se importou para vir defendê-la. Seja lá o que originou essa... aposta, ele claramente sentiu que faria um trabalho melhor que você ensinando às alunas.

E Emma pensou que não poderia se sentir ainda mais culpada ou insignificante. A expressão ofendida e desdenhosa dos pais e o olhar chocado e bravo de seus amigos doeu como uma facada em seu coração, mas nada se comparava à expressão no rosto de Jane e Mary.

As meninas mais novas pareciam bravas e confusas, mas Jane e Mary sabiam. As conversas entre ela e Grey, os olhares, as discussões — elas sabiam. Aquele encontro era uma farsa, pois todas as fofocas e acusações eram verdade.

— Eu sinto... — Uma lágrima escorreu pelo seu rosto. — Eu sinto muito — sussurrou.

— Srta. Emma? — chamou Lizzy, também com lágrimas nos olhos. — Não deixe que eles falem com você dessa maneira. Por favor.

Freddie pigarreou, sua expressão arrogante.

— Eu gostaria de dizer, lorde Greaves, que apesar das circunstâncias horríveis, considero lady Jane um exemplo de comportamento feminino. Na verdade...

— Como ousa?! — gritou Emma, uma raiva incontrolável e a consciência que não tinha mais nada a perder fazendo-a deixar o decoro de lado. — Seu... interesseiro! Você está atrás da Jane há um ano e agora acha que todo esse... desastre não é nada mais que uma oportunidade para...

— Srta. Emma, você não está ajudando em nada — interrompeu lorde Greaves.

Com a visão embaçada por lágrimas, Emma apontou um dedo na direção de Mayburne.

— Não importa o que pensem de mim, mas não acreditem no que este rapaz tem a dizer. Ele não tem nenhum motivo decente para o seu interesse em Jane.

— Você não tem direito algum de julgar a ação de ninguém, srta. Emma. Você não é nada além de um péssimo exemplo...

— Então talvez vocês escutem a mim. — Para a surpresa de Emma, a prima de Grey, Georgiana, deu um passo à frente. — Eu estava presente quando Wycliffe confrontou o sr. Mayburne, alertando-o para ficar longe dessa escola.

Emma encarou lady Georgiana.

— Ele fez isso?

— Mais uma mulher... — rosnou Brendale.

A porta do refeitório se abriu com um estrondo.

— *Mayburne!*

Se não fosse por sua altura e pelo volume de seu rugido, Emma não teria reconhecido o duque de Wycliffe. Completamente encharcado, com o casaco coberto de lama e folhas e o rosto ensanguentado, Grey avançou pela sala até Freddie.

Mayburne só teve tempo de ofegar antes de ser atingido por Grey. Eles caíram no chão em um bolo de membros e lama. Grey ficou de pé primeiro e puxou Freddie pelo colarinho.

— Seu maldito imbecil! — rosnou ele, e acertou um soco no queixo do rapaz.

Sem fazer um pio, Mayburne desabou no chão de novo. Grey se abaixou para agarrá-lo, então parou. Ofegante, ele cutucou o canalha, mas Freddie estava completamente apagado. Inferno! Justo quando Grey estava louco para lhe dar uma boa surra...

Então, ele olhou para Emma, e cada grama de raiva, assim como a dor na cabeça e no ombro, evaporou. Só ela importava.

Ela estava pálida e tremendo, e seu rosto estava molhado por lágrimas.

— Emm? — sussurrou ele.

— Onde... onde você estava? — perguntou ela, em voz trêmula.

— Wycliffe! O que está acontecendo? Você, acima de todos, não tem direito algum de estar aqui...

Grey virou-se para encarar lorde Greaves.

— Donald! — explodiu ele. — O que você andou dizendo para essa mulher?

— Estávamos expressando nossa indignação pelo comportamento dela — respondeu o marquês, dando um pequeno passo para trás.

A intimidação estava certamente funcionando.

— E que comportamento seria esse?

— Você sabe muito bem, Wycliffe — falou o sr. Brendale, um homem largo e de cabelo escuro que não parecia nada com Henrietta, apontando para Emma. — Um comportamento que ela foi incapaz de negar. Emma Grenville merece ir para a cadeia, e não continuar como diretora de uma escola de modos.

Era óbvio que a situação havia ultrapassado o assunto da aposta. Emma estava certa; aquilo era sobre ela, e não sobre o comportamento das preciosas e ignoradas filhas daquelas pessoas.

— Cadeia? — repetiu ele em tom ameaçador. — Então Henrietta também merece ser presa?

— Hen... Você está indo longe demais, Wycliffe!

— Não, Brendale, *você* está indo longe demais. Qualquer acusação que fizer a Emma pode ser feita a sua própria filha. Ela foi a professora, conselheira e até amiga de todas essas meninas. — Ele apontou para as alunas, que estavam abraçadas e com os olhos marejados. — Por acaso encontraram algum problema com suas filhas? Alguma evidência de comportamento indecente?

Todas elas não demonstraram nada além de coragem, inteligência e lealdade durante essa discussão, o que é muito mais que vocês, os pais, demonstraram.

Greaves balançou a cabeça.

— Isso não é sobre as nossas filhas, Wycliffe. É sobre o comportamento da diretora. Esse é o começo e o fim do assunto.

— Não acho que seja, Gr...

— Com licença, Sua Graça — falou Emma, ainda com a voz trêmula.

Quando ele a encarou, o rosto de Emma estava cinza.

— Emma? — falou ele em tom de preocupação.

— Agradeço por esclarecer o objetivo dessa... investigação — continuou ela. — E fico aliviada por ouvir de lorde Graves que a Academia não está sendo culpada ou que ninguém está questionando a integridade da instituição. Como estão questionando apenas o meu comportamento, o ideal é que eu me afaste das alunas e da escola.

— Não! — disse Grey, marchando até ela.

— Lorde Greaves, sr. Brendale, permitam que eu solicite minha dispensa como diretora da Academia da Srta. Grenville. Por mais que eu tenha fortes laços emocionais com a escola e deseje muito continuar ensinando jovens meninas para que tenham sucesso no mundo, se isso só pode acontecer sem mim, então que seja.

— Viu? — falou Freddie, sentando-se no chão. — Eu falei que ela não servia para o cargo.

— Ah, cale a boca, Freddie! — retrucou Jane, acertando-o na cabeça com o caderno de Emma.

Mayburne grunhiu e desabou no chão de novo.

Grey segurou o braço de Emma, temendo que ela fosse sair correndo e desaparecer no mundo.

— Isso é ridículo. Nada disso é culpa sua. É tudo culpa minha. Você ama a escola.

— É culpa *minha*. Eu permiti que tudo isso acontecesse. Por favor, me solte, Grey.

Ele ouviu o burburinho de vozes por ela ter usado seu nome de batismo. Por um segundo, ele buscou os olhos cor de mel e atormentados de Emma.

— Está bem, então — falou ele. — Peça demissão. No entanto, em minha opinião, você fez o impossível. Você me convenceu, Emma. *Me* convenceu.

Eu forcei você a aceitar a aposta por causa dos meus preconceitos tolos sobre a educação de mulheres. Desde então, passei a admirar os ensinamentos e a missão da Academia, e percebi que você é a personificação de todas as melhores qualidades que alguém pode ter.

— Grey, pare — sussurrou ela, e outra lágrima rolou por seu rosto.

Ele meneou a cabeça e enxugou a lágrima com o dedo.

— Não. Se eles não a querem aqui, então eu a quero comigo. Você é a melhor professora, a melhor mulher… a melhor pessoa que já conheci. Eu te amo, Emma. Por favor, quer se casar…

Lizzy deu um passo à frente e puxou uma manga enlameada.

— Você deveria ficar de joelhos — sussurrou ela.

Grey sorriu e concordou.

— Obrigada, querida.

Ele ficou de joelhos e puxou um anel de sinete do dedo. Então, pegou a mão trêmula de Emma e encaixou o anel gigante em um dedo delicado.

— Eu te amo, Emma, com todo o meu coração — declarou ele, olhando-a com carinho. — Por favor, por tudo que é mais sagrado, quer se casar comigo?

Ela estudou seu rosto por tanto tempo que ele começou a temer uma rejeição. Mas, finalmente, Emma desabou em cima dele e o abraçou com força.

— Sim! — sussurrou. — Sim, me casarei com você.

Grey levantou seu queixo e a beijou na frente de todos.

— Graças a Deus — falou ele com fervor, enxugando as lágrimas que desciam pelo rosto de Emma. — Graças a Deus.

— Achei que você tinha ido embora — soluçou ela, a voz abafada contra seu pescoço.

Ela estava ficando suja por causa da lama, mas ele não queria soltá-la nunca mais.

— Freddie me emboscou e roubou meu cavalo. Temo ter sido um pouco… severo com o Tobias quando cheguei. Eu estava com pressa.

Emma o beijou na bochecha.

— Eu te amo tanto.

— Por um momento, pensei que você fosse fugir de mim.

Ela sorriu por entre as lágrimas.

— E eu pensei que você não fosse me pedir em casamento de novo. Fui tão burra.

— Nunca deixaria de pedir.

— De novo? Você a pediu em casamento antes?

Grey ficou de pé, uma mão entrelaçada à de Emma, enquanto o marquês de Greaves se aproximava.

— Eu a estava cortejando havia um tempo — explicou ele secamente. — Assumirei que toda e qualquer declaração feita hoje contra minha duquesa foi dita no calor do momento.

— Sim, sim, mas é claro.

Por um segundo, ele desejou que Greaves lançasse outro insulto para que pudesse surrar o homem, mas o marquês aparentemente tinha noção do perigo.

— E suponho que podemos encerrar esta reunião.

A mãe de Grey deu um passo à frente.

— Gostaria de convidar a todos para um almoço em Haverly. Parece que precisamos comemorar.

Rindo, o duque beijou Emma de novo.

— E comemorar bastante.

# Capítulo 21

Era perceptível que Grey queria conversar com Emma, e ela ainda tinha muitas perguntas para ele. Entretanto, a mãe e a prima dele haviam se juntado aos dois na carruagem de volta a Haverly, aparentemente decididas a minimizar a possibilidade de qualquer outro ato impróprio antes do casamento.

Um casamento. Virar a esposa de Grey Brakenridge. Ela mal podia acreditar, especialmente depois daquela manhã caótica. Mas ele havia mencionado e repetido sobre o casamento na frente de testemunhas, então só podia ser verdade. Emma desejava que fosse verdade com todo o coração.

— Você poderia ter chegado antes e poupado Emma de toda aquela maldade — comentou a duquesa enquanto se aproximavam da mansão.

Grey fez cara feia, mas apertou os dedos de Emma. Ele não havia soltado a mão dela desde o salão, como se estivesse com medo de que ela fosse desaparecer num piscar de olhos.

— Eu o teria feito se você e Georgiana não tivessem sumido com minha carruagem.

— Bom, eu precisava falar com Emma.

— E eu quero saber de tudo o que foi dito antes da minha chegada.

O rosto de Grey estava tomado pela raiva, mas Emma negou com a cabeça.

— Não quer não. Eles são pais. Eles precisam se preocupar com as filhas.

— Humpf. — Frederica tirou um pedaço de lama do casaco de Grey. — Para mim, Emma, parecia que eles estavam mais preocupados em proferir insultos e baboseiras.

Era estranho ser tratada pelo primeiro nome pela duquesa de Wycliffe — prestes a se tornar a duquesa viúva. Emma engoliu em seco. Ela nunca imaginara ser uma duquesa, nem em seus sonhos mais absurdos.

Grey arqueou uma sobrancelha, fez uma careta e levou a mão livre à testa.

— Então está do nosso lado agora, mãe?

— Sempre estive do seu lado. Precisei apenas observar um pouco para determinar que lado era.

Com um sorriso leve no rosto, lady Georgiana inclinou-se para a frente e tocou o joelho de Emma.

— Quando será o casamento?

— Assim que eu voltar de Canterbury com uma licença especial — respondeu Grey. — Não quero correr riscos. — Ele levantou a mão de Emma e beijou-lhe os dedos. — E pensei em realizar a cerimônia em Haverly para que suas alunas possam comparecer.

— *Ex*-alunas — corrigiu ela em tom triste.

Tia Patricia havia devotado sua vida à Academia, enquanto Emma mal havia durado três anos. O que aconteceria com a escola?

— Tenho algumas ideias para a sua antiga escola — disse Grey, como se estivesse lendo seus pensamentos. Ela estava quase convencida de que ele era capaz disso.

— Quais?

— Depois — afirmou ele quando a carruagem parou.

Hobbes abriu a porta e Dare apareceu em seu encalço.

— E então? — indagou o visconde, dando um passo para trás quando Georgiana saiu da carruagem.

— Vamos nos casar — informou Grey, sorrindo para Emma enquanto a ajudava a sair da carruagem.

— Já era tempo. E o que aconteceu com você, Wycliffe? Parece que alguém o empurrou na lama.

— E alguém o fez.

Os convidados entraram na mansão e subiram para a sala de estar. Todos pareciam falantes e amigáveis, como se tivessem apenas saído para um passeio matinal. Emma entendia a situação e, embora, pelo bem das meninas, nunca mais fosse tocar no assunto, também não se esqueceria do ocorrido.

— Emm? — Grey puxou-a pela mão. — Preciso falar com você um minuto.

— Mas os convidados...

— Esqueça-os. Minha mãe que os convidou, ela que os entretenha por cinco minutos.

Ele a levou até o escritório de lorde Haverly e fechou a porta.

— Isso ainda é falta de respeito — informou ela.

Grey a beijou.

— Eles merecem. E eu mereço um pouco de privacidade com minha noiva.

Ela retornou o beijo com fervor, ficando zonza com o calor do corpo dele.

— Obrigada — disse ela baixinho.

— Pelo quê? Eu cheguei tarde e compliquei tudo.

Emma sorriu.

— Da última vez que alguém tentou se livrar de mim, acabei sozinha por seis meses até a tia Patricia me salvar. Você não desistiu de mim.

— Minha nossa, Emm — sussurrou ele, pegando-lhe as mãos.

O olhar apaixonado e carinhoso que ele lhe deu quase a fez cair no choro de novo.

— Então... — disse ela, pigarreando — Quais são suas ideias para minhas antigas alunas?

Ele hesitou.

— Eu sei o quanto a Academia é importante para você — disse ele, ficando sério. — Se quiser continuar a ser a diretora, ninguém pode lhe impedir agora. Posso levar a Academia da Srta. Grenville tijolo por tijolo para Wycliffe Park, se desejar.

— Não. Se eu continuar, o escândalo jamais será esquecido. E o lugar da Academia é aqui.

— Então posso sugerir a contratação de um boa administradora com os novos fundos que a escola vai receber?

Emma colocou as mãos na boca.

— Fundos? Você faria...

— Claro que eu faria. De que outra forma meninas como a Lizzy conseguirão receber a educação que merecem?

— Nossa, eu te amo tanto — sussurrou ela.

— O sentimento é mútuo. E saiba que minha próxima conversa com sir John será sobre Lizzy. Ela terá os fundos adequados para fazer o que quiser da vida.

Emma jogou os braços ao redor do pescoço dele e o beijou mais uma vez.

— Quem diria que você seria um aluno tão bom — disse ela com a voz embargada, incapaz de conter as lágrimas.

— Tive uma ótima professora — afirmou ele. — Ah, e mais uma coisa. O tio Dennis adorou tanto a ideia da alvenaria que já mandou contratar um engenheiro de Londres. Quero muito ler os seus planos de gestão.

— Você não precisa se esforçar para tentar consertar tudo — explicou ela enquanto embalava o rosto dele nas mãos. — Eu realmente não o culpo por nada disso.

— Posso assegurar-lhe que minhas intenções são completamente egoístas — garantiu ele, roçando-lhe os lábios. — Discutir sobre colheita de cevada e expectativa de chuva com você é muito fascinante.

Ela sorriu.

— É mesmo?

— Sem dúvidas. Quero continuar a aprender.

— Você tem muito potencial. — Emma riu. — Com mais algumas aulas, será um ótimo marido.

— Mais algumas aulas? — sussurrou ele de forma sensual, pegando-a no colo. — Que tal começarmos a lição agora mesmo, srta. Emma?

Este livro foi impresso pela Eskenazi, em 2022, para a Harlequin.
O papel do miolo é pólen soft 70g/m², e o da capa é cartão 250g/m².